STEEL BROTHERS

LIVRE 1

ATTRACTION

HELEN HARDT

STEEL BROTHERS

LIVRE 1

ATTRACTION

Traduit de l'anglais (États-Unis) par
Diane Hamilton et Paule Duverger – WeTranslate4You

ÉDITIONS
MEREDITH

Ce livre est une publication originale de Éditions Meredith.

Titre original : *Craving (Steel Brothers Saga Book One)*
Éditeur original : Waterhouse Press, LLC

ISBN : 978-1-64263-258-3

Pour ma mére

Avertissement

Ce livre contient des scènes et un langage crus, incluant des réminiscences d'agressions physiques et sexuelles perpétrées sur des enfants, susceptibles de choquer. Cette histoire est destinée aux adultes et aux publics définis par les lois du pays dans lequel vous l'avez acheté. Conservez vos livres et vos e-books hors de portée des jeunes lecteurs.

Chapitre 1

Jade

Tallon était le frère que je n'avais jamais rencontré.

À l'université, mon amie Marjorie recevait souvent la visite de ses deux frères aînés, Jonah et Ryan, qui avaient l'allure typique des ranchers du Colorado : grands et musclés, chaussés de bottes de cow-boy, un Stetson sur la tête. Les membres de la tribu Steel, y compris Marjorie, avaient tous les cheveux bruns presque noirs. La première fois que j'avais vu ses frères, j'avoue les avoir trouvés terriblement sexy. Ils avaient cette sorte de beauté virile et sauvage, que ne gâchait pas leur fortune acquise grâce à leur ranch et à leur vignoble. Certes, ces séduisants millionnaires étaient trop vieux pour moi, et aucun d'eux ne m'avait jamais vraiment prêté attention. Mais je m'en fichais pas mal : j'étais amoureuse de Colin.

Pour autant, mon cœur battait toujours un peu plus vite chaque fois que j'apercevais Jonah et Ryan Steel. Marjorie, qui s'en rendait compte, ne manquait pas de me taquiner. Évidemment, elle n'était pas sensible à leur charme, d'autant que durant une bonne partie de son enfance et de son adolescence, elle avait été la cible de leurs plaisanteries incessantes. Néanmoins, elle reconnaissait qu'ils étaient plutôt agréables à regarder. Bien sûr qu'ils l'étaient ! Quant à elle, c'était leur pendant féminin. Décidément, sur le plan du physique, la tribu Steel avait été plutôt gâtée !

À côté de Marjorie, je me trouvais quelconque. Même si j'avais toujours aimé mon épaisse chevelure châtain doré, je la trouvais insignifiante comparée aux magnifiques cheveux d'ébène de mon amie. Mes yeux étaient plus gris que bleus, mais dépourvus de la profondeur des siens, d'un brun sombre, qui semblaient capables de sonder votre âme. Comme ses frères, Marjorie était grande. Elle me dépassait de plusieurs centimètres, alors que je mesurais déjà un bon mètre soixante-quinze. Même sa silhouette était parfaite, elle était fine et élancée comme ses frères. Moi, j'avais une poitrine si plantureuse que j'avais renoncé à porter des corsages boutonnés.

Je souris. Sur ce plan-là, Marjorie m'avait toujours enviée – même si je lui avais maintes fois expliqué quelle plaie c'était de transpirer entre les seins et le mal que j'avais à dénicher un soutien-gorge de sport à ma taille. J'aurais volontiers échangé ma poitrine généreuse contre son corps parfaitement proportionné.

L'avion atterrit dans des secousses.

« Mesdames et Messieurs, veuillez rester assis jusqu'à l'arrêt complet de l'appareil. Merci d'avoir choisi notre compagnie, et bienvenue à Grand Junction, Colorado. »

Je fouillai dans mon sac pour en extraire mon téléphone et le rallumai. L'écran me signala aussitôt un message de Marjorie.

Bienvenue ! J'ai trop hâte de te voir. Malheureusement, j'ai un empêchement, et je ne pourrai pas venir te chercher. Je t'envoie Tallon. Je lui ai montré ta photo, il t'attendra à l'arrivée des bagages.

Je laissai échapper un soupir.

Le frère que je n'avais jamais rencontré. Quand nous étions à l'université, Marjorie et moi, Tallon se trouvait en Irak, où il avait été déployé pendant cinq ans. Voilà pourquoi, à cette époque, il n'avait jamais rendu visite à sa sœur. Dans la fratrie Steel, Jonah était l'aîné, Tallon le cadet, et Ryan le benjamin. Seule fille, Marjorie était la petite dernière.

Elle ne m'avait jamais beaucoup parlé de Tallon. Il était donc une énigme pour moi. Cela dit, s'il était aussi canon que ses frères, je ne voyais aucune objection à l'observer durant l'heure de trajet de l'aéroport jusqu'au ranch des Steel.

L'avion s'immobilisa enfin. Les passagers commencèrent à se lever pour récupérer leurs bagages à main dans les compartiments au-dessus de leurs têtes. J'étais coincée contre le hublot, et le couple âgé assis à côté de moi ne semblait pas pressé de bouger.

Alors je patientai, soupirant de nouveau.

Ma vie avait pris un tour inattendu. En cet instant, Colin et moi étions censés être en voyage de noces. Mais il m'avait abandonnée au pied de l'autel, ce qui avait quelque peu changé les plans. Curieusement, je n'étais pas aussi furieuse que j'aurais dû l'être. À dire vrai, depuis un certain temps déjà, je m'étais rendu compte que Colin et moi n'avions plus grand-chose en commun. Mais j'avais refusé de l'admettre. Quand j'avais pris conscience que ma déception était teintée de soulagement, j'avais aussitôt perçu le besoin d'un changement dans ma vie. Marjorie, qui était l'une des demoiselles d'honneur à mon mariage qui aurait dû être célébré à Denver, m'avait convaincue de la rejoindre dans l'ouest du Colorado et de m'installer dans leur ranch familial. Je pourrais certainement trouver un emploi d'avocate dans la petite ville de Snow Creek, ou sinon, dans la ville voisine de Grand Junction.

Alors, pourquoi ne pas tenter l'aventure ?

Je venais donc de quitter Denver, la seule ville que je connaissais vraiment, pour atterrir à Grand Junction.

Le couple âgé se leva enfin, avec une lenteur exaspérante, et je pus à mon tour me mettre debout et me dégourdir les jambes. Attrapant mon sac dans le compartiment au-dessus de ma tête, je quittai l'avion, prête à entamer ma nouvelle vie.

Suivant les panneaux qui indiquaient la zone de retrait des bagages, je me dirigeai vers le tapis roulant numéro cinq.

Je l'identifiai avant même qu'il se retourne.

Si grand. Encore plus que ses frères, avec les cheveux d'ébène de la famille Steel qui bouclaient sur son col. Une chemise blanche soulignait ses larges épaules et ses hanches étroites, au-dessus d'un petit cul d'enfer moulé dans un jean noir.

Je déglutis.

À quoi m'étais-je donc attendue ? À ce qu'il brandisse une pancarte avec « Jade Roberts » écrit en gros ? J'aurais dû aller aux toilettes me rafraîchir un peu avant de débarquer. À coup sûr, je ne ressemblais à rien.

J'avançai jusqu'à lui, me raclant la gorge.

Quand il se retourna, j'eus l'impression d'être dévorée par la flamme de ses yeux presque noirs. Sa peau était agréablement bronzée, et mis à part une légère déviation, certainement due à une ancienne fracture, son nez était quasi parfait. La ligne virile de sa mâchoire était couverte d'une légère ombre de barbe – qui devait dater d'un jour ou deux. Ses lèvres pleines étaient d'un rouge sombre. Et ce cou musculeux… Que ressentirais-je si j'effleurais du bout des doigts sa peau cuivrée ? Les deux premiers boutons de sa chemise d'un blanc éclatant étaient ouverts, et je remarquai aussitôt quelques poils bruns de sa toison. Je frissonnai, et sous le satin de mon soutien-gorge, je sentis mes tétons se contracter.

— C'est toi, Jade ? demanda-t-il d'une voix rauque.

Incapable d'articuler un mot, je me contentai de hocher la tête. Tallon Steel était beau comme un dieu. Mon cœur se mit à tambouriner. Comment pouvais-je être si attirée par un homme, alors que, dans un monde parallèle, j'étais censée être maintenant mariée à un autre ? Même si Colin et moi n'étions sans doute plus amoureux, nous éprouvions toujours des sentiments l'un pour l'autre. Mais être abandonnée au pied de l'autel… Ça déboussolerait n'importe quelle fille.

— Montre-moi ta valise. Je vais aller la récupérer pour toi.

Acquiesçant de nouveau, je m'avançai vers le tapis roulant. Mon bagage était toujours le dernier arrivé. En général, je me retrouvais parmi les deux ou trois personnes restantes, à patienter pendant que les ultimes sacs défilaient, redoutant que le mien soit en route pour Tombouctou. En l'occurrence, peu m'importait d'attendre. La danse hypnotique des valises tournant sur le tapis roulant me permettrait de retrouver mes esprits.

Raté. Cette fois, mon bagage était parmi les premiers livrés. Je n'aurais pas le temps de me reprendre. Attrapant la valise violette, je la tirai vers moi quand une main chaude effleura la mienne.

— Je t'ai dit que je m'en chargeais, s'interposa Tallon en s'emparant de mon bagage. Viens, je suis garé à cet étage.

Je le suivis. Avais-je un autre choix ? Il ne semblait pas du genre à faire la conversation, et à dire vrai, moi non plus. Je détestais les bavardages inutiles, mais j'allais me retrouver enfermée avec lui dans une voiture pendant une heure. Si nous restions silencieux tous les deux, cette heure risquait d'être terriblement longue !

Même sa démarche était sexy ! Il devait mesurer un mètre quatre-vingt-quinze, peut-être davantage. Je dus accélérer l'allure pour suivre ses longues enjambées, et j'avais déjà le souffle court.

En revanche, je ne me plaignais pas de la vue. Ses bottes noires de cow-boy frappaient lourdement le sol à chaque pas. Quand nous arrivâmes à la porte, elle s'ouvrit automatiquement, et il passa le premier.

Pas vraiment gentleman, mais qu'importe ? À tout prendre, j'aurais préféré qu'il marche un peu moins vite. J'avais besoin de temps pour me ressaisir avant le tête-à-tête tant redouté.

Je le suivis jusqu'à une Mercedes d'un bordeaux flamboyant. Les Steel avaient les moyens. De gros moyens. Alors que je rentrais chaque été chez moi, et passais mes vacances à jouer les secrétaires pour l'entreprise de construction de mon père, Marjorie s'envolait pour l'Europe ou embarquait pour de splendides croisières autour des îles grecques. Lors de notre première année d'université, pendant les vacances de printemps, elle m'avait invitée à une croisière dans les Caraïbes, tous frais payés. Certes, j'avais été séparée de Colin, mais j'avais adoré cette escapade.

Tallon déposa ma valise dans le coffre, puis jeta un coup d'œil à mon bagage cabine.

— Tu veux le mettre là-dedans aussi ?

Je hochai la tête et le lui tendis. Puis je me dirigeai vers la portière côté passager, et me calai dans mon siège.

Il s'installa derrière le volant puis se tourna vers moi.

— Tu n'es pas très bavarde.

Je ne pus m'empêcher de laisser échapper un rire. Effectivement, je n'avais pas encore ouvert la bouche. Il devait croire que j'étais muette.

— Merci d'être venu me chercher. J'ai reçu un SMS de Marjorie me prévenant qu'elle avait un empêchement.

— Oui, un entretien d'embauche.

— Vraiment ? Je pensais qu'elle allait travailler au ranch.

— C'est ce que nous pensions aussi, mais il se trouve que le journal local de Snow Creek vient de perdre son rédacteur vedette, et Marjorie veut le poste.

— Ce serait chouette pour elle.

Marjorie adorait le journalisme, une matière qu'elle avait choisie en seconde option. Elle avait principalement étudié l'agriculture, pensant qu'elle travaillerait au ranch. Pour autant, sa véritable passion, c'était la cuisine. Maintes fois, j'avais essayé de la convaincre de s'inscrire à l'école culinaire, mais quelque chose l'empêchait de sauter le pas.

— Marjorie m'a dit que tu étais avocate.

— Oui. En fait, je n'aurai pas les résultats de mon examen du barreau avant plusieurs semaines, mais je suis plutôt optimiste.

Il hocha la tête, gardant les yeux rivés sur la route, tandis que nous quittions le parking de l'aéroport.

Quelques minutes passèrent sans que nous prononcions un mot. J'observais mes ongles, triturais mes cuticules. Puis, jetant un coup d'œil à mon sac posé par terre, je l'attrapai pour en sortir mon téléphone. D'ordinaire, les gens qui se donnaient une contenance avec leur portable m'horripilaient, mais pour l'instant, j'avais besoin de quelque chose pour m'occuper. La gêne entre Tallon et moi était si manifeste, si tangible, qu'on aurait pu la couper au couteau.

Dis quelque chose, Jade. N'importe quoi. Ce silence est assourdissant.

Mais pour dire quelque chose, encore eût-il fallu trouver un sujet de conversation. Pour une raison que j'ignorais, Tallon Steel me paralysait. Il était pourtant tout à fait cordial, mais pas amical. Impénétrable. Comme caparaçonné dans une armure invisible. Il avait servi dans les Marines. À coup sûr, il avait dû voir des horreurs, là-bas, des choses que je ne pouvais pas même imaginer. Il était rentré depuis plusieurs années. Marjorie m'avait expliqué qu'il avait été rendu à la vie civile avec les honneurs l'été où nous avions été diplômées.

Personne ne pouvait savoir ce qu'il avait vécu là-bas.

Je m'éclaircis la voix.

— Est-ce qu'une avocate a une chance de trouver du boulot dans votre petite ville ?

Il secoua la tête.

— Je n'en ai aucune idée.

— Marjorie pense que oui.

Il laissa échapper un rire.

— Je me demande bien comment elle pourrait le savoir.

D'accord. Pour un premier essai, ce n'était pas un coup de maître. Je décidai de changer de sujet.

— Comment va-t-elle ? Elle m'a beaucoup manqué.

— Tu dois le savoir mieux que moi. Tu ne l'as pas vue la semaine dernière à ton… mariage ?

Oui, oui. Je l'ai vue à mon mariage… qui n'a pas eu lieu. Merci ! Merci de me le rappeler !

Voilà qui m'apprendrait à tenter de faire la conversation !

— En fait, je ne me suis pas mariée.

— Oui, je suis au courant. Et même si on ne m'en avait pas parlé, tu viens ici sans ton mari, et sans alliance… j'aurais pu deviner.

M'avait-il observée d'assez près pour remarquer que je ne portais pas d'alliance ? Cela semblait peu probable. À l'heure actuelle, tous les frères Steel devaient être au courant de mon humiliation. Je tripotai mon téléphone de plus belle, mais la batterie était presque vide. Je vérifiai l'heure sur le tableau de bord. Désespérant : cela ne faisait que cinq minutes que nous avions quitté l'aéroport. Le trajet allait me paraître interminable.

— Tu as faim ? Je peux m'arrêter dans un drive-in ou ailleurs.

Venait-il de m'adresser la parole ? Tout bien considéré, oui, j'avais faim. J'avais refusé le repas infect et hors de prix servi dans l'avion. Au moins, pendant que je mangerais, je n'aurais pas besoin de parler.

— Oui, si ça ne te dérange pas, répondis-je. Choisis l'endroit. Un burger, ça m'ira très bien.

Il s'arrêta sur le parking d'un Wendy's et, sans même me consulter, commanda deux menus et deux Coca. Je tirai sur sa manche.

Sans me jeter un regard, il se pencha vers le micro et rectifia :

— Désolé, un Coca et un Coca Light.

Un peu présomptueux. La vérité, c'était que je ne buvais pas de soda. Je n'en avais jamais bu. Les boissons gazeuses ne me réussissaient pas. De nouveau, je tirai sur sa manche.

— Un thé glacé pour moi, s'il te plaît.

Il poussa un soupir.

— Désolé, annulez le Coca Light. Remplacez-le par un thé glacé.

Il se tourna vers moi.

— Ça te va, comme ça ?

Je secouai la tête. Ce type était hallucinant.

— En fait, non, ça ne me va pas. Tu m'as commandé un hamburger sans me demander ce que je voulais. J'aurais très bien pu être végétarienne.

Il esquissa un léger sourire narquois.

— Tu viens juste de me dire : un burger, ça m'ira très bien. Je crois que ce sont tes mots exacts.

Le rouge me monta aux joues. Oui, c'était effectivement ce que j'avais dit. Maintenant, j'avais l'air d'une idiote. Super ! Mortifiée, j'attendis que l'employé lui tende le sac contenant notre repas, puis les deux boissons. Tallon me confia ces dernières. Je calai son Coca dans le porte-gobelet à côté du siège conducteur et glissai une paille dans mon thé.

Il posa le sac sur mes genoux.

— Ouvre le mien, que je puisse manger en conduisant.

Pas de « s'il te plaît ». Ni « tu veux bien ? ». Juste un ordre. Certes, c'était un ancien militaire. Qui avait peut-être l'habitude de se faire obéir. À moins qu'il soit juste malpoli. Je ne connaissais pas très bien les autres frères de Marjorie, mais lorsque je les avais rencontrés, ils s'étaient montrés parfaitement amicaux. Qu'est-ce qui clochait chez ce type ?

Encore gênée de ma gaffe avec cette histoire de burger, j'obtempérai. Les deux hamburgers étaient identiques, je n'avais donc pas à me soucier de savoir lequel était le sien. Je le lui déballai, repliai à moitié le papier pour qu'il puisse manger facilement tout en conduisant, puis le lui tendis.

Pour tout remerciement, j'eus droit à une sorte de grommellement. Apparemment, c'est ainsi qu'on disait « merci » dans le langage de Tallon Steel.

Après avoir défait l'emballage, je mordis dans mon propre hamburger. Zut, de la mayonnaise ! Je n'avais rien contre la mayonnaise, mais j'essayais autant que possible d'éviter les graisses inutiles. Trop tard. Inutile d'en faire la remarque à présent. Le burger était délicieux – ou peut-être avais-je juste très faim. Si seulement je pouvais le faire durer pendant les trois quarts d'heure à venir ! Je m'appliquai à prendre de très petites bouchées et à les mastiquer jusqu'à réduire la nourriture en bouillie.

Malgré mes efforts, il restait encore une demi-heure de route lorsque j'eus terminé mon hamburger et les frites qui l'accompagnaient.

Les yeux braqués sur la route devant moi, je luttai contre l'envie presque magnétique de regarder Tallon. Ce type était à l'évidence un goujat, alors pourquoi ma libido s'emballait-elle ?

Au creux de mon soutien-gorge, mes seins étaient toujours tendus, avides de baisers.

Les siens.

Décidément, cette demi-heure allait me sembler une éternité !

Chapitre 2

Tallon

Tout était bandant chez cette fille.

Marjorie m'avait dit qu'elle était jolie, et j'avais vu plusieurs photos, mais aucun de ces clichés ne rendait justice à la beauté de Jade Roberts. Même sa manière de manger était excitante – sa façon de se lécher les lèvres après chaque bouchée, puis de les tapoter délicatement avec sa serviette. Ce qui n'avait pas empêché une miette de son hamburger de rester collée sur le coin gauche de sa lèvre inférieure. Putain, je voulais être cette miette ! Je crevais d'envie de la cueillir, de caresser ses lèvres de ma langue avant de la plonger dans sa bouche délicieuse et de l'embrasser fougueusement.

Quand elle le froissa pour le jeter dans le sac, l'emballage de son hamburger crissa. Puis elle tendit la main pour attraper le mien sur mes genoux, et ses doigts effleurèrent l'intérieur de ma cuisse ; mon sexe se raidit. Merde. Tout ce dont je n'avais pas besoin – une érection dans cette foutue bagnole. Elle jeta mon papier dans le sac avec le sien.

Devais-je dire quelque chose ? Je n'en avais aucune idée. C'était la copine de Marjorie, pas la mienne. Si seulement Ryan ou Jonah avaient pu venir la chercher. Encore vingt minutes…

— J'ai hâte de revoir Marjorie !

À l'évidence, elle essayait de faire la conversation. Avait-elle déjà oublié qu'elle avait vu ma sœur la semaine dernière, à son mariage avorté ? C'était la seconde fois qu'elle disait la même chose. Je ne pus m'empêcher de rire.

— Oui, et elle est absolument ravie que tu viennes vivre ici !

— Je vous suis vraiment reconnaissante à tous de me laisser séjourner au ranch jusqu'à ce que je sois installée.

— Pas de problème. Ce n'est pas la place qui manque.

— Oui, je sais. Je suis venue pendant les vacances de printemps quand nous étions en deuxième année. Tu n'étais pas… euh…

— J'étais en Irak.

Pourquoi les gens avaient-ils tant de mal à dire « Irak » ? J'étais là-bas. J'avais vu des horreurs qu'aucun être humain ne devrait jamais voir. Et ce n'était pas la première fois. Alors, pourquoi tourner autour du pot ?

Elle s'éclaircit la voix.

— Oui.

Elle laissa passer un instant de silence avant de poursuivre :

— Je trouve que ce que tu as fait là-bas est héroïque. J'ai beaucoup de respect pour nos militaires.

— Je ne l'ai pas fait pour être un héros.

— Oh, je ne voulais pas insinuer…

— Je ne suis pas un héros, yeux d'azur.

Non, je venais vraiment de l'appeler « yeux d'azur » ?

— En fait, je suis même loin d'être un héros.

J'ignore quelle réaction j'attendais, mais sa réponse me surprit.

— Tu peux penser ce que tu veux, mais moi, je trouve que tous ceux qui servent notre pays sont des héros. Et tu ne me feras pas changer d'avis !

Je secouai la tête. Quelle naïveté ! Avais-je un jour été si naïf dans ma vie ? En tout cas, pas depuis ma première décennie sur cette Terre, et même avant cet âge, je ne crois pas avoir jamais été aussi innocent.

Elle finirait par apprendre. Le plus tard serait le mieux. Autant que ces beaux yeux bleus gardent leur innocence.

— Je ne sais pas quoi répondre.

— Tu pourrais te contenter d'un « merci ». Ce n'est pas ce qu'on répond, en général, à quelqu'un qui vous fait un compliment ?

— Tu ne m'as pas fait de compliment.

— Bien sûr que si ! J'ai dit que tu étais un héros. C'est un sacré compliment. Moi, j'aimerais bien qu'on me voie comme une héroïne. Je ne suis l'héroïne de personne, et je ne le serai jamais.

— Et je te le répète : je ne suis pas un héros.

— Dans ce cas, je suppose que, comme la beauté, l'héroïsme est très subjectif.

Résistant à l'envie de me tourner vers elle, je gardai le regard fixé droit devant moi. Après tout, j'étais au volant. La route qui menait à Snow Creek n'était jamais très fréquentée. Nous devions traverser la petite ville pour atteindre les terres familiales.

— Sais-tu où je pourrais acheter une voiture d'occasion à bon prix ? J'aurai besoin d'un véhicule pour me déplacer.

— Pour ça, tu ferais mieux d'aller voir à Grand Junction. Mais il n'y a pas d'urgence. Nous avons cinq voitures au ranch, dont personne ne se sert. Tu peux utiliser l'une d'entre elles.

— Oh, non. Je ne veux pas m'imposer.

— Tu t'imposes déjà en habitant chez nous.

À peine avais-je prononcé ces paroles que je les regrettai. Elle ne méritait pas d'être traitée de la sorte. Mais je n'avais pas l'habitude de mâcher mes mots.

— Je… je suis désolée. Tu disais pourtant que vous aviez de la place, bredouilla-t-elle.

Merde, je l'avais blessée. En vérité, je ne savais pas comment m'y prendre avec les gens. Cinq ans de service en Irak… pas la meilleure école pour les relations humaines… et Dieu savait que ma vie d'avant ne m'y avait pas formé non plus.

Quelque chose en elle me mettait à cran, sans que je puisse mettre le doigt dessus. Tout ce que je savais, c'était que je devais la tenir à distance. Pas question de la laisser percer ma carapace. Pas question de laisser *quiconque* entrer. Le seul problème, c'était que, jusqu'à présent, je n'avais jamais eu envie de laisser qui que ce soit s'approcher. Pourtant, après moins d'une heure passée avec cette fille, toutes mes bonnes résolutions semblaient s'être envolées.

Ces maudits yeux bleus…

— Tout ce que je voulais dire, c'est que nous avons des voitures que nous n'utilisons pas, et que tu peux t'en servir.

— Mais ce n'est pas ce que tu as dit.

Je poussai un profond soupir, levai le pied de l'accélérateur, puis me rangeai sur la bande d'arrêt d'urgence. Me tournant vers elle, je plongeai mon regard dans ses yeux d'un bleu incroyable, couleur de tanzanite. Je sentis les battements de mon cœur s'accélérer.

— Écoute, tu es la meilleure amie de Marjorie et tu es la bienvenue chez nous. Je ne sous-entendais rien d'autre. Je suis…

Bordel, pourquoi avais-je tant de mal à prononcer ce foutu mot ?

Je pris une profonde inspiration.

— Désolé, concédai-je.

Son visage s'éclaira d'un sourire. Ses lèvres pleines, d'un délicieux rouge cerise, que j'avais tant envie d'embrasser, s'étirèrent et creusèrent d'adorables fossettes sur ses joues. Ses yeux bleu-gris étincelèrent. Y décelai-je une lueur d'amusement ?

— C'était si difficile ?

Ses cheveux mordorés retombaient en cascade sur ses épaules. Je résistai à la tentation de les caresser, d'effleurer la soie de sa joue, l'humidité de ses lèvres écarlates.

J'avais envie d'elle.

Jamais je n'avais désiré personne à ce point.

★ ★ ★

— Jade !

À peine avions-nous passé la porte d'entrée que ma sœur déboula, mon chien Roger haletant sur les talons.

— Salut, mon gars ! dis-je en me penchant pour le caresser derrière les oreilles.

Jade s'agenouilla.

— Il est trop mignon ! Salut, bébé !

Roger se mit aussitôt à lui lécher le visage.

Marjorie éclata de rire.

— J'avais oublié que tu adorais les chiens.

Se tournant vers moi, elle ajouta :

— Jade devient dingue dès qu'elle voit un chien.

Puis, s'adressant à Jade :

— Désolée de ne pas avoir pu venir te chercher à l'aéroport. Tallon s'est bien occupé de toi ?

Je me crispai un instant. Jade allait-elle rapporter à ma sœur que je m'étais montré désagréable ?

Mais notre invitée se contenta de sourire.

— Bien sûr, aucun problème. Alors, tu as obtenu le poste ?

Marjorie secoua la tête.

— Malheureusement non. Ils ont préféré quelqu'un d'autre.

Donc, retour à la case départ. Je suppose que ces trois années passées à voyager au lieu de garder le nez plongé dans mes études pendant que tu faisais ton droit n'ont pas joué en ma faveur, plaisanta-t-elle.

J'adorais ma sœur, mais elle était un petit peu trop gâtée. D'accord, beaucoup trop gâtée. Mais je devais bien reconnaître qu'elle ne rechignait jamais à travailler dur.

— Alors, comment s'est passé le trajet ? demanda Marjorie.

— Très bien. Tallon m'a même offert un hamburger. J'étais affamée.

— Ravie de l'entendre. Tallon est un peu rustre, parfois. Mais il a toujours de bonnes intentions, pas vrai, Tal ?

De bonnes intentions ? Certes, je ferais n'importe quoi pour ma petite sœur, ou pour mes frères, mais est-ce que j'avais toujours de *bonnes intentions* ? Ça, c'était une putain de bonne question – à laquelle je ne trouverais certainement jamais de réponse.

Je l'esquivai donc. Comme tant de choses depuis vingt-cinq ans.

— Je suppose qu'elle va s'installer dans la chambre à côté de la tienne, Marj ? Je vais monter ses bagages.

— Oh, ce n'est pas la peine… commença Jade.

— Laisse-le faire, l'interrompit Marjorie. Autant que tous ses muscles servent à quelque chose.

Les joues de Jade s'empourprèrent. Rougissait-elle ainsi sur tout le corps ? Sur la poitrine ? Sur ses seins incroyablement voluptueux que je devinais sous son tee-shirt informe ? De ce côté-là, la nature l'avait largement gâtée.

— Alors, la chambre à côté de la tienne, Marj ?

— Bien sûr. Tu verras, c'est une très belle chambre, Jade. Tu as même une salle de bains privée.

— Vous n'avez pas besoin de vous donner tout ce mal pour moi.

Marjorie éclata de rire.

— Du mal ? Mais ma chérie, la chambre est vide ! Comme les trois autres. Jonah vit dans son propre ranch au bout du chemin, et Ryan dans le pavillon des invités au fond de la propriété. Il n'y a plus que Tal et moi, ici.

Comme si j'avais le choix. Lorsque j'étais rentré d'Irak, Jonah avait déjà construit sa maison, et Ryan s'était installé dans le pavillon. J'étais bloqué dans le ranch principal. Certes, j'occupais la plus grande chambre, mais j'avais l'impression d'y être prisonnier. Et maintenant, avec Jade qui allait vivre ici… Je ferais mieux de me mettre *illico* à dessiner les plans de ma propre habitation… très loin d'ici.

J'attrapai la valise de Jade et son sac de voyage, remontai le couloir et déposai ses bagages dans la chambre d'amis, adjacente à celle de Marjorie. Dieu merci, la mienne était située de l'autre côté de la maison.

Je devais rester aussi loin que possible de Jade Roberts.

Mais la distance suffirait-elle à apaiser ce désir impérieux que j'éprouvais pour elle ?

Chapitre 3

Jade

Je donnai un coup de poing dans mon oreiller pour ce qui me sembla être la centième fois. Le lit était assez confortable et l'oreiller aussi, d'ailleurs. Bizarrement, jusqu'à ce que je m'habitue à un nouveau lit, j'avais souvent du mal à trouver le sommeil. Quand je séjournais à l'hôtel, je ne dormais jamais la première nuit.

Peut-être qu'une tasse de thé me ferait du bien. Caféine ou pas, le thé m'aidait toujours à me détendre. Du bon vrai thé, j'entends, et pas ces infusions de plantes dans lesquelles il n'y a pas une seule feuille de thé. Je me levai et me faufilai sans bruit hors de ma chambre. Puis je remontai le couloir, jusqu'à l'immense cuisine de cet incroyable ranch. J'allumai le plafonnier… et restai bouche bée.

Tallon était assis à la table de la cuisine, un verre d'eau posé devant lui. À ses pieds, Roger remuait la queue. Il était torse nu, ses mamelons bruns ourlés de poils noirs, juste assez pour le rendre délicieusement viril, mais pas trop poilu. Il avait le bras droit appuyé sur la table. Mon Dieu, ce bras ! Ses muscles saillaient même en position relâchée.

Pourquoi n'avais-je pas pris la peine d'enfiler un peignoir ? Sous mon débardeur blanc moulant, mes seins étaient pleinement visibles.

Un vieux caleçon de Colin complétait ma tenue. J'avais jeté la plupart de ses affaires, mais ce boxer était si confortable ! Aussitôt, je croisai les bras sur ma poitrine pour cacher mes tétons durcis.

— Je… je suis désolée, bredouillai-je.

Il ne répondit rien.

— Pourquoi tu restes assis comme ça dans le noir ?

— Je n'arrivais pas à dormir.

Ce n'était pas à proprement parler une réponse, mais je décidai de ne pas insister.

— Moi non plus. Désolée de te déranger. Je voulais juste voir si vous aviez du thé. Ça me détend.

— La petite boîte sur le comptoir, dit-il en me la désignant du doigt.

J'avais envie de retourner chercher mon peignoir, mais cela n'aurait fait qu'attirer plus encore son attention sur ma tenue légère. Je triturai le sachet de thé et me mis à fouiller dans les placards à la recherche d'une tasse.

— À droite du four, lâcha Tallon, le regard rivé droit devant lui.

J'ouvris la porte qu'il m'indiquait et y trouvai en effet toutes sortes de tasses. J'en pris une, y versai de l'eau et la fourrai dans le micro-ondes. Les deux minutes suivantes me parurent une éternité. Le regard perdu dans le vague, Tallon n'avait pas bougé d'un pouce. Il n'avait pas touché à son verre d'eau.

Quand la sonnerie du micro-ondes tinta, je sortis ma tasse, y plongeai le sachet de thé, puis la posai sur le comptoir. Devais-je me joindre à Tallon ? Les murs invisibles qu'il dressait autour de lui semblaient englober la table. Seule la queue de Roger, qui remuait sans cesse, y perçait une brèche. Le chien restait couché à ses pieds, et même si j'avais très envie de me baisser pour le caresser, je préférai m'abstenir.

Je ne me sentais pas la bienvenue.

— Viens t'asseoir si tu veux, proposa Tallon.

Reprenant ma tasse, je m'installai de l'autre côté de la table. Je ne me sentais pas le droit de m'installer à côté de lui, mais me retrouver face à lui se révéla une grossière erreur. Il était en plein dans mon champ de vision. Impossible de ne *pas* le regarder.

Ses cheveux décoiffés lui donnaient l'air sexy. À plusieurs reprises, il y passa les doigts, les ébouriffant davantage. Ses magnifiques yeux bruns étaient creusés de cernes.

— Je… Je suis désolée que tu ne parviennes pas à dormir.

Il se racla la gorge.

— Pas de quoi. Je ne dors jamais.

C'était impossible. Tout être humain avait besoin de sommeil. À nouveau, je préférai ne pas insister.

— En temps normal, je n'ai pas d'insomnie, mais la première nuit dans un nouveau lit est toujours compliquée pour moi. Je suis sûre que ça ira mieux demain.

Tallon pinça sa belle bouche incarnate.

— Oui, tout ira bien. Les démons de cette maison ne peuvent pas t'atteindre.

Des démons ? De quoi parlait-il ? Depuis son passage chez les Marines, il faisait sûrement des cauchemars. Peut-être souffrait-il même de stress post-traumatique. Suivait-il une thérapie ? Ce n'était certainement pas à moi de lui poser la question.

— Je n'ai pas vraiment de démons. Sauf, bien sûr, mon ex-fiancé, qui m'a totalement humiliée il y a un peu plus d'une semaine.

Il leva les sourcils. Avais-je piqué son intérêt ?

— Ça n'a pas dû être facile pour toi.

Le ton de sa voix me troubla. Même s'il semblait sincère, je percevais autre chose dans cette remarque. Une pointe de sarcasme ?

Ignorant où il voulait en venir exactement, je décidai de prendre les choses au premier degré.

— Honnêtement, c’est surtout très embarrassant. Je crois que nous n’étions plus amoureux. Nous sommes sortis ensemble durant nos quatre ans d’université à Denver, et puis j’ai embrayé avec l’école de droit. Lui, il est parti à New York pour un stage dans l’entreprise de son père. Notre couple a tenu, mais les relations longue distance sont difficiles. À bien y réfléchir, nous n’aurions pas dû rester ensemble.

Tallon se leva.

— Je suis sûr que tout ira bien. Crois-moi, il y a pire.

Une pointe d’agacement me saisit. Comment osait-il minimiser ce qu’il m’était arrivé ? Je ne quémandais pas sa pitié. Je venais de lui avouer sans façon que ma relation avec Colin avait été une erreur, et que nous aurions dû rompre des années plus tôt. Bien sûr qu’il y avait pire. Il y avait *toujours* pire.

Je me levai à mon tour et plongeai mon regard dans ses yeux d’obsidienne.

— Tu as raison. Je vais m’en remettre. Ai-je dit le contraire ? Je sais qu’il y a bien pire au monde que se faire abandonner au pied de l’autel. Cependant, cela n’enlève rien au fait que j’ai été complètement humiliée.

Secouant la tête, il eut un petit rire.

— J’ai compris. Tu vas bien.

Ses paroles s’insinuèrent en moi, transformant l’agacement en colère. Pourquoi ses propos me touchaient-ils autant ?

— Franchement, tu me connais à peine. Pourquoi es-tu si catégorique ?

— Je te connais mieux que tu le penses, yeux d’azur. Je sais que tu as eu une belle vie de privilégiée, et que la pire chose qui te soit arrivée, c’est d’avoir été humiliée le jour de ton mariage.

— Pour ta gouverne, je n'ai rien d'une privilégiée. J'ai été élevée très modestement, ce qui n'est visiblement pas ton cas, répliquai-je en désignant d'un geste ample la pièce luxueuse et les appareils électroménagers haut de gamme.

De nouveau, il éclata de rire. Je vis rouge.

— Yeux d'azur, l'argent n'achète pas tout. Éducation modeste ou pas, tu es allée à l'université. Tu as fait des études de droit. Une fois que tu auras réussi l'examen du barreau, tu pourras trouver un emploi qui te rapportera un bon salaire. Et avec ton physique et tes formes pulpeuses, tu n'auras aucun problème pour attirer un autre homme en un rien de temps. Alors, ne me dis pas que tu n'es pas privilégiée.

Je dus me concentrer pour intégrer ses derniers mots. J'étais bloquée sur la partie « ton physique et tes formes pulpeuses ». Était-il attiré par moi ? Ce dieu du Far West ?

J'ouvris la bouche pour répondre, mais avant que le moindre mot en sorte, il s'empara de mon bras, m'attira contre lui et écrasa sa bouche sur la mienne.

Il m'embrassa sauvagement. Forçant sa langue entre mes lèvres, il prit possession de ma bouche.

J'en avais les jambes qui tremblaient. Oh, mon Dieu…

Sept ans avec Colin… et je n'avais jamais rien ressenti de tel.

Il me dévora, et je m'abandonnai à lui. D'une main, il empoigna violemment mes cheveux derrière ma tête tout en continuant à s'approprier ma bouche. Un frisson de désir m'électrisa, fusant jusqu'à mon sexe. Aucun homme ne m'avait jamais saisie ainsi par les cheveux, et oh mon Dieu… Je lui rendis son baiser avec avidité. C'était un baume apaisant pour mon ego brisé. Cet homme si sexy… me trouvait séduisante… et m'embrassait avec passion.

Abandonnant mes lèvres, il plongea dans mon cou, qu'il couvrit de baisers, remontant jusqu'à mon oreille.

— Bon Dieu… yeux d'azur.

Mes jambes menaçaient de flancher, mais il me soutint.

— Ce type que tu as failli épouser… Il t'a déjà embrassée comme ça ? demanda-t-il dans un murmure.

J'ouvris la bouche pour répondre, mais il n'en sortit qu'un soupir.

Tallon introduisit sa langue dans mon conduit auditif. *Hmm !* Je crus que j'allais défaillir. *Emmène-moi dans ton lit*, l'implorai-je en pensée. *Emmène-moi dans ton lit, et baise-moi à fond !*

— Réponds-moi. Il t'a déjà embrassée comme ça ?

— Non.

De nouveau, il plaqua sa bouche sur la mienne. Nos langues reprirent leur ballet effréné, et mes jambes menacèrent une nouvelle fois de céder. Je remontai mes mains le long de ses bras solides, savourant la sensation de ses muscles sous sa peau lisse et cuivrée. J'agrippai ses épaules, nouai mes bras autour de son cou, pour réduire la distance qui nous séparait encore.

Plus près… Je voulais être plus près.

Mais il interrompit brutalement notre baiser et relâcha si soudainement mes cheveux que je faillis tomber. Je me rattrapai au dossier de la chaise en gémissant. Déjà ses lèvres, ses bras, son désir pour moi me manquaient.

Debout face à moi, il me regardait fixement. Non… il me déshabillait des yeux, son regard noir brûlant me transperçant la peau.

Allait-il dire quelque chose ? Qu'étais-je censée faire maintenant ? Lui présenter des excuses ? Ce n'était pas moi qui l'avais embrassé ! C'était lui qui avait pris l'initiative. Allait-*il* s'excuser ?

Non. Je n'eus droit à rien du tout. Il passa devant moi, sortit de la cuisine et disparut dans le couloir en direction de sa chambre, son chien sur les talons.

Je me laissai tomber sur la chaise, serrant la tasse de thé tiède entre mes mains.

Son verre d'eau était encore sur la table, intact.

★ ★ ★

Chez Rita était un joli petit café-restaurant dans la rue principale de Snow Creek. J'étais assise en face de Marj. Elle avait insisté pour m'emmener prendre mon premier petit-déjeuner à Snow Creek et m'offrir ce qu'elle appelait « le meilleur café de l'univers ». J'étais sceptique. J'aimais le café noir, vraiment très fort, épais et lourd quand on le verse. La plupart du temps, au restaurant, le café n'était que de la lavasse. Approchant ma tasse de mes lèvres, je bus une gorgée.

Beurk. De l'eau colorée, rien d'autre. Mais je n'eus pas le cœur de le dire à Marj.

Je pris une profonde inspiration, rassemblant mon courage. Je voulais l'interroger à propos de son frère. Je ne lui parlerais pas du baiser volé de la veille, du moins pas encore. Mais il y avait quelque chose de bizarre chez Tallon Steel, et Marj savait sans doute de quoi il retournait.

— Quand on aura fini, je te ferai visiter Snow Creek, annonça-t-elle. C'est une petite ville adorable. Il y a un cabinet d'avocats dans le centre où tu pourrais décrocher un boulot. Sans parler du bureau du procureur.

— Je n'ai pas encore les résultats du barreau, lui rappelai-je.

— Pour un génie comme toi, c'est juste une formalité. Tu sais que tu vas l'avoir, Jade.

Oui, je m'étais sentie confiante à l'issue de l'examen, mais je connaissais des gens qui avaient été très sûrs d'eux… et qui avaient échoué.

— Je l'espère bien. Sinon, je devrai attendre encore six mois pour le repasser. Mais ne t'inquiète pas. Je pourrai toujours trouver un travail de serveuse ou autre pendant que je réviserai. Je ne serai pas un fardeau pour vous.

— Qui dit que tu es un fardeau ?

Ah, parfait ! Juste l'ouverture que je cherchais.

— Eh bien, ton frère, pour commencer.

— Tallon ? Pourquoi dirait-il une chose pareille ?

— Ce ne sont pas tout à fait ses mots. Mais hier, durant le trajet, il a fait remarquer que je m'imposais.

Certes, j'exagérais un peu. Il avait dit que je pouvais utiliser une de leurs voitures. C'est moi qui avais parlé de « m'imposer » et il n'avait fait que répéter mon expression.

— Je suis sûre qu'il plaisantait, Jade. Tal est… Eh bien, il est comme ça, c'est tout.

Sa remarque avait piqué ma curiosité.

— Qu'est-ce que tu veux dire ?

— Tu sais qu'il a été déployé en opérations extérieures avec les Marines. Il n'en parle jamais. La vérité, c'est qu'il est très secret. Il a toujours été comme ça. Je suis plus proche de Joe et de Ryan que de Tal. C'est un loup solitaire.

— Oui, je comprends. La nuit dernière, je me suis levée pour me préparer une tasse de thé, et il était dans la cuisine, assis dans le noir.

— Il a du mal à dormir. Il se lève souvent la nuit.

— Mais pourquoi reste-t-il assis dans le noir ? Il pourrait regarder la télé ou lire un livre, non ?

Marjorie se mordilla les lèvres, mal à l'aise.

— Tallon a toujours été un peu… bizarre. Mais c'est un mec bien, Jade. Il a juste… des problèmes. Je veux dire, il était en Irak. Je n'ai aucune idée de ce qu'il a vu là-bas, et il n'en parle jamais, en tout cas pas à moi. Mais ça l'a forcément marqué.

— Tu crois qu'il souffre de stress post-traumatique ?

Elle secoua la tête.

— J'y ai pensé. Oh !

Visiblement surprise, elle écarquilla les yeux, considérant la porte du café qui venait de s'ouvrir.

Quand je me retournai, mon cœur faillit cesser de battre. Tallon Steel s'avança, toujours délicieusement moulé dans son jean, ses superbes avant-bras bronzés dévoilés par les manches retroussées de sa chemise noire de cow-boy.

Marj lui fit signe de nous rejoindre.

— Eh, Tal, par ici !

Je sentis des fourmillements sur ma peau. Je ne pensais qu'à notre baiser de la veille, à sa langue qui fouillait avidement ma bouche. Je ne l'avais pas revu depuis. Comment devais-je réagir ?

— Je prends juste un café à emporter, mais merci, dit-il en se dirigeant vers le comptoir.

— Joins-toi à nous, je t'en prie !

Pourquoi ces mots m'étaient-ils sortis de la bouche ?

Marjorie me regarda d'un air stupéfait.

— Oui, viens par ici, Tallon. Tu as bien quelques minutes pour ta petite sœur et son amie !

Il se détourna du comptoir. De ses yeux sombres émanait une lueur étrange, un mélange de feu et… était-ce de la tristesse ?

— Oui, bien sûr. Je suppose que j'ai quelques minutes.

— Mes frères ne me refusent jamais rien, dit Marj, sourire aux lèvres. Bien sûr, ils sont aussi surprotecteurs. C'est le prix à payer quand on est la plus jeune, et la seule fille de la famille.

Oui, Marj était la plus jeune. Je n'avais jamais songé à lui demander l'âge de ses aînés.

— Quel âge ont tes frères ?

— Jonah a trente-huit ans, Tallon trente-cinq, et Ryan trente-deux ans.

Ouah ! Ainsi, Tallon avait dix ans de plus que moi. Bien sûr, je savais qu'il était plus âgé, mais je n'avais pas pensé au nombre d'années qui nous séparaient. Marj avait vingt-cinq ans, comme moi. Ses parents devaient avoir décidé sur le tard d'avoir un dernier enfant.

— Oh ! Je ne m'étais pas rendu compte qu'ils étaient beaucoup plus vieux que nous.

— Oui, je les suivais partout quand j'étais gamine. Ça les rendait fous.

— Vous avez dû avoir une enfance amusante.

— Eh bien, je n'ai jamais connu ma mère…

Je me maudis aussitôt. Mon Dieu, quelle idiote ! Sa mère s'était suicidée quand Marj n'avait que deux ans.

— Je suis vraiment désolée. Je ne sais pas pourquoi j'ai dit ça.

Marjorie esquissa un vague sourire.

— Ce n'est pas grave. J'ai quand même grandi dans un ranch magnifique avec tout ce que l'argent pouvait acheter, et trois grands frères qui m'adoraient.

Tallon s'assit, posa son café et son scone sur la table.

— Qui t'adoraient ? Qu'est-ce qui te fait croire ça, Trois Pommes ?

Je laissai échapper un petit rire. Le surnom ne convenait pas du tout à Marj. Elle était assez grande pour être mannequin.

Marjorie esquiva sa question et demanda :

— Qu'est-ce qui t'amène en ville aujourd'hui, Tal ?

Tallon mordit dans son scone. Des miettes tombèrent sur la table.

— J'avais juste envie d'un scone de chez Rita. Et vous, qu'est-ce que vous fabriquez ici ?

— Je fais visiter la ville à Jade. Bien obligée de lui faire goûter le café de Rita.

— Ouais. Le meilleur café de ce côté des Rocheuses.

Question café, ils étaient carrément à côté de la plaque ! Si ce breuvage était considéré dans le coin comme un vrai petit noir, alors j'allais devoir acheter un moulin, une cafetière et des grains de bonne qualité. Évidemment, je m'abstins de leur en faire la remarque et me contentai de sourire.

— Le bureau de Larry Wade, le procureur de la ville, n'est pas très loin d'ici, reprit Marjorie. Je le connais un peu. On pourrait passer le voir pour que tu te présentes, si tu veux.

Je baissai les yeux sur mon short minimaliste et mon débardeur rouge. Pas vraiment la tenue pour rencontrer un employeur potentiel.

— Pas aujourd'hui. Regarde comment je suis habillée.

Tallon se tourna vers moi et nos yeux se croisèrent. Sous son regard enflammé, le peu de vêtements que je portais sembla fondre. Mes tétons se mirent à pointer sous mon soutien-gorge, et bientôt, j'eus l'horrible sensation qu'on ne voyait plus qu'eux. Avec ma poitrine plantureuse, je me faisais un devoir de ne jamais porter de soutien-gorge rembourré. Inutile de rajouter du volume ! Hélas, chaque fois que j'avais froid… ou que j'étais sexuellement excitée, tous les voyants étaient au rouge. C'était le prix à payer.

Les lèvres de Tallon frémirent. Réprimait-il un sourire ? Il ne souriait pas beaucoup. Il avait remarqué mes tétons, j'en étais sûre. Je croisai les bras sur ma poitrine… ce qui n'était pas l'idéal pour boire mon café. Mais, de toute façon, il était vraiment infect.

Tallon termina son scone, puis fit glisser les miettes de la table dans le creux de sa main.

— Bon, j'ai quelques courses à faire, mesdemoiselles. On se voit à la maison pour le dîner.

Oui, le dîner. Les Steel avaient une gouvernante qui venait tous les jours – Felicia. Je n'étais pas sûre de m'habituer à être servie. C'était si loin de ce que je connaissais depuis mon enfance. Mon père travaillait dans le bâtiment et gagnait correctement sa vie, mais notre train de vie était à des années-lumière de celui de la famille Steel. Nous n'avions jamais eu de femme de ménage, et encore moins de cuisinière.

Quand il quitta les lieux, je ne pus m'empêcher de suivre Tallon du regard. C'était un très bel homme. Et il avait… un beau cul.

J'essuyai mes mains moites sur mon short en jean.

J'avais le souffle court.

Je n'oublierais jamais notre baiser.

Chapitre 4

TALLON

Le garçon était blotti dans l'obscurité. Seuls son tee-shirt usé et la couverture grise déchirée lui procuraient un peu de chaleur – mais pas assez. Ses yeux s'étaient depuis longtemps habitués à la noirceur de la cave humide où il était enfermé. La nuit était le moment le plus difficile, même s'il était seul alors.

La solitude faisait surgir ses propres démons.

Isolement. Peur. Vulnérabilité.

L'air glacé lui piquait la peau. Des grincements lancinants semblaient se rapprocher. Des ombres malignes se dessinaient sur les murs, entamant une sinistre danse au son d'un violon discordant. Des griffes noires descendaient vers lui, et les murs de béton froid s'inclinaient lentement.

Le souffle du garçon s'accéléra. Quand il recula, le sol de béton égratigna sa peau nue. Il ne parvenait plus à respirer… Le plafond s'abaissait vers lui, les ténèbres l'engloutissaient.

Les murs continuaient à se rapprocher. Toujours les murs. Froids, durs, impénétrables. Il entendait leurs rires hystériques, leurs voix sourdes, effrayantes, tandis qu'ils se refermaient sur lui.

Respirer. Il faut que je respire… De l'air… De l'air… De l'air…

— Tu n'es rien, se moquaient les murs, leurs visages déformés apparaissant au fur et à mesure qu'ils avançaient sur lui dans des craquements. Tu vas mourir ici. On va se servir de toi, encore et encore. Tu ne vaux pas plus que cette vieille couverture en loques sur laquelle tu dors. Tu n'intéresses personne. Personne ne viendra te chercher. Personne d'autre que nous. Nous t'emmènerons en enfer…

★ ★ ★

J'étais de nouveau assis à la table de la cuisine, un verre d'eau posé devant moi. Ce verre auquel je ne touchais jamais. Pourquoi me servais-je toujours un verre d'eau quand je venais ici ? Ça me paraissait normal. Quand quelqu'un se lève au milieu de la nuit, il boit de l'eau. Je n'avais pas soif. Comme d'habitude, je n'avais pas allumé la lumière. Je m'asseyais toujours dans le noir. Je me sentais mieux comme ça.

Cela n'avait pas de sens. Tous les pires moments de ma vie s'étaient déroulés dans le noir. Pourtant, l'obscurité m'offrait un voile de réconfort que je ne comprenais pas. Depuis longtemps, je n'essayais plus de me comprendre moi-même.

Je clignai les yeux quand la lumière jaillit. Jade. Encore. Cette fille ne dormait-elle jamais ?

Cette fois, elle portait un peignoir. Dommage. Son corps était une putain d'œuvre d'art. Je n'avais jamais vu de poitrine aussi opulente – pourtant j'avais connu beaucoup de femmes. Depuis mes quinze ans, elles se jetaient sur moi. Je prenais ce qu'elles m'offraient. Pourquoi pas, après tout ? Je passais de bons moments, et elles aussi. Elles comblaient un besoin physique, rien de plus. Je n'avais jamais vraiment désiré aucune de ces filles.

— Désolée. Je ne pensais pas que tu serais là ce soir.

D’un pas traînant, elle se dirigea vers la boîte de thé dont elle sortit un sachet.

— Je ne pensais pas non plus que tu reviendrais, dis-je en regardant mon verre d’eau.

Même si son peignoir, qui soulignait ses longues jambes fuselées et ses fesses parfaites, était minimaliste, je ne pouvais pas voir ses tétons. Mais déjà mon sexe durcissait. Qu’est-ce qui clochait chez moi ? J’avais côtoyé quantité de femmes superbes. J’avais couché avec des créatures plus belles que Jade Roberts.

Pour être honnête, peu d’entre elles étaient réellement *plus* belles. Jade était une bombe. Quoi qu’il en soit, j’avais couché avec des femmes splendides, alors, qu’avait-elle de plus ?

La sonnerie du micro-ondes tinta. Jade s’approcha de la table, sa tasse de thé fumant à la main.

— Je ne veux pas te déranger. Je vais emporter mon thé dans ma chambre.

Elle se retourna, s’apprêtant à quitter la pièce.

— Ne pars pas.

Ces mots étaient-ils réellement sortis de ma bouche ? Qu’est-ce que j’attendais d’elle ? Je n’étais sûr que d’une chose : je ne voulais pas qu’elle quitte la cuisine.

Elle pivota sur ses talons pour me faire face.

— Honnêtement, je ne voulais pas te déranger.

— Pourquoi tu n’arrives pas à dormir ? demandai-je. Il y a un problème avec le lit ?

Elle secoua la tête. Elle s’accroupit pour donner une caresse à Roger – « Comment ça va, mon beau ? » – puis s’installa à la table.

— Non. Mon lit est très confortable. Je ne sais pas pourquoi j’ai du mal à dormir. Peut-être que je n’ai pas encore digéré la trahison de Colin. Ou que je suis anxieuse en attendant mes résultats de l'examen du barreau. Peut-être que j'ai peur de ne pas trouver de boulot assez vite et de m'imposer chez vous trop longtemps. Sûrement un peu tout ça.

— Tu n'as pas besoin de t'inquiéter pour le dernier point. Nous avons beaucoup de place. Tu peux rester ici aussi longtemps que tu veux. Marjorie ne voudrait pas qu'il en soit autrement.

— C'est gentil. Ça me touche énormément, crois-moi. Mais je ne suis pas le genre de personne à vivre aux crochets des autres. Ça me fait flipper.

— Ça te fait flipper ? Qu'est-ce que tu veux dire ?

Elle soupira.

— Mon père a toujours été très ferme sur la nécessité de trouver sa voie dans le monde, et il m'a transmis ses valeurs. Nous menions une vie modeste, mais nous avions toujours à manger et de quoi nous vêtir. Et je savais qu'il m'aimait.

— Alors, tu es proche de ton père ?

Elle hocha la tête.

— Il me manque.

— Et ta mère ?

— Je n'ai pas revu ma mère depuis mon enfance. Elle nous a abandonnés pour sa carrière.

— Sa carrière ? Pour quel genre de carrière quitte-t-on sa famille ?

Secouant la tête, Jade émit un rire sarcastique.

— Tu as déjà entendu parler de Brooke Bailey ?

— Ouais. C'était un top model il y a une vingtaine d'années, non ?

Nouveau hochement de tête.

— Oui. C'est aussi ma mère.

Je haussai les sourcils. Au temps de mon adolescence, Brooke Bailey était la femme la plus désirable du monde. Jonah bandait comme un fou pour elle. Le célèbre poster de cette bombe en maillot de bain bleu électrique était accroché au mur, juste à côté de son lit. Elle était plus grande que Jade, plus mince, plus élancée, et moins pulpeuse. Ses cheveux étaient d'un blond foncé comparé au châtain lumineux de Jade, qui devait tenir cette couleur de son père.

Les yeux de Brooke semblaient vous fixer depuis le mur. Chaque mec avait le même fantasme : c'était lui que Brooke regardait, sourire aux lèvres, ses tétons durcis pointant sous le Lycra de son maillot… rien que pour lui. Brooke Bailey était très photogénique. Elle avait dû gagner une fortune avec ce poster. Alors pourquoi Jade avait-elle eu une enfance si modeste ?

Je la regardai.

Et je compris une chose.

Jade avait les yeux de Brooke – ces yeux d'acier, bleu-gris, qui semblaient pénétrer en vous.

C'est ce qui m'avait attiré chez elle, en tout premier lieu – ses yeux. Face à elle, je me sentais nu, comme si elle pouvait voir à travers moi, jusqu'aux tréfonds de mon âme brisée. Cela m'effrayait plus que tout.

Alors, pourquoi avais-je tellement envie d'elle ? Je n'avais pas réussi à oublier ce baiser. Ses lèvres étaient si pleines, si rouges, et elle avait un goût de champagne et de fraises. Je n'avais jamais rien goûté de tel en embrassant une femme. Notre baiser avait été différent de tous ceux que j'avais échangés, mais je ne parvenais pas à comprendre pourquoi. Tout ce que je savais, c'était que je la désirais comme un fou.

Je la voulais dans mon lit.

C'était la meilleure amie de ma sœur. Je ne pouvais pas m'envoyer en l'air avec elle puis l'oublier ensuite, comme les autres. Encore plus flippant : je ne voulais surtout pas de ce genre de chose avec elle.

Ces yeux… Pas question de la laisser s'approcher. Son regard transpercerait tous les murs que j'avais érigés autour de moi, tous les secrets que j'avais enfouis au fond de mon âme. Jamais je ne pourrais lui révéler les raisons de mes insomnies, lui parler des démons qui me hantaient dans mes rêves. Je ne pouvais le dire à personne.

— Vraiment ? répondis-je finalement.

Elle baissa les yeux vers sa tasse de thé.

— Je sais que c'est difficile à croire. Je ne lui ressemble en rien.

— Tu as ses yeux.

Les mots avaient jailli de ma bouche sans que je puisse les retenir.

— Tu trouves ?

J'acquiesçai.

— Joe était obsédé par Brooke Bailey quand il était plus jeune. Il avait ce poster d'elle en maillot de bain bleu. Tu sais, celui où tu aurais pu jurer qu'elle te regardait droit dans les yeux et te souriait ?

Jade esquissa une moue.

— Quand j'étais gamine, j'étais hyper gênée par ce poster. La plupart des gens ignoraient que Brooke était ma mère, et j'évitais de le dire.

— Pourquoi tu étais gênée ? Ce poster a fait un tabac. Ta mère est magnifique.

— Oui, plus belle que je ne le serai jamais, mais ce n'est pas pour ça que c'était embarrassant.

Pour la comparaison, j'étais d'un autre avis. Brooke avait un physique de mannequin, mais Jade… Jade était extraordinaire, chaleureuse, accueillante.

— Alors pourquoi ?

— Eh bien… c'est difficile à dire…

Ses joues s'empourprèrent joliment.

— Allez, insistai-je. Dis-moi.

— Parce que presque tous les adolescents que je connaissais s'étaient masturbés en regardant les tétons de ma mère pointer dans ce fameux maillot de bain bleu, voilà pourquoi.

Je laissai échapper un petit rire. Elle avait raison.

— Je suis sûr que ce poster a fait gagner beaucoup d'argent à ta famille.

— Je n'ai jamais vu la couleur de cet argent. C'est son deuxième mari qui en a profité, mais il a tout dilapidé. Après son divorce, elle est revenue, elle voulait arranger les choses avec mon père et moi. J'avais quinze ans à l'époque, et plus aucune confiance en elle. Mon père non plus.

Son récit me troubla. Je connaissais la douleur de perdre une mère. La mienne était géniale jusqu'à ce que… Je secouai la tête pour effacer les terribles images qui tentaient de s'insinuer en moi. J'avais douze ans quand ma mère s'était suicidée. Marjorie ne se souvenait même pas d'elle.

— Je vois. Le cas classique : elle a choisi sa carrière plutôt que sa famille.

Jade opina du chef.

— En résumé, oui. Ça l'intéressait davantage d'être Brooke Bailey que d'être ma mère, jusqu'à ce qu'elle perde tout.

— Qu'est-ce qu'elle fait maintenant ?

— Je n'en ai pas la moindre idée. Tout ce que je sais, c'est qu'elle est fauchée et botoxée.

Elle but une gorgée de son thé, avant d'ajouter :

— Et je m'en fiche.

J'acquiesçai en silence. Que pouvais-je répondre à ça ? Jade avait tous les droits d'éprouver de tels sentiments.

— Bon, je retourne me coucher.

Elle se leva.

Je ne voulais pas qu'elle s'en aille. J'aimais discuter avec elle… ce que je ne faisais jamais avec personne d'autre que Marjorie et mes frères. Oui, j'avais envie de parler avec Jade, mais c'était un désir impossible à satisfaire. Je devais y mettre un terme sur-le-champ. Plus je m'ouvrirais à elle, plus il y aurait de fissures dans les murs qui me protégeaient. Je ne pouvais pas prendre le risque qu'ils s'écroulent. J'en mourrais.

Mieux valait la laisser partir. Même si j'en brûlais d'envie, il était hors de question que nous devenions proches.

Pourtant, je me levai, la rattrapai et la saisis par le bras pour la tourner vers moi. Surprise, elle écarquilla les yeux.

— Qu'est-ce que tu veux ?

— Ça, répondis-je juste avant de plaquer ma bouche sur la sienne.

Bon Dieu, la même saveur de fraise et de champagne… Elle me rendit mon baiser avec fougue, enroulant sa langue autour de la mienne. Aussitôt, sous mon pantalon de pyjama, mon sexe se raidit. J'étais torse nu, et je désirais plus que tout sentir ses seins contre ma peau. Oh oui ! Sans cesser de l'embrasser, je dénouai la ceinture de son peignoir de satin et le fis glisser sur ses épaules jusqu'à ce qu'il tombe par terre, petite flaque soyeuse sur le carrelage de la cuisine.

Ses seins magnifiquement pleins étaient prisonniers d'un débardeur blanc. De tels trésors ne devraient pas être enfermés. J'interrompis notre baiser, baissant les yeux vers sa poitrine. À travers le coton blanc, je devinai les aréoles sombres entourant ses tétons dressés. Je pris un sein en coupe dans ma main gauche, et embrassai à nouveau Jade.

Elle gémit dans ma bouche. Je sentis la vibration de son gémissement plus que je l'entendis. Ma queue était maintenant au garde-à-vous. Je n'avais plus qu'une envie : qu'elle s'agenouille devant moi, et pénétrer sa bouche de mon sexe pour qu'elle me suce jusqu'à ce que j'oublie tout.

Au lieu de quoi, je continuai à taquiner son sein de la pulpe du pouce. Quand elle soupira dans ma bouche, je lui pinçai le mamelon.

Elle tressaillit légèrement, mais ne m'arrêta pas, continuant de m'embrasser, sa langue douce fouillant ma bouche. Je buvais notre baiser, qui étanchait une soif inconnue, dont je n'avais jamais soupçonné l'existence. Jade était si belle, si généreuse… tout ce que je n'étais pas. Douce alors que moi, j'étais dur.

Entière, là où j'étais… brisé.

Pourrait-elle me guérir ? Quelqu'un pouvait-il combler toutes les failles de mon âme ?

Alors que nous nous embrassions, je faillis croire qu'elle en était capable.

Mais c'était impossible.

Je mis brutalement un terme à notre baiser.

Personne ne pouvait me guérir. J'étais brisé à jamais.

Jade leva vers moi ses yeux bleu acier. Ses lèvres étaient gonflées, ses mamelons toujours durcis sous le débardeur blanc. J'avais tellement envie de la serrer contre moi, d'embrasser ses cheveux soyeux, de lui murmurer à l'oreille que tout allait bien et que tout irait toujours bien.

Mais ce serait un mensonge.

Plus rien n'irait bien. Jamais.

Malgré l'irrésistible attirance que j'éprouvais pour elle, je passai devant elle et quittai la cuisine pour regagner ma chambre. Roger me suivit, haletant d'un air joyeux. Ce foutu chien était toujours heureux.

Une fois couché, j'apaisai mon désir en me masturbant. Le beau visage de Jade, ses yeux qui pénétraient mon âme me hantèrent jusque tard dans la nuit.

Je ne dormis pas.

Je ne dormais jamais.

Chapitre 5

Jade

Il l'avait fait. Il m'avait plantée là, dans la cuisine, après un baiser plus torride encore que le précédent. Que faire ? Devais-je aborder le sujet avec Marj ? Souhaiterait-elle être mise au courant ? Comment prendrait-elle le fait que son frère ait embrassé sa meilleure amie ?

Soupirant profondément, je bus quelques gorgées de mon thé, désormais tiède. Il me fallait mettre un terme à ces petites visites nocturnes à la cuisine.

Je renfilai mon peignoir en frissonnant. Mes tétons pointaient encore sous mon débardeur. Bon sang… quand il les avait caressés, quand il m'avait pincée… j'avais failli jouir sur-le-champ. En deux baisers seulement, Tallon Steel m'avait troublée et bien plus excitée que Colin Morse en sept ans !

Dieu merci, Colin m'avait abandonnée devant l'autel, sinon je serais mariée à un homme sans jamais avoir connu la sensation d'en aimer un autre !

Je secouai rapidement la tête pour chasser cette pensée saugrenue. Je n'étais pas amoureuse de Tallon Steel. Je le connaissais depuis deux jours. Cet homme était une telle énigme ! Il ne dormait jamais, passait une partie de ses nuits dans cette cuisine, et m'avait embrassée par deux fois passionnément, sans raison apparente. Il n'en avait pas parlé avec moi. Certes, il n'y avait pas grand-chose à dire sur le sujet, mais n'aurait-il pas été normal qu'il l'évoque ? Qu'il s'excuse de s'être laissé emporter, alors qu'il n'avait eu aucune intention de m'embrasser, par exemple. Mais j'espérais sincèrement qu'il l'avait fait volontairement !

Sentant que mes jambes commençaient à trembler, je m'assis. Jamais Colin ne m'avait fait cet effet-là ! Tallon Steel était incroyable. Un physique à tomber, le meilleur rouleur de patins du monde… Et une armure impénétrable.

Ma conversation avec Marj n'avait rien donné. De toute évidence, elle ne connaissait pas mieux son frère que moi. Sans doute serait-il préférable de parler de Tallon avec Jonah et Ryan, mais comme ils ne vivaient pas dans la maison principale, je ne les avais aperçus qu'en coup de vent.

Demain matin, j'essaierais d'en apprendre davantage. Je pourrais rendre visite à Ryan, à l'exploitation viticole. C'était lui qui gérait les vignes.

Finalement, je me levai. Il était temps de retourner me coucher. Hélas, je savais que je ne dormirais pas.

Si seulement j'avais apporté un vibromasseur…

★ ★ ★

Le matin après le petit-déjeuner, j'annonçai à Marj que j'allais faire un tour, seule. Je sautai dans la Ford Mustang qu'ils m'avaient prêtée, réglai mon GPS et roulai jusqu'aux vignobles familiaux. Je ne voulais pas déranger Ryan, mais peut-être aurait-il quelques minutes à me consacrer.

Le paysage était d'un beau vert luxuriant. Des hectares et des hectares de pâturages pour le bétail, parsemés de petites maisons où vivaient leurs employés. Après avoir dépassé ces vastes prairies, j'arrivai au verger. Les pommiers et les pêchers étaient en pleine floraison, et la douce odeur de leurs fleurs flottait dans la voiture. J'inhalai profondément. Marj adorait les pêches du Colorado. Elle m'avait expliqué que Ryan, en plus de produire du vin traditionnel à partir des raisins, fabriquait des vins secs de pomme et de pêche. La plupart des vins de fruits que j'avais eu l'occasion de boire par le passé étaient beaucoup trop sucrés. J'avais hâte de goûter à la production de Ryan.

Parvenue enfin au bout du verger, je pénétrai sur le vignoble. Les pieds de vigne, eux aussi, étaient en fleurs. Il faudrait que je demande à Ryan quelles variétés de raisin il cultivait ici. Les Steel produisaient un merlot, un cabernet, un assemblage rouge de cépages du Rhône comme vin de table et plusieurs autres crus. Ryan cultivait-il tous ces cépages ici ? Ou faisait-il venir les raisins de Californie ? J'étais réellement curieuse d'en savoir davantage. En outre, ce serait une bonne entrée en matière pour parler de Tallon. Je pourrais commencer par faire part à Ryan de mon intérêt pour la vigne. Ce n'était même pas un mensonge. J'aimais déguster un bon verre de vin. L'œnologie m'avait toujours passionnée.

Et puis, sur le plan professionnel… Ryan pourrait peut-être me proposer un emploi au domaine. Au moins jusqu'à ce que j'aie les résultats de l'examen du barreau. Je travaillais depuis l'âge de seize ans. C'était bizarre pour moi de ne pas avoir de revenu. Pendant toutes mes études supérieures, je travaillais entre vingt et trente heures par semaine, comme serveuse lorsque j'étais à l'université, puis comme assistante de justice pendant mes études de droit.

Mais je mettais sûrement la charrue avant les bœufs. Ryan n'avait peut-être pas besoin d'aide au vignoble en ce moment. Après tout, il ne produirait pas de vin avant les prochaines vendanges. Mais cela ne coûtait rien de demander.

Je remontai l'allée de graviers jusqu'au bâtiment qui abritait les bureaux et la salle de dégustation. J'étais déjà venue ici lorsque j'avais rendu visite à Marj pendant nos études. Nous trouvions ça très amusant de pouvoir goûter tous les vins, même si nous n'avions ni l'une ni l'autre l'âge légal pour consommer de l'alcool.

Je garai la voiture et pénétrai dans les locaux. Une femme était assise derrière un petit bureau, pianotant sur les touches d'un ordinateur.

— Bonjour, Ryan est-il là aujourd'hui ?

— Oui, il est au chai. Il vérifie les vins de certaines cuves. Vous avez rendez-vous ?

— Non, pas vraiment. Je suis Jade Roberts, l'amie de Marjorie. Je séjourne au ranch en attendant de m'installer dans le coin. Je me demandais si vous aviez besoin d'aide au vignoble. Je cherche du travail.

— Il faudra poser la question à Ryan. Je ne peux pas vous répondre.

— Puis-je aller le voir ?

La femme acquiesça.

— Je m'appelle Marion, au fait. Dites-lui que je vous ai permis d'entrer. On voit les chais d'ici.

— Merci beaucoup.

Je quittai le bureau et me dirigeai vers le grand hangar où étaient entreposées les cuves. Les Vignobles Steel étaient un établissement à la pointe de la technologie, mais je ne pouvais m'empêcher d'imaginer Lucy Ricardo, l'héroïne de la série *I Love Lucy*, foulant les raisins de ses pieds nus. Je laissai échapper un petit rire. Depuis ce jour où, enfant, j'avais découvert les rediffusions en noir et blanc de cette vieille série des années 1950, j'étais fan de Lucy. Qu'éprouverais-je en écrasant le raisin entre mes orteils ?

Hésitante, j'ouvris la porte du hangar. J'étais déjà venue ici, mais j'avais oublié à quel point les grandes cuves en acier inoxydable étaient impressionnantes. L'endroit était impeccable. Quand je l'avais découvert pour la première fois, j'avais été surprise. Je m'étais attendue à trouver de vieilles barriques en bois. Mais rien de tel pour Les Vignobles Steel. Tout le matériel était flambant neuf. Plusieurs employés se trouvaient sur place, mais aucun ne me prêta la moindre attention. Regardant autour de moi, je finis par apercevoir Ryan, un verre à la main, qui prélevait un échantillon de vin dans une cuve.

Rassemblant mon courage, je m'avançai vers lui.

— Salut, Ryan.

Il releva la tête. Les mêmes yeux sombres que Tallon, mais moins maussades.

— Oh, Jade. Bonjour ! Content de te voir. Désolé de ne pas être passé à la maison.

— Pas de souci. Je ne suis là que depuis quelques jours. Je voulais venir te saluer.

— Super. Ça me fait plaisir ! Tiens, tu veux goûter ça avec moi ?

— Bien sûr. Qu'est-ce que c'est ?

— C'est ma version d'un rosé sec, un assemblage de grenache, de syrah et de cinsault. Un peu comme un rosé français.

Il me tendit un verre d'un breuvage saumoné.

Je bus une gorgée. Je tenais là l'occasion de l'impressionner.

— Ouah, c'est délicieux ! Une attaque en bouche très fruitée avec un arôme de groseilles. Mais j'aime l'acidité. Ça donne l'impression qu'il est sec, même avec le côté fruité.

Ryan sourit.

— Pas mal pour un amateur. J'ajoute aussi un peu de cerise noire, et une légère touche de poivre.

Du poivre ? Hmm. Même si je ne le sentais pas du tout, je m'abstins de le lui faire remarquer.

— Ah, oui, maintenant que tu le dis…

— Il sera prêt pour la mise en bouteille à l'automne. Alors, qu'est-ce que tu as fait de beau depuis que tu es ici ?

— Pas grand-chose. Marj m'a fait visiter la ville. Mais tant que je n'aurai pas mes résultats du barreau, qui n'arriveront que dans quelques semaines, je ne pourrai pas exercer.

— Détends-toi, alors. On a plein de choses à faire par ici. Tu ne t'ennuieras pas.

— Ce n'est pas l'ennui qui m'inquiète. J'aime gagner ma vie, et… je me demandais si tu aurais besoin d'aide par ici. J'adore le vin, et ce serait l'occasion d'approfondir mes connaissances.

— C'est au moment des vendanges et de la mise en bouteille qu'on a le plus de boulot. Les deux ont lieu à peu près au même moment, à l'automne, même si on embouteille parfois l'hiver. Il n'y a pas grand-chose à faire ici en ce moment, mais tu pourrais toujours prêter main-forte à Marion si le secrétariat ne te rebute pas.

— Non, pas du tout. C'est ce que j'ai fait pour mon père pendant des années. Ça me plairait beaucoup, mais si tu n'as pas besoin d'aide…

Ses yeux s'illuminèrent.

— En fait, je pense que Marion serait ravie.

Il se frotta le menton un instant, avant d'ajouter :

— D'ailleurs, tu pourrais aussi m'être utile avec la clientèle. Si l'œnologie t'intéresse vraiment, je te confierai les séances de dégustation dans la grande salle. Ne t'inquiète pas, je t'expliquerai comment procéder.

J'en restai bouche bée.

— Vraiment ? Ce serait génial.

— Le salaire n'est pas très élevé… pour une femme promise à devenir avocate. Quinze dollars de l'heure. Mais je pourrais te faire travailler vingt à trente heures par semaine entre l'administratif avec Marion et les dégustations.

— Eh, ça me va très bien ! Je travaille depuis que j'ai seize ans, et j'ai horreur de ne pas gagner d'argent. J'apprécie vraiment que vous me permettiez de séjourner ici, mais je ne veux pas profiter de la situation.

— Tu plaisantes ? Marjorie est trop contente de t'accueillir. Nous avons largement assez de place ! Mais je comprends ce que tu ressens, et, pour tout dire, ton aide sera la bienvenue.

— C'est super, Ryan. Merci infiniment.

Il sourit. Il ressemblait beaucoup à Tallon, mis à part son nez, parfaitement rectiligne, qui à l'évidence n'avait jamais été cassé. Était-ce à ça que ressemblait Tallon quand il souriait ? Je ne l'avais jamais vu sourire. Pas vraiment, en tout cas. Que faudrait-il pour qu'un vrai sourire éclaire son visage ?

— Retournons au bureau. On va remplir les documents, et je te présenterai à Marion.

— Nous nous sommes déjà rencontrées. Je lui ai demandé où te trouver.

— Super. Alors en route.

Alors que nous cheminions côte à côte, je mourais d'envie de lui parler de Tallon. Mais comment aborder le sujet ? *Eh ! Qu'est-ce qui se passe avec ton frère ?*

Quand nous arrivâmes au bureau, Ryan mit Marion au courant de mon affectation et elle entreprit aussitôt de remplir les formulaires qu'il me fallait signer.

Une fois que tout fut en ordre, Ryan me donna quelques explications :

— La salle de dégustation est juste derrière le bureau. Viens, je vais te montrer. Nous avons beaucoup de visiteurs durant l'été et nous offrons des dégustations gratuites de nos dernières productions.

La salle de dégustation se composait simplement d'une table de conférence et d'un buffet rempli de verres à vin. Un comptoir longeait le mur du fond.

— Les vins sont stockés là, m'annonça Ryan en pointant du doigt une cave à vin réfrigérée. Tu ouvres quatre ou cinq bouteilles de nos nouveautés et tu remplis les verres. Ce n'est pas compliqué. Bien sûr, tu dois répondre aux questions sur le vin si les visiteurs t'en posent. Pour commencer, tu assisteras à quelques dégustations menées par Mike, ou plutôt moi. Mike est mon bras droit, mais il est en vacances cette semaine.

— C'est génial, Ryan ! Je suis ravie.

— Tu verras que l'œnologie n'est pas aussi glamour que tu le penses. Mais j'aime ça.

— Tu plaisantes ? Tu es un artiste !

— Eh bien, c'est vrai, j'ai gagné quelques prix, reconnut-il avec un sourire.

Je pris une profonde inspiration. C'était maintenant ou jamais.

— Ryan, je peux te poser une question ?

— Bien sûr.

Je me mordillai un instant les lèvres, puis me lançai :

— Je m'interrogeais au sujet de ton frère. Tallon. Il a l'air… Je ne sais pas.

— Tu t'es accrochée avec lui ?

Si l'on peut dire. Il m'a embrassée deux fois en pleine nuit.

— Non, non, pas du tout. C'est lui qui est venu me chercher à l'aéroport il y a quelques jours. Je l'ai juste trouvé…

— Un peu bizarre ?

J’acquiesçai.

— Oui, c’est exactement ça.

Ryan soupira.

— Tu sais qu’il a été déployé en Irak pendant un moment.

— Oui, je sais. Je me suis dit que c’était à cause de ça.

— Eh bien… il avait déjà des problèmes avant. Mais ce n’est pas à moi de te raconter tout ça. Ce serait plutôt à lui. S’il t’embête, ignore-le.

— Non, ce n’est pas ce que je voulais dire. Il ne me dérange pas. J’aimerais juste en savoir plus sur lui.

— Mon frère est très fermé.

— Je m’en suis rendu compte.

Cette armure, invisible mais si épaisse, que j’avais sentie la première fois que je l’avais rencontré, je la percevais comme une entité vivante qui l’enfermait dans une cage.

— Ne t’occupe pas de lui, dit Ryan. Il a traversé beaucoup de choses… pénibles. Reste avec Marjorie, et à partir de demain, tu pourras venir ici avec Marion, moi et tout le monde. Tu les auras quand, tes résultats du barreau, déjà ?

— Je n’en sais rien exactement. Dans quelques semaines… dans un mois. Voire plus tard. Je consulte frénétiquement le site Internet tous les matins pour vérifier s’il a été mis à jour.

Ryan éclata de rire.

— J’imagine que c’est assez stressant.

— Tu m’étonnes ! Ces deux jours d’examen ont été les plus difficiles de ma vie. Et j’espère que j’ai réussi, parce que je ne recommencerai pas !

— Si tu l’as raté et que tu ne veux pas recommencer, tu pourras toujours te reconvertir dans l’œnologie, fit-il valoir en souriant.

Il avait un sourire splendide, mais qui, curieusement, n’avait aucun effet sur moi. Je n'éprouvais aucune attirance pour Ryan. C'était Tallon, qui, lui, ne souriait jamais, qui m'attirait comme un aimant.

— Je vais y réfléchir, répondis-je en riant. À quelle heure veux-tu que je vienne demain ?

— Disons 9 heures pour l'instant. Quand il y a plus de travail, on commence à 8 heures, et parfois même à 7.

— Pas de problème.

Cela m'occuperait l'esprit. Et j'avais intérêt à dormir si je devais me lever tôt, ce qui signifiait la fin de mes rendez-vous nocturnes avec Tallon.

Ce serait mieux ainsi.

Je remerciai à nouveau Ryan, m'arrêtai au bureau pour dire au revoir à Marion, puis je regagnai la maison principale.

— Marj ? appelai-je, en passant la porte d'entrée.

Pas de réponse. Je jetai un coup d'œil à ma montre. Midi. Pas étonnant que j'aie faim. Je me dirigeai vers la cuisine, où je trouvais Tallon, assis à table, son adorable chien couché à ses pieds.

Même en plein jour, il regardait fixement un grand verre d'eau.

Chapitre 6

TALLON

— Alors, c'est ton mode opératoire à midi aussi bien qu'à minuit ?

Je levai les yeux. Jade. Pourquoi étais-je surpris ? Elle vivait ici maintenant.

— Ne fais pas attention à moi, dit-elle. Je vais juste me préparer un sandwich.

— Felicia peut te cuisiner quelque chose.

Jade tourna la tête.

— Où est-elle ?

— Au marché.

— Si elle n'est pas là, comment peut-elle me préparer quelque chose ?

Elle se dirigea vers le réfrigérateur et l'ouvrit.

— Elle ne va pas tarder.

— Je suis parfaitement capable de me concocter mon déjeuner, lâcha-t-elle en riant. Tu veux quelque chose ?

— Non. J'attendrai le retour de Felicia.

— Comme tu voudras.

Elle farfouilla quelques instants dans la cuisine, et quelques minutes plus tard, l’odeur caractéristique du cheddar fondu grésillant me chatouilla les narines.

— Qu’est-ce que tu prépares ?

— Sandwich au cheddar grillé et à la tomate, un de mes préférés.

Hmm, rien que le nom me mettait l’eau à la bouche. Mais je ne pouvais pas lui demander…

— Tu es sûr que tu n’en veux pas ?

— Eh bien… je ne sais pas dans combien de temps Felicia va rentrer. J’avoue que j’ai un peu faim…

Elle vint se planter face à moi, à l’autre bout de la table, et me considéra de son regard métallique.

— Je serais ravie de te préparer un sandwich. Ça ne me dérange pas. Mais tu dois me le demander.

Quand elle me regardait ainsi, elle faisait tomber toutes mes défenses. Elle voyait à travers les murs que j’avais érigés pour me protéger. Je le savais. Et, d’une façon ou d’une autre, j’étais certain qu’elle le savait aussi.

Je ne pouvais pas la laisser ainsi me désarmer. Je l’avais déjà embrassée deux fois. Si j’acceptais qu’elle me prépare un sandwich… Oh, merde ! Il avait l’air délicieux, son sandwich.

— Je veux ce sandwich, lâchai-je.

Elle plissa ses jolies lèvres rouges en une adorable moue.

— Un « s’il te plaît » aurait été apprécié, mais ça ira.

Elle regagna le buffet, puis m’apporta un sandwich sur une assiette.

— Tiens ! Je vais m’en faire un autre.

— Je ne voulais pas prendre le tien.

— Pas de problème. Je vis chez toi, après tout. Et tu sais quoi, Tallon ? Si je n’étais pas ton invitée, je te proposerais quand même ce sandwich. Tu veux savoir pourquoi ?

Étais-je censé répondre ? Ou était-ce une question rhétorique ? Je haussai les sourcils, marquant mon interrogation.

— Parce que je suis une fille sympa. J'aime me montrer aimable avec les gens.

Elle regagna la table de cuisson. Je me retournai et l'observai pendant qu'elle se lançait dans la confection d'un second sandwich. Elle était à l'aise dans la cuisine. Je n'avais pas beaucoup de souvenirs de ma mère, et aucun n'incluait une image d'elle dans la cuisine en train de me préparer un repas. Ni à aucun de nous, d'ailleurs. Nous avions toujours eu une cuisinière et une femme de ménage. Un des avantages d'être né dans la famille Steel, je suppose. Pour ce qui me concernait, c'était d'ailleurs bien le seul.

Je mordis dans mon sandwich.

— Merde !

— Désolée. Le fromage doit être brûlant. Il faut attendre quelques minutes.

Trop tard ! Si seulement elle m'avait donné cet avertissement dix secondes plus tôt ! J'attendis donc que le fromage refroidisse avant de prendre une autre bouchée. Hmm ! Ce sandwich était vraiment bon. Délicieux, même. Si Felicia était rentrée, elle m'aurait préparé des *enchiladas* ou des *tamales*. C'était une cuisinière fabuleuse, et pas seulement pour les spécialités de son pays. Côte de bœuf, carré d'agneau au romarin et à la menthe, faisan rôti au *chutney* de cerises et de noix… Mais je jure devant Dieu que rien n'était aussi bon que le sandwich aux tomates et au cheddar grillé que Jade avait fait pour moi.

Quelques instants plus tard, elle me rejoignit à table avec le sien. Elle souleva l'une des tranches de pain et un peu de vapeur s'échappa du fromage fondu.

— Ça le fait refroidir plus vite, dit-elle.

Je dégustai une autre bouchée.

— C'est vraiment bon.

— C'est juste du fromage grillé et des tomates. Et c'est encore meilleur avec une sauce tomate maison.

— Où as-tu appris à cuisiner ?

— Ce n'est pas ce que j'appelle cuisiner. Je ne suis pas Marj. Mais je sais préparer autre chose que du fromage grillé. Je t'ai dit que ma mère nous avait quittés, mon père et moi, quand j'étais petite. Il n'est pas mauvais cuisinier, mais il travaillait tellement que j'ai dû apprendre très tôt à nous faire à manger. Je tiens la plupart de ces plats de ma grand-mère paternelle, mais elle est décédée avant que j'aie dix ans. J'ai gardé son vieux livre de recettes pour tous les jours. Ce n'est pas de la haute gastronomie, mais on se régale !

— En tout cas, ce sandwich est excellent. Je n'aurais jamais eu l'idée de mettre de la tomate.

— En fait, c'est une recette que j'ai inventée, même si j'ai découvert plus tard que beaucoup de gens aiment le fromage grillé et la tomate. C'est d'ailleurs pour ça que la soupe de tomates et le fromage grillé sont si populaires ensemble.

— C'est un délice.

Merci. Le mot était sur le bout de ma langue, mais j'étais incapable de le prononcer. Pourquoi ? Jade avait fait quelque chose pour moi, et son sandwich était vraiment très bon. Cela faisait si longtemps que je n'avais pas remercié quelqu'un sincèrement. Je préférai changer de sujet.

— Qu'as-tu fait aujourd'hui ?

— Je suis allée au vignoble voir Ryan.

Une douleur aiguë me vrilla le ventre. Pourquoi était-elle allée voir Ryan ? Mon petit frère avait la réputation d'être le plus jovial et le plus beau de nous trois. Et il avait toujours le sourire aux lèvres.

Pas de fardeau du passé pour lui. *Ce jour-là*, je l'avais sauvé.

— Il va me faire travailler au vignoble en attendant mes résultats du barreau.

Dieu merci. Ce n'était donc que cela. Jade s'intéressait au vin.

— Quel genre de boulot ?

— Rien de très excitant. Ça consistera surtout à assister Marion dans ses tâches administratives. Mais il m'a aussi proposé de me former pour les dégustations. Ça, ça me plaît vraiment !

— Oui, il ouvre le domaine au public le vendredi et le samedi, toute la journée. Il y a beaucoup de monde ! Les dégustations sont gratuites, mais ça n'a pas d'importance, parce que la plupart des gens finissent par acheter une caisse ou deux.

— Tu aimes le vin ?

— Je préfère le bourbon ou le whisky. Mon préféré, c'est le Peach Street.

— Jamais entendu parler.

— C'est fabriqué ici, dans le Colorado. C'est un régal ! Le Colorado sait faire d'incroyables whiskies. Le Breckenridge et le Stranahan's sont deux autres marques réputées de la région.

— Il faudra que je les goûte un jour. Mais je n'aime pas trop les alcools forts, ni la bière, d'ailleurs. Quand je bois, ce qui ne m'arrive pas souvent, je préfère le vin.

Mon sandwich ayant refroidi, il était plus facile à déguster. Le goût prononcé du cheddar et l'acidité sucrée de la tomate combinés au pain complet en faisaient une collation succulente. J'ouvris la bouche pour redire à quel point c'était délicieux, mais je me ravisai. Inutile d'insister.

Jade termina son propre sandwich au moment où je prenais la dernière bouchée du mien. Elle se leva, prit son assiette puis la mienne, et se dirigea vers l'évier pour les rincer sous l'eau.

Un instant, j'imaginai que nous étions mari et femme. Elle avait préparé mon déjeuner et débarrassé mon assiette. Excepté Felicia ou la gouvernante qui l'avait précédée, personne n'avait jamais fait ce genre de chose pour moi. Ni ma mère, ni mon père, et certainement pas mes frères ou ma sœur. Étais-je censé la remercier pour ça aussi ?

Pourquoi était-ce si difficile ? Je n'avais aucun problème pour remercier Felicia. C'était impersonnel. Un réflexe. Je savais que je tenais pour acquise la présence de Felicia. Comme tout le reste, ou presque.

Jade s'affaira encore dans la cuisine, puis mit quelque chose dans le micro-ondes.

— Je me fais une tasse de thé. Tu en veux une ? proposa-t-elle.

Et voilà qu'elle recommençait. Par tous les saints, pourquoi cela me paraissait-il si extraordinaire ?

— Non merci.

J'aurais pourtant volontiers bu du thé. Alors, je me levai, me dirigeai vers le placard et en sortis une tasse que je remplis d'eau. Quand la sonnerie du micro-ondes retentit et que Jade retira la sienne, j'y glissai la mienne.

Elle haussa les sourcils.

— Qu'est-ce que tu fabriques ?

— Je me fais du thé.

Elle secoua la tête.

— Quoi ? Le thé que je t'ai proposé n'était pas assez bon pour toi ?

Je sentis mes joues s'échauffer.

— Non, je… je ne voulais pas te déranger.

Elle soupira.

— Je ne te comprends vraiment pas, Tallon. J'étais en train de me préparer une tasse de thé. Ça ne me coûtait vraiment rien d'en faire une autre. D'ailleurs, j'aurais pu mettre les deux au micro-ondes en même temps, et elles seraient déjà prêtes.

Super. Maintenant, j'avais l'impression d'être une merde. Mais comme c'était mon quotidien, rien de nouveau sous le soleil.

— Maintenant tu n'as plus à t'embêter avec ça ! lâchai-je piteusement.

— Oh, pour l'amour du ciel ! s'exclama-t-elle en donnant un coup de poing sur le buffet. Ouille ! Ça fait mal !

— Ces comptoirs sont en granit massif.

— Oui, oui, oui. Et j'ai l'habitude du Formica bon marché. Eh bien, profite de ton thé.

Elle prit le sien et s'avança vers la table… qu'elle longea pour se diriger vers le couloir.

Non ! Je n'étais pas encore prêt à la laisser partir. Je voulais passer plus de temps avec elle. Mais comment faire ? Si je lui demandais de rester boire son thé avec moi, elle accepterait probablement. *Alors, demande-le-lui, Tallon. Demande-le-lui, bordel !*

Mais mes lèvres restèrent scellées. Si je laissais Jade Roberts s'approcher davantage de moi, les murs qui commençaient déjà à s'effriter en sa présence s'écrouleraient pour de bon.

Qu'est-ce qui me troublait en elle ? Pourquoi la désirais-je autant ?

Je devais rester loin d'elle. Ryan n'avait probablement pas de place pour moi chez lui, dans le pavillon où il habitait, mais peut-être que Jonah pourrait m'accueillir. J'irais le voir dès cet après-midi. Ensuite, je me rendrais en ville et je lancerais les démarches afin d'obtenir un permis pour construire ma propre maison ici, sur nos terres.

J'avais besoin de m'éloigner de Jade Roberts. Pour son bien autant que pour le mien.

★ ★ ★

Jonah était dans son bureau, vêtu de sa tenue de cow-boy, prêt à arpenter nos terres pour rassembler le bétail. Il leva les yeux vers moi quand j'entrai.

— Salut, Tallon, qu'est-ce qui t'amène ?

— Ce ranch m'appartient pour un quart. Ne suis-je pas censé savoir ce qui s'y passe, au moins de temps en temps ?

— Bien sûr. Mais tu ne viens jamais ici. Je m'occupe des bêtes, Ryan, des vignes, et toi, des arbres fruitiers. On ne s'embête pas les uns les autres.

— Je ne suis pas venu ici pour t'embêter, Joe, mais pour te demander une faveur.

— Tu sais que je ferai n'importe quoi pour toi, si je le peux. De quoi as-tu besoin ?

— Il est temps pour moi de bâtir ma maison, ici, sur nos terres. J'ai un endroit en tête, et je voulais en discuter avec toi, m'assurer que tu n'en avais pas besoin pour le pâturage ou autre chose. Ensuite, j'ai l'intention d'aller en ville et de remplir un dossier pour le permis de construire. J'irai à Grand Junction et j'engagerai un architecte un peu plus tard dans la semaine.

— Tu es sûr que c'est une bonne idée ? Marjorie va se retrouver seule au ranch.

— C'est une grande fille. Et elle a son amie qui lui tient compagnie.

— C'est vrai. L'un de nous va devoir s'installer au ranch un jour ou l'autre, et j'ai toujours pensé que ce serait toi, Tal. J'ai déjà ma maison, et Ryan se plaît dans le pavillon. Marjorie finira sans doute par rencontrer quelqu'un et ira vivre ailleurs.

— Est-ce un crime de vouloir une maison à moi ?

— Non, bien sûr que non. Calme-toi, pour l'amour de Dieu !

— Je ne peux plus rester là, Joe.

— Pourquoi ? Quel est le problème ? Le ranch est magnifique. Felicia vient tous les jours et s'occupe de tout. Tu n'as pas à lever le petit doigt.

— Tu ne comprends pas. Je dois m'éloigner de…

— De qui ? Pas de Marjorie ?

— Bien sûr que non, pas de Marjorie. C'est ma sœur et je l'aime.

— Alors… Oh mon Dieu !

Jonah passa les doigts dans ses cheveux noirs qui commençaient à grisonner aux tempes.

— C'est son amie, n'est-ce pas ?

Je baissai la tête, contemplant mes chaussures.

— Je ne vois pas de quoi tu parles.

— Je savais que ce jour viendrait. Elle essaie de faire tomber tes barrières, c'est ça, Tal ?

— Non. Du moins… je ne pense pas. Je veux dire, elle *n'essaie* pas.

— Mais elle te trouble, hein ?

Je me laissai tomber sur la chaise de l'autre côté de son bureau, et n'ajoutai plus un mot. C'était inutile. J'étais un livre ouvert pour mon frère aîné, et ce, depuis mon retour.

— Es-tu prêt à te faire aider, Tal ?

De l'aide ! Le pauvre Joe l'ignorait, mais rien ni personne ne pouvait me venir en aide. J'étais le produit de trop d'enfers ! Je devais vivre seul. C'était l'unique solution.

— Nous avons déjà eu cette conversation, dis-je. Tu n'as pas pu m'aider. Papa ne pouvait pas m'aider. Il n'y a aucune chance que quelqu'un d'extérieur y parvienne.

— Certaines personnes sont formées pour aider les gens comme toi. En fait… Oh, merde, laisse tomber. Si tu veux construire une maison, construis une putain de maison. Après tout, peut-être que Marj voudra le ranch. Peut-être qu'elle ne se mariera jamais, ou qu'elle épousera un homme sans fortune qui sera bien content de mener grand train dans cette demeure. Qui sait ?

Je déroulai le plan du domaine que j'avais apporté, et désignai d'un doigt la zone que j'avais choisie pour bâtir ma maison.

— Voilà l'endroit. C'est près du lac, et tu ne te sers pas de ces terrains pour faire paître le bétail.

Joe prit la carte pour y jeter un coup d'œil.

— Pas de souci pour moi. Tu peux t'y installer. Mais tu sais que ce sont des prairies non clôturées. Des animaux risquent de s'aventurer chez toi.

— Ça ne me gêne pas.

J'aimais les animaux. Ils me comprenaient. Ils ne m'avaient jamais jugé ni posé de questions auxquelles je ne pouvais pas répondre. Cet abruti de Roger était arrivé dans le coin il y avait environ un an, mendiant de la nourriture. Je l'avais nourri et je m'en étais fait un ami pour la vie. Il m'avait adopté, me suivait partout, et j'en étais ravi. Je l'aimais autant que j'en étais capable. Les animaux étaient faciles à aimer. Roger ne demandait qu'un repas chaque jour, de pouvoir se coucher au chaud à mes pieds, et une bonne gratouille derrière les oreilles de temps en temps. En échange, il m'offrait sa loyauté sans condition.

— Tu seras loin de nous tous, fit remarquer Jonah.

— Et ?

Il secoua la tête.

— Et… rien. Je suppose que c'est ce que tu veux, Tal. Un mur de plus autour de toi.

— Quand tu auras traversé ce que j'ai traversé, frangin, tu pourras me juger.

Je me levai, et Jonah m'imita.

— Tallon, j'aurais pris ta place avec joie pour t'épargner tout ça.

— Tu ne peux pas dire ça. Tu ne sais pas…

Il soupira.

— Tu as raison. Je ne sais pas. Je ne prétends pas connaître tout ce que tu as traversé. Mais ça ne veut pas dire que je n'aurais pas tout fait pour te protéger. Tu es mon petit frère. Ça aurait dû être moi.

— On en a déjà parlé tant de fois. Tu n'aurais rien pu faire.

— J'aurais dû être là pour te protéger. C'est ce que tu as fait pour Ryan. Moi, j'aurais dû être là pour toi.

— Et ça aurait servi à quoi ? Tu aurais connu l'enfer à ma place ? Ou peut-être qu'on l'aurait connu *tous les deux* ? C'est vraiment ce que tu voulais ?

— Bien sûr que non. Ce que j'aurais voulu, c'est qu'aucun de nous ne le connaisse ! Mais à choisir, j'aurais préféré que ce soit moi.

Je me crispai. L'idée que l'un ou l'autre de mes frères endure ce que j'avais traversé me donnait la nausée.

— C'est la chose la plus stupide que j'aie jamais entendue, Joe. Regarde-moi. Je suis vivant. Que demander de plus ?

— Tu n'es pas vivant, mec. T'es qu'un putain de cadavre ambulant. Tu n'éprouves plus le moindre sentiment, et tu as dressé une forteresse autour de toi. Pour que rien ni personne ne t'atteigne plus jamais ! Ce n'est pas cela, vivre, frangin.

— Je fais de mon mieux. Je ne connais pas d'autre façon d'exister.

— Tallon, c'est un foutu mensonge, et tu en es parfaitement conscient ! Tu sais quoi ? J'ai changé d'avis. J'ai besoin de ce lopin de terre pour faire paître le bétail. Je ne veux pas que tu construises une maison là-bas, ni ailleurs, en fait. Si Jade te fait craquer, j'en suis ravi ! Tu ne laisses aucun d'entre nous t'approcher. Si elle y parvient, peut-être qu'elle pourra t'aider.

— Va te faire foutre ! grommelai-je. Je vais déposer une demande de permis de construire. Cette terre est aussi la mienne, bordel de merde !

Jonah se rassit, et à nouveau il passa une main dans ses cheveux ébouriffés.

— Comme tu voudras.

Sans un mot de plus, je quittai la pièce.

Et me retrouvai nez à nez avec Jade Roberts.

Chapitre 7

Jade

La haute silhouette de Tallon Steel me coupa dans mon élan. Merde !

— Désolée.

— Qu'est-ce que tu fiches ici ? demanda-t-il d'un air maussade.

Bien sûr, il ne souriait jamais.

— Je suis venue voir Jonah. Et de toute façon, en quoi ça te regarde ?

— Joe est sur le point de partir au pâturage voir le bétail. Et tout ce qui se passe dans ce ranch me regarde, yeux d'azur.

J'en doutais fort, mais à quoi bon argumenter ? En plus, j'étais troublée par ce surnom qu'il m'avait donné – yeux d'azur. Je crois qu'il aurait pu m'appeler n'importe comment, j'en aurais été tout autant chavirée.

— Je ne l'ai pas vu depuis que je suis arrivée. Je veux le saluer et le remercier de me laisser séjourner chez vous.

— Je vois. Eh bien, ne te gêne pas pour moi, dit-il en s'éloignant.

Je frappai à la porte et l'ouvris sans attendre de réponse.

— Il y a quelqu'un ?

— Oui, entre !

Jonah, dans le fond de la pièce, vérifiait les éperons sur ses bottes.

— Salut, Jade.

— Salut. Désolée si je tombe mal.

— Pas du tout. J'ai quelques minutes devant moi. Qu'est-ce qui te tracasse ?

Tallon. Mais bien sûr, impossible de le mentionner.

— Pas grand-chose. Je voulais juste passer te remercier de me laisser habiter au ranch avec Marj.

— Pas de problème. Comme tu l'as vu, ce n'est pas la place qui nous manque ! Et nous sommes ravis de t'avoir ici.

— Merci. J'apprécie vraiment tout ce que vous faites pour moi.

— Les amis de Marjorie sont nos amis.

— Oui… Eh bien, à plus tard. Je te laisse retourner à ton travail.

— Jade, attends une minute.

— Oui ?

Jonah s'avança vers moi, ses éperons cliquetant sur le sol.

— J'ai quelque chose à te demander, si ça ne te dérange pas.

— Pas du tout.

— J'ai cru comprendre que tu allais travailler avec Ryan.

— Oui. Je suis vraiment contente qu'il me l'ait proposé !

C'était ce qu'il voulait savoir ?

— Alors… Euh… Qu'est-ce que tu penses de mon frère ?

Ryan ? C'était de lui qu'on parlait, non ?

— Il est génial.

— Super. Hmm.

— Je veux dire, il n'était pas obligé de me prendre au vignoble.

Jonah secoua la tête.

— Oh ! Je ne parlais pas de Ryan, mais de Tallon.

Tallon… Que pouvais-je dire à propos de Tallon ? *Oh, personne n'embrasse mieux que lui, mais à part ça, il m'adresse à peine la parole, et quand il le fait, c'est généralement pour se montrer grossier.*

— Eh bien… Il… Je ne sais pas vraiment quoi dire. Tallon est très… secret.

— Est-ce que toi et lui, vous avez…

Que voulait-il dire ? Soudain, je compris. Tallon lui avait peut-être raconté nos baisers. Est-ce que les frères parlaient de ce genre de choses entre eux ? Je n'en avais pas la moindre idée.

— Est-ce qu'on a quoi, lui et moi ?

— Laisse tomber.

Tallon était une telle énigme. Où Jonah voulait-il en venir ? J'étais intriguée.

— Je voudrais vraiment savoir ce que tu allais me demander. En fait, j'ai très envie de mieux connaître Tallon.

— Pourquoi ?

— Eh bien, il est tellement… fermé, tu vois ce que je veux dire ?

Jonah hocha la tête.

— Il a traversé beaucoup de choses.

— Oui, je sais. L'Irak. Les Marines.

— Oui… l'Irak…

Les yeux sombres de Jonah s'étaient voilés de tristesse.

— J'ai interrogé Marj à son sujet. Elle m'a répondu que Tallon avait toujours été comme ça. Ryan ne m'en a pas dit beaucoup plus, sauf que ce n'était pas à lui de me raconter l'histoire de Tallon. De quelle histoire parle-t-il, Jonah ?

Jonah fixait un point sur le mur au-dessus de moi.

— Quelle que soit l'histoire dont il parle, ce n'est pas non plus à moi de la raconter.

Cela ne m'avançait guère. Pourquoi n'étais-je pas surprise de cette omerta ?

— Mais peux-tu me rendre un service ? demanda Jonah.

— Bien sûr. De quoi as-tu besoin ?

— N'abandonne pas Tallon. Tu déclenches quelque chose chez lui… Avec toi, il se comporte d'une façon… Je ne l'ai jamais vu comme ça avec personne.

— Comment peux-tu dire ça ? Tu ne nous as jamais vus ensemble.

Il sourit. Il était séduisant, tout autant que Ryan, mais aucun des deux frères ne me faisait éprouver ce trouble que je ressentais lorsque Tallon me regardait.

— Appelle ça une intuition.

Une intuition ? J'étais censée « ne pas abandonner Tallon » à cause de l'intuition de Jonah ?

— J'ai peur de ne pas comprendre ce que tu me demandes.

— Essaie de passer du temps avec lui. Fais-le parler.

— Il me dit à peine deux mots, Jonah.

Jonah lâcha un rire

— C'est toujours deux mots de plus que ce qu'il dit à n'importe qui d'autre.

Je ne pus m'empêcher de rire aussi.

— Est-ce qu'il lui arrive de sourire ?

Jonah soupira.

— Pas beaucoup, j'en ai peur. Mais ça aussi, ça fait partie de mon intuition. Je suis certain que tu seras capable de lui tirer quelques sourires.

— Il t'a raconté…

Bon sang ! Qu'est-ce qui me prenait ? Aussitôt, je plaquai une main sur ma bouche. Je n'avais même pas parlé à Marj des baisers échangés avec son frère. Je n'allais certainement pas tout déballer à Jonah.

— Raconté quoi ?

— Non, rien.

Je tournai les talons et quittai précipitamment la pièce.

Mon Dieu, parfois, j'étais vraiment stupide.

Néanmoins, j'avais pris une décision : je voulais en savoir davantage sur Tallon Steel. D'une façon ou d'une autre, je découvrirais ce qui le rongeait.

Les barrières qu'il avait érigées autour de lui allaient bientôt tomber.

★ ★ ★

Je n'avais plus de difficultés à m'endormir, mais j'avais intentionnellement réglé mon téléphone pour qu'il sonne à 1 heure du matin. Peut-être que je pourrais en apprendre davantage sur Tallon lors de l'un de ses raids nocturnes. Je gagnai la cuisine, mais il n'y était pas.

Le lendemain soir, même si j'étais épuisée par ma première journée de travail avec Ryan, je recommençai.

Je fus donc réveillée par l'alarme de mon téléphone à 1 heure du matin. Je me levai, fis une pause dans la salle de bains, me recoiffai et me pinçai les joues pour leur donner un peu de couleur. Je choisis de ne pas enfiler mon peignoir, préférant apparaître dans mon fameux débardeur blanc moulant et mon boxer.

Je me faufilai dans la cuisine. Lorsque j'allumai la lumière, je découvris Tallon, assis à la même place que les autres nuits, fixant des yeux un grand verre d'eau, son chien à ses pieds.

— Où étais-tu hier soir ? demanda-t-il en relevant les yeux.

— La plupart des nuits, j'essaie de dormir.

Ce qui était un mensonge, bien sûr. Il n'était pas venu la veille, du moins pas à la même heure. Se moquait-il de moi ?

Je donnai une caresse rapide à Roger, puis me dirigeai vers le buffet pour entamer mon rituel.

— Tu veux du thé ? proposai-je par-dessus mon épaule.

Il répondit sans même tourner la tête vers moi.

— Non.

D'accord. Évidemment, tout allait se passer comme d'habitude. Qu'est-ce que je fichais ici ? Je devais me lever de bonne heure pour aller travailler, mais je réglais mon foutu réveil pour qu'il sonne en pleine nuit. C'était ridicule !

Lorsque mon thé fut prêt, je pris place à côté de Tallon.

— Alors, est-ce qu'à un moment ou à un autre, tu le bois, ce verre d'eau ?

Il pinça les lèvres, puis porta le verre à sa bouche et en but une gorgée.

— Satisfaite ?

Satisfaite ? Sérieusement ?

— Tu crois vraiment que ça m'intéresse, que tu boives ton eau ou pas ?

— Eh bien, on dirait que oui, puisque tu as posé la question.

— J'y crois pas !

Je levai les yeux au ciel, avant de plonger mon sachet de thé dans ma tasse et de le remuer quelques instants.

— Qu'est-ce que tu ne crois pas ?

— Que tu puisses être aussi grossier à propos de quelque chose d'aussi insignifiant.

— Grossier ? Moi ? C'est toi qui m'as demandé si je buvais mon eau.

Touché. Il avait raison. Bien que ma question ait été inoffensive, j'avais pris un ton sarcastique.

— D'accord. J'admets que j'ai peut-être été un peu ironique. Mais je suis vraiment intriguée. Tu viens ici presque toutes les nuits, tu te sers un verre d'eau, que tu regardes fixement sans y toucher. J'aimerais comprendre.

— Tu ne pourrais pas.

Je soutins son regard sombre.

— Essaie de m'expliquer.

Il ramassa son verre, puis se dirigea vers l'évier où il le vida. Ensuite, il revint vers moi et le posa d'un mouvement brusque sur la table.

— Voilà. C'est réglé.

— Et c'est vraiment aussi important ?

— Crois-moi. Ça l'est.

Je reportai mon attention sur ma tasse de thé.

— Si tu le dis.

Se levant de nouveau, il rapporta le verre à l'évier. Il resta un moment ainsi, me tournant le dos, son cul délectable se devinant sous son pantalon de pyjama. Sa peau était bronzée et les muscles de son dos semblaient tendus. Je rêvais de lui faire un massage pour le soulager de toute cette tension. En aurais-je un jour l'occasion ?

J'avais beaucoup de barrières à abattre avant. Étais-je prête à ça ? Alors que je me remettais tout juste d'un mariage avorté ?

Malgré moi, je laissai échapper un petit rire. Peu importait que je sois prête ou non. Tallon, lui, ne l'était pas et ne le serait probablement jamais.

Se retournant, il me regarda.

— Qu'est-ce qu'il y a de drôle ?

Merde. M'avait-il entendue rire ?

— Rien.

Il s'approcha d'un air mauvais.

— Tu te moques de moi ?

— Non, je…

Il m'attrapa le bras et me força à me lever. À présent, je lui faisais face, nos poitrines presque en contact.

— Tu trouves ça drôle, que je n'arrive pas à dormir ? Que je reste assis ici devant un verre d'eau ? C'est pour ça que tu te lèves toutes les nuits, pour te moquer de moi ?

Je tremblais – de peur ou d'excitation, je n'aurais su le dire. Il m'agrippa brutalement le haut des bras et me serra, les jointures blanchies.

Je devrais l'arrêter. Je devrais l'arrêter tout de suite avant que ça dégénère.

Mais je n'en avais pas envie. Oui, il me serrait fort, plus fort que nécessaire. Mais le contact de sa peau, ses mains sur moi… D'une certaine façon, tout cela semblait juste, évident.

— Réponds-moi, nom de Dieu !

Je secouai la tête.

— Non, je ne me moquais pas de toi. Jamais je ne ferais une chose pareille !

— Oh, parce que tu es une bonne personne, c'est ça ? ricana-t-il.

Mes lèvres tremblaient quand je répondis :

— Oui.

— Vraiment, Jade ? Tu es réellement une bonne personne ?

— Bien sûr !

Il me serrait toujours aussi fort.

— Alors, tu devrais rester très loin de moi, dit-il en me relâchant subitement.

Je trébuchai et me rattrapai au dossier de la chaise.

Cet homme était dangereux. Troublant et dangereux. Et sexy comme l'enfer. Ses cheveux brun foncé encadraient son visage de mèches souples ébouriffées. Ses yeux d'onyx étincelants semblaient me transpercer. Ses muscles étaient tendus, tout son torse crispé. Il avait besoin de quelque chose. N'importe quoi, pour relâcher la tension.

— Je… Je vais retourner me coucher.

Je me détournai pour m'en aller.

Mais il m'attrapa de nouveau, m'attirant cette fois contre lui. Désormais, seul le fin coton de mon débardeur nous séparait.

— Je vais te le dire une fois pour toutes, et tu as intérêt à m'écouter, Jade, poursuivit-il, le regard enfiévré.

Étais-je censée acquiescer ? Je me contentai de hausser les sourcils.

— Ne viens plus à la cuisine en pleine nuit.

— Pourquoi ? Quand je n'arrive pas à dormir, le thé m'aide à me relaxer…

Il plaqua ses lèvres sur les miennes.

Oh, mon Dieu…

Sa langue força ma bouche et s'insinua en moi. Son baiser était… bestial, plus sauvage encore que les précédents. Oh, oui, il avait besoin de se détendre… et j'étais toute prête à l'aider. Il m'empoigna par les épaules, me serrant davantage contre lui, si c'était possible, comme s'il voulait se fondre en moi.

Je lui rendis son baiser, non seulement parce que je le voulais, mais parce qu'il semblait en avoir besoin.

Nous nous embrassâmes violemment pendant plusieurs minutes jusqu'à ce qu'il s'apaise. Puis il abandonna mon épaule, et sa main remonta le long de mon cou pour me prendre la joue en coupe.

C'en était fini de moi. Jamais je n'avais pu résister à une caresse sur le visage. J'aimais ce sentiment d'être précieuse pour quelqu'un. Évidemment, je ne me berçais pas d'illusions. Je savais que Tallon Steel ne me chérissait nullement, mais le toucher de ses doigts calleux sur ma peau… J'étais au paradis, flottant sur un petit nuage.

Je continuai à lui rendre son baiser… qui se faisait plus doux maintenant, presque… tendre. Son autre main descendit le long de mon bras, enflammant ma peau. Mes mamelons étaient tendus de désir. J'étais certaine qu'il les sentait contre lui. Je brûlais d'envie que sa main remonte sur mon flanc et s'empare de l'un de mes seins, mais nous étions trop près l'un de l'autre pour cela. Je voulais qu'il me touche.

Je ressentais des palpitations dans le bas-ventre… au creux de mon intimité. Je savais que j'étais trempée sous mon boxer flottant. Bon Dieu, je voulais sentir ses doigts sur moi, en moi, qu'il me caresse jusqu'à l'orgasme tout en continuant de m'embrasser.

N'écoutant que mon désir, je rassemblai mon courage et saisis la main de Tallon pour la diriger vers mon sexe.

Il interrompit brusquement notre baiser, me força à reculer, son regard sombre incendiant le mien.

— Tu ne sais pas ce que tu demandes, yeux d'azur.

— Oh que si.

— Je te ferai du mal, lâcha-t-il d'une voix teintée de tristesse.

Pourquoi pensait-il cela ? Parlait-il de blessures émotionnelles ? Ou croyait-il vraiment qu'il allait me blesser physiquement ?

— Je suis une grande fille, Tallon. Je sais ce que je veux. Si j'en souffre, je ne pourrai m'en prendre qu'à moi.

— Tu ne sais pas à quoi tu t'attaques. Tu n'as pas idée à quel point j'ai envie de ta chatte, là, maintenant. De te remplir de ma queue jusqu'à ce que tu ne saches plus qui tu es. J'ai envie de toi depuis la première fois que je t'ai vue, Jade. J'ignore pourquoi tu me fais autant d'effet.

Ma peau était brûlante, mon sexe palpitait de plus belle. Tout ça était-il en train d'arriver ?

— Alors emmène-moi dans ton lit. Je suis consentante.

— Je ne t'aimerai jamais.

Une brique venait de me tomber sur la tête. Au moins, il était honnête. Je devais lui accorder cela.

— Je ne demande pas ton amour.

Il laissa échapper un petit rire.

— Tôt ou tard, c'est ce que veulent toutes les femmes.

— Sérieusement ? ricanai-je. Regarde où ce qu'on appelle l'amour m'a menée. Abandonnée au pied de l'autel. Humiliée devant ma famille et mes amis. Tu crois que j'ai envie de recommencer ?

— Peut-être que tu ne cherches pas l'amour aujourd'hui, peut-être pas demain. Mais un jour, ce sera le cas.

— Et qui peut dire que toi et moi, on sera ensemble un jour ?

Un autre rire.

— Je peux te garantir que ça n'arrivera jamais. Il n'est pas question de sentiments pour moi, yeux d'azur. Je prends. Je prends ce que les autres sont prêts à me donner, mais je suis incapable de rien donner en retour. Je ne sais pas aimer.

— Tu te trompes sûrement sur ton propre compte Tallon, mais quelle importance ? On n'a pas besoin de penser à demain. On peut se contenter du présent : deux adultes qui prennent du bon temps ensemble et relâchent la pression.

Je lui massai doucement les épaules.

— Et on peut dire que tu en as accumulé, de la tension.

— Je ne veux pas te baiser pour me détendre, yeux d'azur.

— Alors, pourquoi ?

— Pas par amour non plus.

Oui, oui, répète ça, que je me l'enfonce bien dans le crâne !

— Ça, tu me l'as dit clairement. Ce qui est moins clair, c'est pourquoi tu me veux.

— Parce que je crève d'envie de toi. De tes lèvres, de ta langue, de ton corps pressé contre le mien. De ta douce petite chatte, de ta bouche autour de ma queue. Je veux te pénétrer, te posséder, que tu sois à moi pour une nuit. Je veux te baiser, te ramoner et te baiser encore jusqu'à ce qu'on n'ait plus la force de continuer, ni l'un ni l'autre.

Ses yeux luisaient, ses mamelons bruns s'étaient contractés, et sous son pantalon de pyjama son érection était largement apparente.

— Regarde comme je bande pour toi, Jade. Je suis dur comme un roc. Et peut-être que si je te baise, si je te prends, je serai délivré de ce désir dévorant que j'éprouve pour toi.

Mes genoux vacillèrent sous moi. J'avais la peau en feu, et les pulsations de mon sexe s'accéléraient. Il ne m'offrait pas son amour, pas même son amitié. Ce qu'il me proposait, c'était son corps divinement sculpté pour une nuit inoubliable.

Je ne songeai pas aux conséquences, au fait que nous vivions sous le même toit, à ce que cela impliquerait. Je ne pensai pas à ce que j'éprouverais en le croisant chaque jour sans pouvoir le toucher. Ni à ce que cette nuit avec lui pourrait signifier pour moi, à la tristesse que je risquais d'éprouver après cette aventure sans lendemain.

J'aurais dû penser à toutes ces choses.

Mais elles étaient bien loin.

Au lieu de cela, je soutins son regard sombre.

— Tu crèves d'envie de me baiser ? Alors, fais-le, Tallon.

Chapitre 8

Tallon

L'attrapant par le bras, je l'attirai à moi. Bon Dieu, ces seins voluptueux contre mon torse... ses tétons qui pointaient contre ma peau... Putain, ma queue était déjà si dure... Et j'étais prêt à l'introduire en elle. Dans sa bouche, dans sa chatte, dans son cul. Partout où elle me laisserait la pénétrer. Et je savais déjà, rien qu'en contemplant ces yeux bleu acier qui me hantaient, qu'elle me laisserait faire tout ce que je voulais. Oui, ce soir, elle me permettrait tout.

D'où me venaient ces hésitations ? J'étais Tallon Steel. Je prenais ce qu'on m'offrait, sans éprouver la moindre culpabilité.

Je contemplai ses lèvres rouges, meurtries par notre baiser. Putain, ce baiser... Je m'étais conduit comme un animal marquant son territoire. Que Dieu me vienne en aide, je n'en aurais jamais assez de ses lèvres, de ses seins somptueux pressés contre moi, de son regard couleur du ciel qui pénétrait mon âme.

Je serais sa perte. Je le savais sans l'ombre d'un doute.

Mais je m'en fichais. Il fallait absolument que je m'enfouisse en elle. Et si elle était d'accord, pourquoi lui refuser ça ?

La soulevant dans mes bras, je la portai dans le couloir, jusqu'à ma suite. Je ne serais pas doux. Je n'avais jamais fait preuve de douceur, avec aucune femme. Et même si j'avais presque envie d'être tendre avec elle, j'étais maintenant tellement excité qu'il n'en était plus question.

Je la déposai, debout, près de mon lit. Elle se tourna vers moi, retira lentement son débardeur blanc, son regard vissé au mien. Ses seins volumineux se balancèrent légèrement, ses mamelons d'un brun rosé durs et tendus. Elle les empoigna un moment, comme une offrande, puis ses mains descendirent jusqu'à ses hanches, et elle fit rouler son boxer le long de ses jambes, puis le laissa tomber à ses pieds en une petite flaque colorée. Alors, elle s'avança d'un pas.

Bordel ! Elle était entièrement rasée, l'incarnat des lèvres de son sexe totalement exhibé. C'était si émoustillant que je faillis éjaculer *illico*. Je dus serrer la base de ma queue pour me calmer. J'étais aussi excité qu'un adolescent !

Elle fit un pas vers moi, posa ses mains soyeuses sur mes hanches et me débarrassa de mon pantalon de pyjama.

Lorsqu'elle découvrit mon membre en érection, elle ouvrit de grands yeux. Je ne pus m'empêcher de sourire. Quelques secondes plus tard, elle releva la tête, croisa mon regard, remonta ses mains sur mon ventre, jusqu'à mon cou, et me caressa les joues.

— Prends-moi, Tallon ! Prends de moi ce qu'il te faut.

J'aurais pu la jeter sur le lit et la baiser sauvagement sur-le-champ. Elle était prête. Son sexe magnifique parfaitement lubrifié.

Mais non. Je voulais y aller lentement, la savourer. Je devais faire en sorte que cette nuit compte, en tirer le maximum. Je voulais me rassasier d'elle pour que cette attraction maladive disparaisse enfin.

— Grimpe sur le lit, lui ordonnai-je.

Elle sourit – bon Dieu, qu'elle était belle ! – et obtempéra.

— Dans quelle position ?

— Je vais te sucer les seins, yeux d'azur. Je vais les sucer jusqu'à ce que tu cries grâce, que tu brûles de désir. Dis-moi que c'est ce que tu veux, bébé. Dis-moi que tu veux ma bouche sur tes seins.

— Oui, souffla-t-elle, les yeux clos. C'est ce que je veux… Je veux que tu me suces les seins.

Je titillai de la pointe de ma langue un petit bourgeon durci.

— Je veux les sucer et les pomper, bébé, jusqu'à ce que ta chatte soit trempée et qu'elle ruisselle pour moi. Jusqu'à ce que tu me supplies de te prendre.

— Si c'est ça que tu veux, je suis déjà prête.

Je secouai la tête.

— Pas question. Je vais t'en donner vraiment envie. Jusqu'à ce que tu ne penses plus qu'à ça. Quand j'en aurai fini avec toi, yeux d'azur, je te baiserai jusqu'au trognon et tu en redemanderas !

Je pris un de ses mamelons entre mes lèvres et l'aspirai.

Allongée sous moi, elle se tortillait en gémissant.

— Hmm, c'est si bon !

Je continuai à agacer son téton de ma langue, tandis que je saisissais l'autre entre mes doigts, le pinçant légèrement.

Elle se cambra sous moi.

Bon sang, sa chatte ! Je sentais son excitation. Son parfum intime m'enivrait. Je suçai et taquinai ses tétons avec une ardeur accrue. Son bassin commença à onduler, exhalant son parfum.

Son odeur musquée me rappelait les pêches mûres. Putain, j'adorais les pêches. Je mourais d'envie de faire glisser ma bouche tout le long de son corps pour recueillir ses sucs. Mais je n'en avais pas fini avec ses seins. Je voulais l'amener au bord de la jouissance et qu'elle me supplie de la pénétrer.

Elle se tordait toujours, grognant et gémissant. Chaque fois que je pinçais son téton, elle tressaillait.

— Ooooh, Tallon. Oooh…

Je me redressai et la fixai du regard.

— Tu aimes ça, bébé ?

— Oooh, oui.

Je continuai à jouer avec ses seins tout en faisant courir ma main sur son corps satiné jusqu'à cette oasis entre ses cuisses. Quand mes doigts trouvèrent son clitoris, elle se cambra, poussant un long soupir.

Elle commença à onduler en rythme avec mon doigt tandis que je la caressais.

Elle était complètement trempée, son nectar parfumé inondant son entrecuisse. Je résistai à l'envie de la pénétrer de mes doigts et m'efforçai de prendre mon temps. Lentement. Lentement. Elle allait me désirer si fort qu'elle en perdrait la tête.

Quand je me remis à lui sucer les seins tout en massant son clitoris, elle enfonça ses doigts dans mes cheveux.

— S'il te plaît, s'il te plaît…, supplia-t-elle.

— S'il te plaît, quoi ?

— S'il te plaît… Ton doigt… Ta queue… Je te veux… en moi.

— Pas tout de suite.

Je repris son mamelon, le happai, l'embrassai. Du bout de la langue, je léchai son aréole, puis le globe entier de son sein. Sous mes lèvres, sa peau était comme de la soie. Si sensible, si chaude.

Encore quelques secondes, puis j'abandonnai son sein et retirai ma main de son entrejambe. D'un geste preste, je la retournai et la poussai à plat ventre sur le lit. Elle avait un cul magnifique, crémeux à souhait. Je lui donnai une petite tape et lui relevai les genoux pour qu'elle se retrouve en levrette. Sa belle chatte couleur de fraise mûre semblait n'attendre que moi. Et son petit trou plissé… Bordel… cette fille me rendait dingue !

Impossible d'attendre plus longtemps pour la goûter. Je plaçai mon visage entre ses fesses, inhalant son parfum musqué. Puis je léchai sa fente sur toute sa longueur et faillis défaillir. Elle avait un goût délicieux. Meilleur que toutes les chattes que j'avais jamais dégustées, et j'en avais eu plus que ma part. Même son anus avait un goût parfait.

J'insinuai à nouveau ma langue dans ses plis. Elle poussa ses fesses vers moi en gémissant.

— Ta chatte a si bon goût, yeux d'azur.

Je repris mes assauts buccaux, titillant sa vulve des dents, mordillant et suçant. Je ne parvenais pas à me rassasier de sa chatte merveilleuse.

Quand, finalement, je m'en détachai pour embrasser les courbes douces de son postérieur, j'insérai deux doigts dans son sexe qui se contracta aussitôt, venant à ma rencontre.

Bon sang, elle allait jouir. C'était le spectacle le plus excitant qu'il m'ait été donné de voir. Ses gémissements, ses frémissements intimes attisaient mon désir. Elle allait jouir jusqu'à plus soif toute la nuit. Elle répondait à mes caresses comme aucune autre femme.

— Tallon, qu'est-ce que tu me fais ? Bon sang, c'est tellement bon !

Elle ne cessait de coulisser sur mes doigts, ses spasmes augmentaient.

Et moi, j'étais au-delà de l'excitation.

— Oui, bébé, jouis !

J'espérais bien qu'elle n'était pas du genre à se contenter d'un seul orgasme, parce que j'étais loin d'en avoir fini avec elle.

Je continuai à m'occuper d'elle jusqu'au reflux de sa jouissance, et elle s'effondra à plat ventre.

D'un geste, je l'aidai à se retourner. J'aurais pu m'introduire dans sa chatte brûlante à ce moment-là, et bon sang, j'étais plus que tenté, mais je tenais à savourer cette nuit. Ce serait la seule et unique fois qu'elle m'appartiendrait, et je devais être suffisamment repu d'elle pour apaiser mon désir.

Le faire disparaître à jamais.

— Assieds-toi, ordonnai-je. Je veux que tu me suces.

Elle ouvrit les yeux, son corps somptueux rosi par l'orgasme. Elle était encore un peu hébétée de sa jouissance, mais elle m'obéit, se redressa et prit mon membre dressé entre ses doigts fins.

— Qu'est-ce que tu veux, Tallon ? Que je te lèche ? Que je t'embrasse ? Que je te suce à fond ?

Je fermai les yeux.

— Tout ce que tu viens de dire. Je veux ta bouche sur ma queue.

Elle se pencha en avant, et obtempéra, posant ses lèvres sur mon gland. Je crus que j'allais exploser. Puis elle entreprit de lécher la fente à son extrémité, faisant tournoyer sa langue tout autour. Bordel, j'étais si sensible ! Je serrai les dents, m'efforçant de garder le contrôle. Si je voulais oublier Jade Roberts dans un futur proche, je devais faire durer le plaisir.

Elle fit glisser sa langue tout le long de ma queue, jusqu'à la base, puis remonta. À nouveau, elle me lécha, referma ses lèvres autour de mon gland et me prit jusqu'au fond de sa gorge… Elle m'y garda plusieurs secondes et je dus faire un effort de volonté pour ne pas éjaculer.

— Merde.

Elle continua à me sucer et elle me rendait fou ! Je n'allais pas pouvoir tenir beaucoup plus longtemps. Je lui empoignai la tête, la forçant à aller et venir, aller et venir sur ma queue. Je mourais d'envie d'éjaculer dans sa gorge, de voir mon sperme inonder sa bouche, de la regarder le lécher sur ses lèvres.

Mais pas question. Je voulais jouir dans sa chatte incendiaire.

J'avais prévu de la prendre par-derrière, en levrette, pour ne pas avoir à regarder son visage, mais je changeai d'avis. Soudain, je désirais plus que tout voir ses yeux au moment où j'entrerais en elle et où elle exploserait à nouveau autour de ma queue. Je la saisis par les cheveux pour lui faire lâcher prise, puis je l'allongeai sur le dos et lui écartai les jambes. Son sexe incarnat n'attendait que moi, tumescent de son premier orgasme… Comme ce serait facile de m'y glisser, de trouver le réconfort dans son corps accueillant.

Mais je ne cherchais pas de réconfort. Le réconfort n'existait pas pour moi. Ce dont j'avais besoin maintenant, c'était de me libérer, purement et simplement – de mettre fin à mon désir.

Alors, au lieu de me glisser en elle, je la pénétrai d'un coup, brutalement. Je prenais ce qu'elle me donnait, ce qu'elle m'avait dit de prendre.

Bon Dieu, elle était faite pour moi. La succion autour de ma queue, chaque relief de ses parois, le butoir de son utérus semblaient avoir été conçus pour former un fourreau parfait. Elle me pompait, alors que je n'avais même pas encore entamé mes va-et-vient.

J'étais carrément au bord de l'orgasme. Prêt à me répandre d'un moment à l'autre. Comment pourrais-je assouvir mon désir dévorant si j'étais incapable de tenir plus longtemps ?

— S'il te plaît, Tallon. S'il te plaît, baise-moi. Maintenant. Je te veux.

Ses paroles causèrent ma perte. Je me retirai, puis m'enfouis de nouveau en elle, trouvant dans son corps l'apaisement dont j'avais besoin. Un nouvel assaut et…

Les convulsions commencèrent à la base de ma queue et dans mes testicules, me traversant à une vitesse fulgurante tandis que je l'emplissais de ma semence.

Merde, j'étais quoi ? Un putain d'adolescent en montée d'hormones ? Un éjaculateur précoce de trente-cinq ans ? Deux petits coups et c'était fini ?!

Elle n'avait même pas eu le temps de jouir une seconde fois.

Je n'étais vraiment bon à rien !

Je me retirai d'elle, le sexe mollissant déjà. Putain, j'avais même oublié de regarder ses yeux. Cela m'emplit d'une immense tristesse.

Elle s'éclaircit doucement la voix.

— Tu… c'est fini ?

J'étais submergé d'embarras. Mais qu'est-ce que j'en avais à foutre, de ce qu'elle pensait ? C'était juste une baise, après tout. Si ça n'avait pas été à son goût, tant pis. Au moins, elle avait joui une fois. Elle n'avait pas tout perdu.

— Je suis…

J'étais incapable de prononcer un mot de plus. Je me laissai rouler sur le côté et me retrouvai allongé sur le dos, à côté d'elle.

— Tu es quoi ? Désolé ? Pourquoi ? C'était fantastique.

— Inutile de mentir.

— Qui ment ? Personne ne m'a jamais léchée comme ça avant. Et mes seins frissonnent encore de ce que tu leur as fait.

Elle se redressa, en appui sur un bras, et posa ses lèvres sur les miennes.

De la tendresse. Elle m'offrait de la tendresse. Mais je ne la méritais pas.

Je ne voulais pas de sa tendresse.

J'avais fait ce que je voulais faire. Je l'avais baisée. Oui, j'aurais préféré que ça dure plus longtemps, mais ça ne s'était pas passé comme ça.

C'était fini.

Et ça ne se reproduirait plus.

Chapitre 9

Jade

Il ne répondit pas à mon baiser.

Ma peau fourmillait, et mon sexe palpitait encore. Il ne m'avait pas pénétrée très longtemps, mais… Oooh, durant les quelques instants où il avait été en moi, je m'étais sentie complétée, entière… comme cela ne m'était jamais arrivé.

Ou peut-être que j'étais juste hyper excitée.

J'étais follement attirée par Tallon Steel. C'était indéniable. En même temps, n'était-ce pas une sorte de contrecoup ? Je venais quand même d'être larguée au pied de l'autel.

Et maintenant, je devais vivre ici, dans la même maison que lui. Cette étreinte était-elle une erreur complète ?

En le regardant allongé sur le dos, un bras replié sur le front et les yeux clos, je songeai que non. Non, ce n'était pas une erreur. Les choses seraient peut-être gênantes entre nous à partir de maintenant, mais je ne regretterais jamais ce fabuleux moment.

Je ne pus m'empêcher de sourire. Tallon avait joui très vite. Cela signifiait qu'il m'avait désirée, ou en tout cas qu'il me trouvait très attirante. Les deux options me convenaient.

Et maintenant ? Nous étions au milieu de la nuit. Devais-je me lever et regagner ma chambre ? Souhaitait-il que je reste ?

Moi, je voulais rester. Tallon Steel était tellement… Je n'arrivais pas à mettre le doigt dessus. Tout ce que je savais, c'est que j'éprouvais une irrépressible envie de lui apporter du réconfort. J'ignorais totalement ce qui pouvait l'aider à aller mieux, mais quelque chose au fond de moi savait qu'il avait besoin de trouver cet apaisement.

Avec lenteur, je lui caressai le bras. Il sursauta.

— Chut ! Laisse-moi faire.

Il se détendit légèrement et me laissa continuer. Mes doigts glissèrent sur son avant-bras, remontèrent jusqu'à ses épaules. Puis ils descendirent sur son torse, traçant de doux cercles autour de ses mamelons, l'un après l'autre. Ma main s'aventura sur ses abdominaux, jusqu'au nuage sombre de ses poils pubiens. J'y enfouis mes doigts, évitant délibérément son sexe. Il ne s'agissait pas de l'exciter, mais de lui offrir du réconfort.

Je me redressai légèrement pour pouvoir déplacer ma main le long de sa cuisse musclée, descendre sur son mollet, jusqu'à sa cheville et son pied. J'effleurai son cou-de-pied, puis je passai à l'autre jambe, caressant sa cheville, son mollet, sa cuisse, son pelvis, son torse sublime, son épaule et son bras, redescendant jusqu'à sa main. Là, je pressai doucement chaque doigt, je remontai jusqu'à l'épaule, puis redescendis sur son autre bras, jusqu'à sa main proche de moi.

Je tirai les couvertures sur nous, entrelaçai mes doigts aux siens et m'allongeai à côté de lui, sur le dos.

Je resterais jusqu'à ce qu'il me demande de partir.

★ ★ ★

J'étais assise dans un siège pelucheux du Boettcher Concert Hall à Denver, mes doigts noués à ceux de Tallon. Je caressai son pouce du mien. Il me regardait et souriait. Oui, il souriait ! Un orchestre symphonique jouait Les Quatre Saisons *de Vivaldi. La musique flottait vers moi, la beauté et le charme du printemps. Puis vint l'été. Le gazouillis des oiseaux dans les champs, les douces brises estivales, et l'orage des violoncelles.*

★ ★ ★

J'ouvris les yeux.

Oh ! J'étais encore couchée à côté de Tallon. La musique venait de son téléphone. Il avait dû mettre son réveil. Mais il ne bougeait pas, les bras repliés sur le front. Nos doigts étaient toujours mêlés et Roger dormait à ses pieds.

Que devais-je faire ? Le réveiller ? M'habiller et partir ?

Ce serait le plus simple. Enfiler mes vêtements et m'éclipser sans bruit avant qu'il se réveille.

Mais si j'agissais ainsi, il risquait de ne jamais reconnaître que cette nuit de passion avait eu lieu. Alors je rassemblai mon courage et le poussai doucement.

Il se redressa d'un bond.

— Qu'est-ce qui se passe ?

— Du calme ! Ce n'est que moi.

Il se tourna de mon côté, le regard englué de sommeil.

— Qu'est-ce que tu fais ici ?

— Tu ne te souviens pas ? On s'est endormis ensemble après avoir…

Il passa une main dans ses cheveux ébouriffés.

— Oh, merde.

Ce n'était pas tout à fait ce que je souhaitais entendre.

— Toi, tu sais parler aux femmes.

Il souleva les draps pour regarder dessous.

— Bordel.

Il fit pivoter ses jambes sur le côté du lit, se leva – son cul était plus que parfait ! Il ramassa son pantalon de pyjama et l'enfila à la hâte.

— Écoute. La nuit dernière n'a jamais eu lieu. C'est compris ?

Il plaisantait ou quoi ?

— Je déteste te dire ça, Tallon, mais c'est bien arrivé. Et franchement, c'était plutôt génial.

Il se déplaça dans la chambre, regardant ici et là, cherchant surtout à éviter mon regard.

— Hier soir, ça ne voulait rien dire. C'était une erreur. Je… Tu ne représentes rien pour moi. Rien, est-ce que c'est clair ?

Ses mots me firent l'effet d'un coup de poignard. Il m'avait désirée. Je l'avais vu dans ses yeux, senti à travers ses caresses. Il me l'avait même avoué. Ce n'était peut-être qu'une partie de jambes en l'air, mais qui avait davantage de sens qu'une autre. On n'avait pas réellement *fait l'amour*, mais c'était plus qu'un petit coup vite fait. Quelque chose s'était passé entre nous hier soir, et il n'allait pas s'en tirer comme ça.

— Je ne te crois pas, répliquai-je.

— Eh bien, si tu penses le contraire, tu te goures. La nuit dernière ne signifiait rien pour moi.

Je ravalai les quelques larmes qui menaçaient de couler, me levai et le rejoignis, toujours nue.

— Tu avais envie de moi autant que moi de toi.

Il refusait toujours de croiser mon regard.

— Le désir n'a rien à voir avec tout ça.

— Peut-être, et peut-être que je ne représente rien pour toi. Si c'est la vérité, je l'accepterai. Mais tu vas devoir me convaincre autrement qu'avec des mots durs, parce que ton corps disait tout autre chose, hier soir.

Il laissa échapper un grognement, sans rien dire, mais continua à arpenter sa chambre, à la recherche de Dieu savait quoi.

C'était sans doute sa façon de me signaler qu'il était temps que je dégage, mais merde, pas question de jouer son jeu. S'il voulait que je m'en aille, il allait me le dire, *clairement*. Je regagnai le lit, me calai contre les oreillers et… merde ! Je devais aller travailler, ce matin. D'ailleurs quelle heure était-il ?

— Quelle heure il est ? demandai-je à Tallon.

— 6 heures.

Ryan ne m'attendait pas au vignoble avant 9 heures.

— 6 heures ? T'es dingue ou quoi ? Pourquoi tu te réveilles si tôt ?

Il se retourna, me regardant enfin dans les yeux.

— Au cas où tu ne l'aurais pas remarqué, j'ai un ranch à gérer. Nous commençons tôt !

D'un ample geste du bras, il désigna la pièce.

— Tout ça n'est pas tombé du ciel. On travaille tous très dur pour l'obtenir !

Bam ! Il avait réussi à me donner la désagréable impression d'être insignifiante. De nouveau, mes yeux s'embuèrent, et je fis mon possible pour ne pas pleurer.

En vain. Une larme roula sur ma joue. Je me levai et baissai la tête pour la cacher. J'attrapai mon boxer et mon débardeur, les enfilai aussi vite que je pus, trébuchant presque, puis je quittai la pièce sans un mot. J'étais trop mal en point pour dire quoi que ce soit. Je filai à toute allure dans le couloir, dépassai la cuisine et regagnai ma chambre. Une fois à l'abri, je fermai la porte, me jetai sur le lit, la tête enfouie dans l'oreiller, et éclatai en sanglots.

Chapitre 10

Tallon

Qu'est-ce que j'avais fait ? Pourquoi avais-je été incapable de contrôler mon désir ? Qu'est-ce qui me troublait tant chez elle ? Ce n'était pas dans mes habitudes de courir après les femmes. Elles venaient toutes à moi. Et j'en avais toujours bien profité. Pourquoi pas ? Tant que j'utilisais un préservatif, j'étais tranquille.

Merde !

Je n'en avais pas mis avec Jade.

Bon sang, elle était totalement irresponsable, ou quoi ? Elle ne me connaissait pas ! Je pourrais être porteur de toutes sortes de saloperies. Évidemment, ce n'était pas le cas. Je prenais toujours mes précautions. Après ce que j'avais traversé, pas question de prendre des risques. Je pouvais m'estimer heureux de ne pas avoir été infecté toutes ces années auparavant.

Il fallait que je lui parle. C'était totalement insensé. Jade était une fille intelligente. Pourquoi n'avait-elle pas insisté pour que j'enfile un préservatif ? Elle prenait sans doute la pilule ou un autre moyen de contraception, ou elle se serait inquiétée d'une éventuelle grossesse non désirée. Mais les MST ? Où avait-elle la tête ? Avait-elle souvent des rapports non protégés ? Devais-je m'inquiéter ?

Bordel de merde.

J'enfilai un tee-shirt et quittai ma suite, me dirigeant en silence vers l'autre côté de la maison jusqu'à sa chambre. Je frappai. Pas de réponse. J'insistai en cognant un peu plus fort.

— Jade ?

— Va-t'en ! lâcha-t-elle d'une voix étouffée.

— Il faut qu'on parle !

Une minute plus tard, la porte s'ouvrit, et elle apparut, les larmes aux yeux.

J'eus l'impression de recevoir un violent coup dans le ventre. Que s'était-il passé ? La colère me saisit. J'avais envie de tabasser celui ou celle qui l'avait fait pleurer.

Et soudain, je compris.

Cette personne, c'était moi.

— Qu'est-ce que tu veux ? demanda-t-elle.

— Je peux entrer ? Il faut que je te parle.

— Bien sûr. Oui, je suis d'accord. On devrait parler.

Ouvrant plus largement la porte, elle me tourna le dos puis regagna son lit, où elle s'assit.

J'envisageai un instant de m'installer à côté d'elle, mais mieux valait ne pas être si près. Je ne me faisais pas confiance. Alors je pris un fauteuil dans le coin et l'approchai.

Elle attrapa un mouchoir en papier dans la boîte sur sa table de nuit et se moucha.

— De quoi tu veux parler ?

— Eh bien… à propos d'hier soir…

Elle hocha la tête.

— Oui ?

— Je veux m'excuser de… de ne pas avoir utilisé de préservatif.

Elle écarquilla les yeux.

— C'est pour ça que tu veux t'excuser ?

— Oui. C'était vraiment irresponsable. Et je veux m'assurer…

— Laisse-moi deviner, m'interrompit-elle. Tu veux savoir si je ne suis pas porteuse d'une saleté de maladie dont je pourrais t'avoir infecté.

— Eh bien, oui…

— Mon Dieu !

Elle secoua la tête.

— De quoi croyais-tu que je voulais parler ?

— Oh, je ne sais pas. Du fait qu'on vient de coucher ensemble, peut-être ? Ou de ce que tu m'as balancé tout à l'heure : que pour toi, ça ne signifiait rien ? Et que je sais très bien que tu mens ?

— Donc, tu es en train de dire qu'il n'est pas important de se protéger ?

— Oh, pour l'amour du ciel, Tallon. Bien sûr que c'est important. Tu n'as rien à craindre de moi. Je n'ai eu qu'un partenaire ces sept dernières années, et je prends la pilule depuis dix ans. Tu sais que je viens de mettre fin à une longue relation. C'est moi qui devrais m'inquiéter !

— Ça n'avait pas l'air de t'inquiéter hier soir, car tu ne m'as pas demandé de mettre un préservatif.

Elle poussa un profond soupir.

— Tu as absolument raison. J'ai perdu la tête. C'était stupide et irresponsable. Mais je te promets que je n'ai pas le sida. Je n'ai pas non plus d'herpès. Ni de blennorragie, de syphilis, ou de chlamydia. Et pas de morpions non plus.

— Très bien.

Elle disait la vérité. Je le savais. Son visage avait rosi, et de nouvelles larmes inondaient ses yeux.

J'étais un vrai crétin.

— Mais puisque tu es si inquiet, poursuivit-elle, pourquoi ne pas me donner un aperçu de tes antécédents sexuels ? Je parie qu'ils sont bien plus excitants que les miens.

Mes antécédents sexuels… Si elle savait. Mais j'étais clean. J'avais toujours utilisé des préservatifs, et je me faisais tester tous les six mois, que j'aie eu des relations sexuelles ou pas. C'était peut-être un petit TOC, mais je ne pouvais pas m'en empêcher.

— Mon dernier test remonte à deux mois. Je peux te montrer les résultats si tu veux.

— Les résultats ne veulent rien dire si tu as couché avec quelqu'un d'autre que moi entre-temps.

C'était le cas. Il y avait environ un mois, une serveuse s'était littéralement jetée à mon cou dans un bar à cocktails de Grand Junction. Mais j'avais mis un préservatif ce soir-là, ainsi que la nuit suivante quand je l'avais revue. À part ça, je n'avais pas fait de rencontres depuis mon dernier test. Sur le plan sexuel, c'était une période un peu creuse pour moi, mais après tout, je ne cherchais pas l'aventure. D'habitude, les femmes venaient à moi, et tant que la fille avait l'air propre, je couchais avec elle. Un homme a des besoins, et je prenais ce qui m'était offert.

Je ne tenais pas à parler à Jade de tout ça, mais je venais quand même de m'envoyer en l'air avec elle. Elle avait le droit de savoir qu'elle ne risquait rien.

— Seulement deux fois au cours des deux derniers mois, et avec la même femme. J'ai utilisé un préservatif chaque fois.

L'espace d'un instant, une pointe de tristesse assombrit son beau visage.

— Alors, pourquoi tu n'en as pas mis avec moi ? J'imagine que tu en as toujours un bon stock à portée de main.

Elle avait raison, c'était bien le cas. Que répondre à sa question ?

Que je l'avais désirée si fort que j'avais perdu la tête ? Que mon envie d'elle m'avait fait oublier toute notion de prudence ? Cela ne s'était jamais produit auparavant, même en Irak, où chacun cherchait du réconfort là où il pouvait en trouver. Si je n'avais pas de préservatif sur moi, je m'abstenais, même si la femme était très belle et que j'avais vraiment des besoins à satisfaire. Je n'avais jamais eu de rapports sexuels non protégés. Jamais.

Jusqu'à hier soir.

— Je suppose que j'ai juste… oublié.

Elle hocha la tête.

— Je vois. Et je comprends.

— Non, tu ne comprends pas. Tu crois que j'avais tellement envie de toi que j'ai oublié. Ce n'est pas du tout le cas.

— Vraiment ? J'admets bien volontiers que c'est ce qui s'est passé pour moi. Je savais que je ne risquais pas de tomber enceinte et que je suis saine. Pourtant, je ne savais rien de toi. Mais je t'avoue, Tallon, que j'étais tellement obnubilée par mon désir que j'ai oublié toute prudence. C'est impardonnable, et je suis gênée de te le dire. Mais c'est la pure vérité.

Je sentis poindre une nouvelle érection. Elle était montée sur ses grands chevaux et son corps entier s'était empourpré. Déjà, je la désirais à nouveau.

Comment cela était-il possible ?

La réponse coulait de source. J'avais éjaculé si vite que je n'avais pas réussi à me rassasier d'elle. Je devais la baiser encore.

Et le moment me semblait tout à fait opportun.

Je me levai et m'approchai d'elle.

— Qu'est-ce que tu fais ?

— Ce que nous voulons tous les deux en cet instant.

Je me penchai pour l'embrasser. Mais elle détourna la tête et mes lèvres atterrirent sur sa joue.

— Comment oses-tu ? Tu viens de dire que je n'étais rien pour toi. Que la nuit dernière ne représentait rien. Tu débarques dans ma chambre, horrifié à l'idée que j'aie pu te transmettre je ne sais quelle répugnante maladie, et maintenant tu veux remettre ça ?

— Oui.

Qu'y avait-il à ajouter ?

— Fiche le camp de ma chambre !

— Je crois que c'est *ma* chambre, puisque tu vis dans *ma* maison.

Est-ce que je venais vraiment de dire ça ? Comme c'était mesquin !

— Ah, tu veux jouer à ça ?

Se levant d'un bond, elle poursuivit :

— Très bien. De toute façon, j'ai l'impression de m'imposer chez vous. Je vais travailler quelque temps pour Ryan, et dès que j'aurai les résultats de mon examen du barreau, je chercherai un emploi d'avocate. Soit ici, soit à Grand Junction. Je crois que je vais même aller en ville dès ce matin pour me trouver un logement.

Qu'est-ce que j'avais fait là ? La seule idée de son départ me déchirait.

— Écoute, Marjorie veut que tu restes ici.

— Mais pas toi, à l'évidence.

— Le ranch m'appartient pour un quart, et pour un quart à Marjorie. Alors, si elle veut que tu restes…

— Si elle veut que je reste, alors quoi ? Tu t'en accommoderas ? Comme c'est noble de ta part.

— Je veux que tu restes, murmurai-je.

Elle ne cessait d'aller et venir dans la pièce, et je savais qu'elle ne m'avait pas entendu. Dieu merci.

Elle se dirigea vers la salle de bains adjacente et me lança par-dessus son épaule :

— Je dois me préparer pour aller travailler. Si tu veux bien me laisser…

J'entendis le bruit de la douche, et j'imaginai Jade nue, l'eau épousant les courbes de son corps parfait. Mon sexe était aussi dur que du granit. Je la désirais comme un fou.

Pas question de m'en aller. J'allais la prendre dans la douche.

Je me précipitai vers la porte de sa chambre pour la verrouiller. Puis je retirai mon tee-shirt, mon pantalon de pyjama, et entrai dans la salle de bains. Dieu bénisse mon père d'avoir installé des portes de douche en verre lisse. Pas de verre dépoli dans sa maison ! Je voyais distinctement Jade, ses cheveux d'acajou plaqués sur ses épaules et ses seins, l'eau ruisselant sur sa peau. Elle était magnifique.

Il fallait que je la prenne sans plus attendre.

J'ouvris la porte de la douche.

Elle poussa un petit cri de surprise et faillit trébucher. Aussitôt, je la retins par un bras pour lui éviter de perdre l'équilibre.

— Sors d'ici ! Qu'est-ce que tu fabriques ?

— Je te rejoins, dis-je en pénétrant dans la cabine.

— Je te préviens, je vais hurler, Tallon. Je vais réveiller tout le monde !

— Felicia n'est pas encore arrivée, et comme tu le sais sûrement, Marjorie a le sommeil tellement lourd qu'elle dormirait encore même si la Troisième Guerre mondiale éclatait.

— Je vais pourtant…

J'écrasai ma bouche sur la sienne. Elle s'ouvrit presque aussitôt pour m'accueillir. Oui, elle en avait envie autant que moi ! Un petit coup vite fait dans la douche, puis peut-être un plus long interlude sur son lit. Après ça, je serais rassasié. Je pourrais reprendre ma vie, et elle la sienne.

Je frottai mon membre durci contre son ventre si doux. J'avais tellement envie d'être en elle ! Mais pas encore. D'abord, je voulais sentir ses lèvres sur moi.

Je fis remonter mes mains sur ses bras, et la saisis doucement par les épaules.

— Mets-toi à genoux. Suce-moi.

— Tu plaisantes ? Tu viens juste…

Je la fis taire d'un doigt sur ses lèvres.

— S'il te plaît, chuchotai-je.

Son regard s'adoucit, et elle obtempéra, prenant la pointe de mon gland entre ses sublimes lèvres rouges. Fermant les yeux, je m'adossai à la paroi, laissant l'eau éclabousser mon visage tandis qu'elle m'embrassait et me léchait. Elle avait empoigné la base de mon sexe et tirait sur la peau tout en faisant coulisser sa bouche sur mon membre dressé.

J'étais déjà prêt à exploser. Mais avant cela, je voulais la pénétrer. Me glisser à l'intérieur de sa chatte accueillante qui mouillait pour moi. D'un autre côté, je pouvais aussi éjaculer au fond de sa gorge, puis l'entraîner au lit. Le temps de nous sécher, je serais déjà d'attaque pour un deuxième round. Tout au fond de mon âme, j'en étais certain.

Je redoutais surtout de ne jamais en avoir assez.

Je mis un terme à ce train de pensées, me concentrant sur ses lèvres expertes qui régalaient ma queue. Qu'il en soit ainsi. Un petit coup vite fait dans la douche, et ensuite, une longue et fantastique baise sur son lit. Nous avions le temps. Elle n'était pas attendue au vignoble avant 9 heures, et moi, j'avais engagé des extras qui pourraient me remplacer au verger. Ce n'était pas un problème.

— C'est si bon ! haletai-je. Oui, bébé, comme ça, suce-moi et prends tout.

Je lui agrippai la tête, plongeant mes doigts dans ses cheveux mouillés, et la guidai doucement au rythme qui me convenait. Elle ne m'opposa aucune résistance.

Cette fille était un trésor. Elle se pliait à ma volonté. Elle me laissait prendre ce qu'il me fallait.

Prends de moi ce qu'il te faut. Ses propres mots la veille.

— Bébé, bébé, je veux te baiser, maintenant. Viens ici.

Je la remis debout et la soulevai… pour l'asseoir sur ma queue. C'était si jouissif d'être enfin en elle, que je laissai échapper un gémissement.

— Ahhh, tu me rends fou ! Ta chatte est faite exactement pour moi.

La tête enfouie dans mon cou, elle me mordilla en soupirant. Je frémis. Mes jambes menaçaient de céder, mais je tins bon. Il le fallait. Il fallait que je la prenne… Maintenant… Sous la douche… C'était si enivrant… Je la soulevai puis la fis redescendre sur mon sexe – je répétai l'opération à plusieurs reprises. Bon Dieu, elle était tellement bonne !

— Tallon, prends-moi fort, chuchota-t-elle dans mon cou.

— Oui, bébé, je te prends. Je vais t'emmener au septième ciel.

— C'est si bon… de te sentir en moi.

— Oui, bébé. Laisse-moi baiser ta jolie petite chatte. J'adore ça.

Je tins un peu plus longtemps cette fois. Mais bon sang, pas beaucoup. Quand je sentis mes testicules se contracter, je sus que j'allais exploser. Cette fois encore, pas de préservatif, mais, bordel, on s'en foutait ! Nous étions cleans tous les deux, pas de risque de grossesse…

— Aaaah ! criai-je, tandis que je l'emplissais de ma semence.

— Oui, Tallon, reste au fond. Donne-moi tout.

Quand je retrouvai enfin mes esprits, elle sanglotait contre mon cou. Elle n'avait même pas eu d'orgasme. Je n'étais qu'un égoïste.

Elle dénoua ses jambes et je la reposai doucement dans la douche.

— Pourquoi tu pleures ?

— Parce que… parce que…

— Je suis désolé, Jade. J’aurais dû te laisser jouir la première.

Elle secoua la tête.

— Je m’en fiche pas mal.

— Tu te fiches de jouir ?

Elle se mordilla la lèvre, hésitante.

— Non, je veux dire… c’est juste que… Ce n’était pas pour moi, Tallon. C’était pour toi.

Chapitre 11

Jade

Il abaissa vers moi son regard d'onyx enflammé. La douche coulait toujours sur nous. Je clignai des yeux pour chasser les gouttelettes sur mes cils.

Allait-il à nouveau se comporter bizarrement maintenant qu'il avait joui ? À quoi pensait-il ? Je pouvais lui poser la question, mais je n'obtiendrais pas de réponse directe.

En peine de mots, je pris mon shampooing sur la tablette. Je n'avais même pas eu le temps de me laver avant que Tallon vienne me surprendre. J'en versai une bonne quantité dans ma paume, le fis mousser entre mes mains puis l'étalai sur mes cheveux mouillés.

— Laisse-moi m'en occuper.

Tallon enfouit ses doigts dans mes cheveux, et commença à me masser le crâne.

Je frissonnai, manquant perdre pied. C'était un geste si tendre venant d'un homme qui ne semblait pas avoir beaucoup de tendresse à donner. Ou peut-être qu'il en avait *des tonnes*, mais ignorait comment s'y prendre. En sept ans de vie commune avec Colin, il ne m'avait jamais lavé les cheveux. Au fil du temps, nous avions pris de nombreuses douches ensemble, mais uniquement pour baiser.

Je fermai les yeux et laissai ses doigts magiques m'entraîner dans un autre monde. Il continua à me masser, avec lenteur et fermeté à la fois, et poursuivit plus longtemps que nécessaire. La mousse coulait sur mon front et je ne pouvais pas ouvrir les yeux sans me rincer d'abord le visage. Mais tant que ses mains s'attardaient sur moi, je préférais les garder fermés.

Finalement, il me fit pivoter face au jet, m'inclina légèrement la tête en avant et me rinça les cheveux. Quelques instants plus tard, je me retournai et il m'essuya les yeux avec le bord d'une serviette très douce.

Une nouvelle marque de tendresse. Puis il prit de l'après-shampoing, en versa sur ses mains qu'il frotta l'une contre l'autre avant de lisser ma chevelure avec le baume, veillant à le faire pénétrer jusqu'aux pointes.

Je ne pus m'empêcher de sourire. Reprenant le flacon de shampooing, j'en versai à nouveau dans le creux de ma main.

— À ton tour.

— Pas la peine.

— S'il te plaît. J'en ai envie. Laisse-moi faire.

Il était si grand que je dus me hausser sur la pointe des pieds pour le masser à mon tour. Semblant lire dans mes pensées, il plia légèrement les genoux. Il avait les cheveux épais, d'un brun foncé presque noir. Ses sourcils ténébreux formaient un arc parfait. Les faisait-il épiler ? Le simple fait d'imaginer ce cow-boy avec des petites bandes de cire sur les sourcils m'arracha un nouveau sourire. Bien sûr que non, il n'allait pas en institut. Son torse était parfait, avec juste ce qu'il fallait de toison pour lui donner l'air viril. Je baissai les yeux vers le buisson sombre qui entourait son sexe. Non, pas besoin d'épilation. Tel quel, il était superbe.

Il se pencha en avant, et je lui rinçai les cheveux, puis lui essuyai les yeux comme il l'avait fait pour moi. Ensuite, nous prîmes chacun un peu de gel douche et nous nous lavâmes mutuellement.

— Tu as fini ? demandai-je.

Il hocha la tête. Je coupai l'eau, lui jetai une serviette et me saisis d'une autre, que j'enroulai autour de mon corps comme à mon habitude, puis j'en nouai une en turban sur ma tête. Tallon se contenta de s'essuyer les cheveux, qui retombèrent en vagues humides dans son cou.

Il était magnifique. Ces yeux sombres – je pourrais m'y perdre pour l'éternité sans jamais m'en lasser.

— Je dois me préparer pour aller travailler, dis-je.

— Pas encore.

Je haussai les sourcils.

— Qu'est-ce que tu veux dire ?

— Que je n'en ai pas encore fini avec toi. Et que tu n'iras nulle part pour l'instant.

— Ryan m'attend à 9 heures.

— Il est 7 heures. Il y a une demi-heure de route jusqu'au domaine viticole. Tu as déjà pris ta douche.

— Je dois me sécher les cheveux et…

Sa bouche fondit sur la mienne, et je poussai un petit soupir de contentement. Encore… N'avait-il pas dit que tout était déjà terminé entre nous ? N'avait-il pas dit… Oh, merde, je m'en fichais ! Je prendrais ce que je pourrais de lui. De toute évidence, nous ne partagerions jamais une vraie relation. Il luttait contre trop de démons, pour ce que je pouvais en juger. Je devais au moins profiter du présent. Jamais je n'avais été autant attirée par un homme. Ce qui se produisait avec Tallon – quoi que ce soit – faisait passer ma liaison avec Colin pour un béguin d'adolescents.

Il était toujours nu, et il m'arracha ma serviette, qui tomba par terre en une flaque rouge. J'avais toujours mon turban sur les cheveux, mais il me le retira aussi. Les mèches humides cascadèrent sur mes épaules et dans mon dos.

Son baiser se fit plus exigeant. Tallon me mordillait la langue, les lèvres. Mes mamelons durcis pointaient contre son torse de dieu grec. Je le désirais si fort que mon sexe en palpitait. Sa bouche toujours rivée à la mienne, il me fit reculer dans la chambre, jusqu'à ce que l'arrière de mes genoux touche le matelas. Sans cesser un instant de m'embrasser, il me renversa sur le lit, en appui sur les coudes pour ne pas m'écraser.

Notre baiser se prolongea, un baiser enivrant, avide, qui nous révélait l'un à l'autre, exprimant le besoin, l'envie, le désir, la passion. Tallon puisait en moi à travers ce baiser, et je m'ouvris à lui pour l'accueillir et puiser en lui à mon tour.

Puis il abandonna ma bouche pour mon cou, qu'il embrassa voracement.

— À moi, grogna-t-il.

Avait-il conscience de ce qu'il venait de dire ? Je n'en étais pas certaine, mais dans l'immédiat, je m'en fichais. Sa bouche descendit encore, jusqu'à l'un de mes tétons gonflés de désir. Il l'aspira entre ses lèvres et le suça violemment, m'arrachant un cri. La douleur ne dura qu'un instant, puis un plaisir inouï me traversa, descendant droit jusqu'à mon sexe. Bon Dieu, je devais carrément ruisseler ! C'était complètement dingue, mais ce qui arrivait semblait si juste !

Contente-toi d'apprécier, Jade. Profite !

Tandis qu'il suçait un téton, il pinça l'autre entre le pouce et l'index. Une nouvelle vague de plaisir déferla entre mes cuisses. Les yeux clos, je frissonnai. J'avais tellement besoin d'éprouver ça. Tellement besoin de lui…

Stupéfaite, j'ouvris aussitôt les yeux. *Non, tu n'as pas besoin de lui. Profite de l'instant présent. Savoure ce moment. Vous n'en partagerez probablement pas d'autre.*

Refermant les yeux, je me laissai emporter par mes sensations. Il abandonna mon sein pour semer mon ventre de baisers voluptueux jusqu'à mon sexe.

— Tu es si excitante, bébé. J'adore que tu te rases. Tu es vraiment bandante.

La pointe de sa langue me titilla le clitoris et je crus que j'allais jouir sur-le-champ.

Il enfonça deux doigts à l'intérieur de moi

— Je veux te remplir, bébé. Je veux être partout, dans ta bouche, dans ta chatte, dans ton cul. Je veux te prendre par tous les orifices. Je veux te marquer. Tu es mienne.

À ces mots, j'explosai contre ses doigts.

— Oui, bébé, jouis pour moi !

Il appliqua alors ses doigts sur mon point G, qu'il massa vigoureusement.

Tous mes muscles se tétanisèrent, chaque cellule de mon corps crépitant comme un feu d'artifice. J'étais au Nirvana. J'atteignais les étoiles.

— Bordel, tu es tellement excitante !

Je m'envolai vers de nouveaux sommets. Ses doigts qui s'activaient sur mon point G, mon intimité parcourue de spasmes, cette impression de flotter, le courant jaillissant dans chacune de mes cellules, jusqu'à ce que…

— Tallon ! Je… n'en… peux… plus !

— Oh, si, tu peux, bébé. Tu peux tout prendre.

Il continua à me pénétrer de ses doigts, sollicitant mon centre névralgique sans discontinuer…

Les orgasmes se succédaient, me traversant comme la foudre. Jusqu'à l'extase.

— S'il te plaît… S'il te plaît… Assez…

— Je te dois bien ça. Tu n'avais pas joui sous la douche.

Alors, c'était donc ça ?

— Tallon, s'il te plaît… Viens en moi… Maintenant.

Finalement, il retira ses doigts, remonta sur mon corps et s'enfouit au fond de moi avec un grognement.

— Aaaah ! Oui, bébé, c'est si bon.

Il déposa des baisers sur mes lèvres, mes joues, mon cou… jusqu'au creux de mon oreille.

— Ça t'a plu, yeux d'azur ? Tous ces orgasmes ? Est-ce que tu sais à quel point tu m'excites ?

Oh… mon… Dieu. La seule chose à laquelle j'étais capable de penser, c'était sa queue énorme qui m'emplissait, qui allait et venait en moi sans répit. Jamais je ne m'étais sentie si comblée, si complète. C'était le paradis. Si seulement ça pouvait durer toujours…

Mais ce ne serait pas le cas.

Arrête, Jade. Profite du moment tant qu'il dure !

Je poussai un gémissement quand il se retira.

Il s'allongea sur le dos.

— Viens sur moi. Je veux te regarder me chevaucher.

J'obéis, m'empalant sur sa queue. C'était si bon ! J'avais envie de rester quelques secondes sans bouger pour savourer cette plénitude, mais le besoin de coulisser sur lui me submergea bien vite. Je me soulevai puis redescendis, et recommençai, encore et encore. Bientôt, son bassin accompagna mes mouvements, venant à ma rencontre à grands coups de reins puissants. C'était tellement, tellement bon !

Il prit mes seins en coupe, agaçant mes tétons entre ses doigts.

— Tu es belle, Jade. Je n'ai jamais vu de seins aussi parfaits que les tiens.

Puis il se redressa, son torse plaqué sur mes seins, et me

laboura avec ardeur. Après quelques instants, il me souleva, m'arrachant à lui.

— Mets-toi à quatre pattes.

À peine lui avais-je obéi qu'il me prit par-derrière. En levrette. Ouah, l'angle de pénétration faisait… toute la différence. La douleur cuisante d'une claque sur les fesses m'amena presque à nouveau au bord de l'orgasme. Il accéléra le rythme, plongeant au plus profond de moi, sa queue m'emplissant totalement. Et quand des fourmillements envahirent ma peau…

Je tressaillis en sentant ses doigts m'effleurer l'anus.

— Tout va bien, bébé. Est-ce qu'on t'a déjà prise par là ? Quelqu'un a déjà baisé ce cul somptueux ?

— N… Non.

Sans cesser ses coups de boutoir, il déclara :

— Il sera à moi. Rien qu'à moi.

Personne ne déflorerait jamais cet orifice. Mais ce n'était pas le moment de l'en informer.

— Oui, bébé. C'est tellement bon. J'adore te baiser.

Il poursuivit ses assauts, encore et encore, jusqu'à ce qu'un nouvel orgasme m'emporte – comment était-ce possible ? –, irradiant des terminaisons nerveuses de mon vagin, convulsant, palpitant, se diffusant dans tout mon corps. Je poussai un long cri de jouissance et enfouis mon visage dans les draps pour l'étouffer.

— C'est ça, bébé, je veux t'entendre crier ! Montre-moi que tu aimes ça.

Il s'abîmait en moi, toujours plus fort, toujours plus vite… Il venait de jouir dans la douche, et pourrait sans doute durer encore longtemps.

Même si c'était bon, mon corps était fatigué, rassasié, j'étais prête à…

— Putain !

Un dernier coup de reins, violent, et il éjacula, logé au fond de moi. À chaque convulsion, chaque giclée de sa semence, ma chatte lui appartenait un peu plus.

Elle n'appartenait qu'à lui.

Quand il se retira enfin, je détendis mes jambes et m'effondrai sur le ventre. Bon sang ! J'avais besoin de dormir, mais je devais aller travailler.

Et lui, qu'allait-il faire ? Redevenir distant comme à son habitude ?

Je l'ignorais, et j'étais dans un tel état de flottement et d'extase que je n'avais aucune envie de m'en soucier. Si seulement je n'avais pas été attendue au vignoble aujourd'hui, je serais restée couchée là, à me repaître de ce qui venait de se produire.

Je sentis Tallon bouger, et je tournai la tête. Il s'était levé et remettait son pantalon de pyjama. Il baissa les yeux vers moi.

— Ça devrait le faire, dit-il.

— Faire quoi ?

Il ne répondit pas, se contentant d'enfiler son tee-shirt.

Puis il quitta ma chambre, refermant la porte derrière lui.

Chapitre 12

TALLON

Je me dirigeai vers ma chambre.

Et déjà, j'avais de nouveau envie Jade.

Jusqu'où devrais-je aller pour me débarrasser de ce besoin ? De ce désir dévorant ? Dire que je la connaissais à peine !

Je l'avais prise ce matin, comme j'avais pris toutes les autres femmes qui venaient dans mon lit. Elle ne s'était pas offerte à moi comme les autres, mais je l'avais quand même prise. Elle ne m'avait pas résisté, mais je me sentais coupable. Pour une raison qui m'échappait, je ne voulais pas juste la prendre. J'avais envie que ce soit réciproque. Je voulais qu'elle me désire autant que je la désirais – ce qui était vraiment curieux, car la plupart des femmes me désiraient beaucoup plus que l'inverse. D'habitude, je me contentais de satisfaire un besoin physique. Mais avec Jade…

Merde. Il y avait une faille dans mon raisonnement. Je n'avais cessé de me répéter que si je pouvais la baiser une fois, puis deux, je me débarrasserais de ce besoin qui me consumait. Le problème, c'est que plus je couchais avec elle, plus j'avais envie d'elle.

Et c'était un cercle vicieux.

Elle ne me laisserait pas continuer à la baiser indéfiniment. Un jour ou l'autre, elle voudrait mettre un terme à cette histoire, ou bien elle voudrait davantage : une véritable relation. Or, c'était la seule chose que je ne pouvais pas lui donner. Je n'entretenais de relation avec personne. J'étais trop perturbé.

Merde. Je devais aller aux vergers. M'occuper de ce qu'il y avait à faire. Mais j'avais d'abord besoin d'être seul. J'envoyai vite fait un texto à mon contremaître, l'informant que je serais en retard d'une heure ou deux. Puis j'entrai dans ma chambre, verrouillai la porte, m'allongeai sur le lit et fermai les yeux. Roger me rejoignit, se blottit à mes pieds.

J'allais essayer de dormir une heure – si j'y parvenais.

★ ★ ★

— Salut, beau gosse.

Julie m'agrippa le bras et me tira à l'intérieur de son appartement.

— Ça fait un bail qu'on ne s'est pas vus ! Qu'est-ce que tu deviens ?

La petite serveuse du bar à cocktails était toujours aussi canon. Pas très grande, mais agréable et bien roulée, elle portait un tee-shirt moulant et un short de gym.

Je ne répondis pas. Je n'étais pas d'humeur à parler. J'étais là pour baiser – histoire de chasser Jade Roberts de mon cerveau. Après une dure journée au verger, j'étais venu à Grand Junction pour manger vite fait un morceau et, avec un peu de chance, tirer un coup encore plus vite.

Julie était une fille amusante, parfaite pour une petite baise vite fait bien fait. Quand j'attirai son petit corps musclé contre le mien, elle me décocha un large sourire. Je me penchai pour l'embrasser, insinuant ma langue dans sa bouche chaude. Elle était nettement plus petite que Jade. J'avais l'impression que mon cou allait se rompre.

Non. Ne pense pas à Jade.

J'approfondis notre baiser, cherchant, désirant, attendant… cette saveur de champagne et de fraises qui m'enivrait. Au lieu de quoi, j'eus droit à des notes de menthe fraîche. Pas mal. Ça pourrait le faire. Je l'attirai contre mon pubis et me frottai contre elle.

Rien.

Pas d'érection.

Ma respiration n'avait même pas accéléré d'un cran.

J'interrompis notre baiser.

— Qu'est-ce qui ne va pas, beau gosse ?

Cette fois encore, je ne répondis rien.

Julie me prit la main et l'étreignit.

— Tu veux qu'on aille dans la chambre ?

Soupirant, je secouai la tête. Ça ne servait à rien. La remplacer par une autre femme… c'était inutile.

Merde, rien ne m'aiderait. Rien à part Jade. Je voulais me perdre en elle.

— Je dois y aller !

— Allez, beau gosse. Laisse-moi t'aider à te détendre.

Si seulement elle le pouvait.

— Pas ce soir. Je te verrai plus tard.

— OK, peut-être une autre fois…

Je quittai son appartement sans un regard en arrière.

★ ★ ★

— Alors, tu n'arrives pas à l'atteindre, petit ? gloussa Le Tatoué.

Le garçon ignorait leurs noms, mais celui qui avait un tatouage – une sorte d'oiseau coloré entouré de flammes qui émergeait de ce qui ressemblait à des cendres – commandait toujours.

Le verre était à moins de deux centimètres, hors de sa portée. Il était rempli d'eau et de glaçons et le garçon mourait de soif. Sa bouche était sèche. Sa lèvre inférieure s'était carrément fendue en son milieu, et il avait goûté la saveur métallique du sang sur sa langue.

— Regardez-le tendre la main ! ricana celui qui avait la voix grave.

C'était un jeu qui les amusait. Et même si le garçon savait, en toute logique, qu'il ne pourrait jamais atteindre le verre d'eau, il essayait, étirant son bras autant qu'il le pouvait, pensant que peut-être, peut-être, aujourd'hui son bras aurait un peu grandi, ou qu'il pourrait allonger ses muscles de ces quelques millimètres supplémentaires nécessaires…

Mais pas cette fois encore.

Les trois hommes se moquaient de lui.

— Tu as soif, petit ? Tu veux cette eau, petit ?

Leurs rires diaboliques résonnaient à ses oreilles.

Si seulement il pouvait tendre le bras un tout petit peu plus loin…

Il imaginait l'eau fraîche coulant dans sa gorge, apaisant la sécheresse, soulageant la douleur de la faim toujours présente, hydratant ses lèvres craquelées, les guérissant.

Mais le verre était toujours posé là, juste hors de sa portée.

Toujours…

★ ★ ★

Un nouveau souvenir – comment avais-je pu l'oublier ? Ce putain de verre d'eau me tourmentait encore. Une fois de plus, j'étais assis dans la cuisine et le contemplais fixement. Je ne le buvais jamais. Juste une petite gorgée qui m'avait à peine humecté la langue, l'autre soir, quand Jade s'était moquée de moi. Et elle m'était presque restée en travers de la gorge, comme si je méritais d'être puni pour l'avoir avalée. J'ignorais pourquoi. Je buvais beaucoup d'eau. Je n'étais nullement déshydraté, mais ce verre nocturne, celui que je me versais, auquel j'ajoutais des glaçons et que je posais sur la table devant moi, celui-là, j'étais incapable d'y toucher.

Je n'avais pas revu Jade depuis le matin – le matin précédent en réalité, puisqu'il était déjà minuit passé – lorsque j'avais quitté sa chambre. Elle avait dû partir travailler, puis revenir au ranch en fin de journée. Moi, je n'étais rentré de Grand Junction qu'à presque 23 heures.

Les paroles de Julie résonnaient dans ma tête. *OK, peut-être une autre fois…*

Mais je savais déjà qu'il n'y aurait pas d'autre fois, ni avec elle, ni avec personne d'autre. Jusqu'à ce que j'aie cessé de penser à Jade Roberts, je serais incapable de fréquenter une autre femme.

La fatigue me saisit. Bon Dieu, j'étais tellement fatigué. Toujours fatigué. Si seulement je pouvais dormir une nuit entière…

Je regardai le verre rempli d'eau. De la condensation se formait sur son pourtour. Et à nouveau ce rire hystérique. Je les entendais encore tous les trois se moquer de moi, me narguer avec ce verre d'eau.

Je me levai.

— Merde ! dis-je tout haut.

Je ramassai ce foutu verre et le lançai sur le sol où il se brisa en mille morceaux.

Ensuite, je me rassis, la tête entre les mains, laissant l'obscurité m'avaler, plongé dans la mélancolie. Une effroyable tristesse me submergea.

Mais je ne versai pas une larme.

★ ★ ★

— Tu veux cette eau, petit ?

Le garçon acquiesça. Cela ne servirait à rien, mais il hocha quand même la tête, comme il le faisait toujours. Cette fois, peut-être, ils auraient pitié de lui et lui donneraient l'eau.

— Je te donnerai ce verre si tu pleures, petit, dit Le Tatoué, les yeux brillants sous son masque noir. Allez, vas-y ! Pleure ! Pleure comme la petite tarlouze que tu es.

Le garçon était incapable de pleurer. Il n'y avait sans doute pas assez d'eau dans son corps pour produire des larmes.

Mais ce grand verre d'eau limpide semblait palpiter comme un cœur vivant. Il se moquait de lui, le ridiculisait, le narguait. Tu ne peux pas m'avoir. Ils ne te laisseront jamais m'avoir…

Le garçon ferma les yeux très fort, essayant de faire apparaître ne serait-ce qu'une seule larme, tout en sachant qu'il n'aurait pas cette eau, même s'il pleurait comme on le lui demandait. Il plissa les yeux, contractant tous ses muscles, et il essaya…

— Allez, petit. Fais-moi plaisir. Rien qu'une larme, et tu pourras avoir cette eau.

Le garçon ne pleura pas.

★ ★ ★

Le lendemain matin, je me levai tôt, décidé à aller nettoyer dans la cuisine les dégâts que j'avais laissés. Je ne voulais pas que quelqu'un glisse sur le sol mouillé et se blesse à cause des éclats de verre. Je m'étais apitoyé sur mon sort. Deux autres personnes vivaient dans cette maison, et je n'avais pas le droit de les mettre en danger.

À ma grande surprise, le sol de la cuisine était impeccable.

Felicia n’étant pas encore arrivée, c’était donc Jade ou Marjorie qui avait tout ramassé. Ma sœur n’était pas une lève-tôt, mais elle était habituée à mes crises occasionnelles. J’espérais que c’était elle. Dans le cas contraire, Jade me poserait un tas de questions auxquelles je ne voulais pas répondre. Auxquelles je ne *pouvais* pas répondre.

Il était 6 heures moins le quart, et je voulais me rendre tôt aux vergers pour rattraper ce que je n’avais pas fait la veille puisque je m’étais dérobé. Ces derniers temps, je m’étais un peu relâché dans mon travail et je m’attendais d’un jour à l’autre à ce que Jonah passe me voir pour m’infliger l’un de ses sermons de grand frère. Je n’étais pas du tout d’humeur à l’écouter – d’autant qu’il aurait raison.

J’étais en train de rincer le pot de café lorsque Marjorie surgit derrière moi.

— J’ai nettoyé ton bazar tout à l’heure.

Dieu merci. Je ne me retournai pas, prélevant une dose de café dans le moulin.

— Tu aurais dû laisser un mot. J’aurais pu me couper le pied, tu sais.

Impossible de rétorquer quoi que ce soit. Elle avait raison. Je n’aurais pas dû laisser la cuisine dans cet état. Et si elle ou Jade avait glissé, était tombée sur le verre cassé ? Ça aurait pu être très moche.

Je me retournai.

— Tu as raison. Je suis vraiment… désolé.

J’avais décidément du mal à cracher ce satané mot.

— Heureusement que c’est moi qui l’ai trouvé, ce bazar, ce matin, et pas Jade. Ça l’aurait fait flipper. Elle ne devrait pas tarder à se lever. Je crois qu’elle a rendez-vous avec Ryan au vignoble à 9 heures.

Je versai de l’eau dans la cafetière, puis la mis en marche.

— On est samedi.

— C’est vrai. Je ne sais pas si elle travaille le samedi.

— Qu'est-ce que tu fais debout, frangine ? D'habitude, tu n'es pas matinale, surtout le week-end.

— Eh, il y a une première fois pour tout ! J'ai pensé que je pourrais aller aux vergers avec toi. Je suppose qu'il est temps que je commence à gagner ma vie au ranch.

Je laissai échapper un rire.

— Comme tu voudras. C'est plutôt pénible en ce moment. On a un programme chargé.

— Ça ne me dérange pas.

— Tant mieux.

Je voulais lui parler de Jade. Avait-elle raconté à Marjorie ce qui s'était passé entre nous ? Sûrement pas, sinon ma sœur m'aurait déjà interrogé.

— Marj ?

— Quoi ?

— Ta copine… Jade…

— Qu'est-ce qu'elle a ?

— Je m'interrogeais sur son ex-petit ami.

Ce n'était pas le cas, mais c'était un bon moyen d'en apprendre davantage sur Jade sans poser de questions plus personnelles.

— Colin ? C'est un con !

— Eh bien, oui, bien sûr. Il l'a abandonnée au pied de l'autel. Mais quel genre de relations avaient-ils ?

— Ils étaient ensemble depuis la fac. Il était plein aux as. Son père est dans la finance à New York. La famille de Colin fait partie des vieilles fortunes. Mais pas aussi riche que les Steel.

Elle sourit, avant d'ajouter :

— Quoi qu'il en soit, après l'obtention de son diplôme, Jade est restée à Denver pour ses études de droit, et il est parti à New York pour faire un stage dans le bureau de son père, donc c'est devenu une relation à distance. Mais ils ont continué, déterminés à respecter la date de mariage qu'ils avaient fixée trois ans plus tôt, lors de la remise des diplômes universitaires. Comme tu le sais, ça ne s'est pas passé comme prévu.

— Tu crois que ce Colin lui a embrouillé la tête ?

— Peut-être un peu. Je veux dire, elle a été totalement humiliée. Mais on dirait que ça va. Je pense que leur relation était arrivée en bout de course, et qu'aucun des deux ne voulait l'admettre. À mon avis, c'est finalement mieux pour elle que le mariage n'ait pas eu lieu. Elle a juste été très gênée ce fameux jour. Je me sentais vraiment mal pour elle. J'étais sa demoiselle d'honneur. Avant de s'avancer dans l'allée, on a attendu… attendu… Le témoin, les garçons d'honneur et les placeurs, tout le monde était là, mais personne ne savait où se trouvait Colin. Nous avons essayé de le cacher à Jade le plus longtemps possible, mais finalement, il a bien fallu le lui dire. Elle a eu du cran. Elle a remonté l'allée et a annoncé à tout le monde qu'il n'y aurait pas de mariage. Que Colin n'était pas venu.

Je faillis en avoir le cœur brisé pour Jade. Si jamais je croisais un jour ce Colin…

Je versai deux tasses de café et en tendis une à ma sœur.

— Comme tu l'as dit, elle a l'air d'aller plutôt bien.

— Je crois, oui. Elle est un peu tendue en ce moment, parce qu'elle attend ses résultats de l'examen du barreau. Ils ne devraient plus tarder. C'est une fille brillante, donc je sais qu'elle a réussi. Mais ce sera un fardeau en moins pour elle quand elle en sera sûre.

— Ouais…

Je voulais en apprendre beaucoup plus sur Jade, mais comment interroger Marjorie sans éveiller ses soupçons ?

— Tu crois qu'elle se plaît ici ?

— Elle n'est là que depuis deux semaines, Tal. Mais elle aime travailler avec Ryan au vignoble. Et je sais qu'elle sera heureuse quand ses résultats d'examen arriveront. Elle pourra trouver un emploi ici ou à Grand Junction.

Je hochai la tête.

— Elle m'a parlé de sa mère. Il paraît que c'était une top model.

— Brooke Bailey ? Ouais. Une garce superficielle !

De nouveau, j'opinai du chef. Les gens qui ne veulent pas élever leurs enfants ne devraient pas en faire. C'était exactement pour cette raison que je n'en aurais jamais. Je ne serais pas un bon père.

— Dans l'ensemble, elle semble s'être bien adaptée.

— Jade est la meilleure, acquiesça Marjorie. La meilleure amie qu'une fille puisse avoir. Elle m'a beaucoup aidée à traverser des moments difficiles.

Je bus quelques gorgées de mon café.

— Je vais prendre une douche. Rejoins-moi dans une demi-heure, et on ira aux vergers.

Marj sourit. Elle ressemblait tellement à notre mère, une femme dont elle ne se souvenait même pas. Elle avait les mêmes cheveux presque noirs et les mêmes yeux brun foncé que tous les Steel, mais son visage avait une forme un peu différente du nôtre. Elle avait les traits doux et la petite bouche bien dessinée de maman.

Ma mère me manquait parfois. Mais les choses n'avaient plus jamais été les mêmes entre nous après…

Les choses n'avaient plus jamais été les mêmes, point final.

Chapitre 13

Jade

Je dormis tard. On était samedi, et je n'avais pas besoin d'aller travailler. Je voulais m'assurer de me lever bien après le départ de Tallon. À 10 heures du matin, je quittai enfin ma chambre. J'allais frapper à la porte de Marjorie, mais elle n'y était pas. Peut-être était-elle dans la cuisine, dans la salle de séjour, en train de regarder la télé, ou bien dehors ? Non. J'eus beau faire le tour de la maison et du patio, impossible de la trouver. Bah ! C'était aussi bien. J'avais besoin d'un peu de temps pour réfléchir.

Le café dans la cafetière était froid. J'en préparai un nouveau pot, bien fort, puis je regagnai ma chambre pour me doucher pendant qu'il coulait. La sonnette de la porte d'entrée me détourna de mon chemin.

Qui pouvait bien venir de si bonne heure un samedi ? Puis j'éclatai de rire. De si bonne heure ? Il était déjà 10 heures. Cela pouvait être n'importe qui. Bien sûr, si c'était quelqu'un qui cherchait Tallon ou Marj, il allait faire chou blanc.

Vêtue seulement de mon boxer et de mon débardeur dans lesquels j'avais dormi, je me dirigeai vers la porte et regardai par le judas.

Puis je levai les yeux au ciel. Si je m'attendais à ça ! Sur le seuil se tenait mon ex-fiancé, Colin Morse.

Je ne l'avais pas revu depuis le dîner de répétition la veille de notre mariage. Il ne s'était jamais donné la peine de se présenter après la cérémonie avortée pour s'excuser, ni rien du tout. Je n'avais aucune idée de l'endroit où il était allé, et pour tout dire, je m'en fichais royalement.

Ce fut surtout la curiosité qui m'incita à ouvrir la porte.

Il avait toujours la même allure : élégant, dans le genre précieux et collet monté – pourquoi ne l'avais-je pas remarqué avant ? – avec ses cheveux blonds, ses yeux tirant sur le vert, un pantalon kaki ennuyeux au possible et une chemise blanche. Son regard zooma sur mes seins et je croisai les bras.

— Que fais-tu ici, Colin ?

— Je peux entrer ?

— Non.

— Allez, Jade.

— Bon.

Je reculai d'un pas et il pénétra dans le vestibule.

— J'ai pris le vol de nuit pour Grand Junction. Je suis ici depuis 6 heures ce matin. J'ai mis du temps à trouver cet endroit. Il n'est pas vraiment sur les cartes.

— Le domaine des Steel est assez grand.

— Oui, on peut dire ça.

— Alors, qu'est-ce que tu fabriques ici ?

— Je… je voulais te dire à quel point j'étais désolé.

— Tu sais, Colin, si tu avais eu le courage de me le dire avant le mariage, ou au moins au dîner de répétition, on aurait pu économiser un peu d'argent en annulant la cérémonie. Pas beaucoup, je te l'accorde, mais un peu.

— Je n'ai pas vraiment songé à l'argent.

Incroyable ! Colin était né avec une cuillère en argent dans la bouche qu'il avait dû finir par avaler pour ignorer à ce point tout du monde réel.

— Ah, non ? Tu sais pourtant que mon père vit modestement. Et moi aussi d'ailleurs. Il a dépensé vingt mille dollars durement économisés pour m'offrir la journée de mes rêves, et nous n'avons pas réussi à les récupérer. Pas un centime.

— J'ai l'intention de rembourser ton père, Jade.

— Super. Je suis sûr qu'il appréciera. Tu as vraiment fait tout ce chemin pour me dire ça ? ajoutai-je, énervée.

Les joues de Colin s'empourprèrent.

— Non. Je… Je suis venu te dire que… je pense avoir commis la plus grosse erreur de ma vie.

Il n'était pas sérieux, là, si ?

— Ah bon ? Et qu'est-ce que c'est ?

— T'avoir laissée partir.

Je secouai la tête en éclatant de rire.

— Ah ! Ça, c'est la meilleure !

— Je suis sérieux, Jade. Je t'aime toujours. Je n'ai jamais cessé de t'aimer.

— Ah oui ? Alors pourquoi as-tu refusé de m'épouser ?

— J'ai eu peur.

— D'accord. Et tu crois que je n'avais pas peur, moi ? Se lier à quelqu'un pour la vie est une chose assez effrayante, Colin. Mais nous avions déjà passé sept ans ensemble.

— Oui, je sais. Tu étais ma première et mon unique petite amie sérieuse. Et j'ai commencé à me demander si…

— Si quoi ? Si tu ne pouvais pas trouver mieux ?

Il se mordit la lèvre.

Le salaud !

— Eh bien, flash info, Colin. C'est fini entre nous. Tu as tout fait foirer.

— Je t'en prie, Jade. À l'heure actuelle, on devrait être rentrés de notre lune de miel et vivre ensemble. Et commencer à travailler tous les deux dans la filiale de mon père à Denver.

— Oui, c'est ce qui aurait dû se passer. Mais tu sais quoi ? Je suis ici, avec Marj et ses frères, et je m'éclate. Je suis vraiment contente d'être là. Je connaîtrai mes résultats du barreau d'un jour à l'autre, et en attendant je travaille au vignoble pour l'un des frères de Marj. J'apprends beaucoup de choses qui me passionnent. Pour tout te dire, je suis ravie qu'on ne se soit pas mariés. Je pense que c'est ça qui aurait été la véritable erreur. Je devrais même te remercier, en fait.

— S'il te plaît, ne dis pas ça, lâcha-t-il, les lèvres tremblantes.

— Pourquoi ? Tu m'as trahie et humiliée devant nos familles et nos amis, Colin. À ce moment-là, je pensais que je ne te pardonnerais jamais. Mais j'en suis capable aujourd'hui, parce que je pense qu'au bout du compte, c'était la meilleure chose à faire.

— Jade…

— Je n'ai pas envie de t'écouter ! Maintenant, si tu veux bien m'excuser, j'ai beaucoup à faire aujourd'hui.

Je l'attrapai par le bras pour l'entraîner vers la porte.

Mais il se retourna, m'attira contre lui et plaqua ses lèvres sur les miennes.

Comme je poussai un petit cri, il en profita pour insinuer sa langue dans ma bouche. Mais qu'est-ce que c'était que ce baiser ? Je tentai de repousser Colin, mais il était bien plus fort que moi.

— Qu'est-ce qui se passe ici, nom de Dieu ?

La voix surgit de nulle part. Des bruits de pas. Lourds. Qui avançaient vers nous. Des bras puissants m'arrachèrent à l'étreinte de Colin.

Face à nous, Tallon nous toisait d'un regard furieux.

— Vous êtes qui ?

Colin recula en trébuchant.

— Tout va bien. Je suis son fiancé.

— Son… quoi ? demanda Tallon, les dents serrées.

— Tallon, c'est bon, dis-je en essuyant le goût de Colin sur mes lèvres. Il allait partir.

— Tu ne la touches plus jamais.

Colin se redressa. Il n'était pas aussi grand que Tallon, mais il avait une carrure d'athlète.

— Sinon quoi ?

En un éclair, le poing de Tallon percuta la joue de Colin. Pris par surprise, Colin s'affala contre le mur. Tallon l'attrapa par le cou et le frappa à nouveau, cette fois au nez. Du sang gicla de ses narines, tandis que Tallon l'empoignait par les épaules pour le jeter à terre, avant de lui balancer un coup de pied dans le ventre.

Colin poussa un gémissement et porta les mains à son nez.

— Tallon ! Arrête ! criai-je. S'il te plaît !

Il continua à rouer Colin de coups de pied. Ce dernier s'était roulé en boule.

Le cœur battant à tout rompre, je me précipitai sur Tallon et le ceinturai.

— S'il te plaît ! Tu vas vraiment lui faire mal !!

Aucun changement.

— S'il te plaît ! Arrête ! Pour moi !

Il se figea en plein mouvement, puis recula, le visage inexpressif.

Je me penchai sur Colin.

— Ça va ?

Il acquiesça.

— Ça va aller, je crois, bredouilla-t-il. J'en ai vu d'autres sur le terrain de football.

— Je peux continuer.

Comme je redressais la tête, je vis les yeux sombres de Tallon, son regard féroce.

— Pas question, Tallon ! Et ne reste pas planté là. Va chercher de la glace pour son nez.

Tallon hésita un instant, puis gagna la cuisine. Quelques secondes plus tard, il en revint avec un sachet de glaçons que j'appliquai sur le nez de Colin.

— Il a besoin d'une ambulance ? demanda Tallon.

— Bien sûr que non, je n'ai pas besoin d'une ambulance, espèce de Néandertalien. Je suis capable d'encaisser tous les coups que tu pourras donner.

— Ah, ouais ?

Un éclair de colère étincela dans les yeux de Tallon.

— Ça suffit, vous deux ! Arrêtez ça tout de suite !

Mains sur les hanches, je fis face à Tallon.

— Tu dois des excuses à Colin.

— Dans tes rêves !

Colin se releva, tenant le sachet de glaçons sur son nez.

— Je ne veux pas de ses excuses. Je suis à l'hôtel Coronado à Grand Junction. J'aimerais qu'on dîne ensemble ce soir, Jade.

— Il faudra me passer sur le corps ! rugit Tallon.

— Tallon, je suis assez grande pour décider avec qui je dîne ou pas, compris ?

J'emmenai Colin s'asseoir au salon.

— Tu es sûr que tu ne veux pas que j'appelle quelqu'un ? proposai-je.

Il secoua la tête.

— Donne-moi juste quelques minutes pour reprendre mes esprits. Ça va aller. J'en ai vu d'autres.

Dans l'entrée, Tallon fulminait. Je détournai le regard. J'étais écœurée… et troublée par ce à quoi je venais d'assister. Je ne voulais pas le voir maintenant.

Environ un quart d'heure plus tard, je raccompagnai Colin jusqu'à sa voiture.

— Envoie-moi un texto quand tu seras à Grand Junction.

Il acquiesça.

— J'espère toujours que tu accepteras de dîner avec moi ce soir.

Je secouai la tête.

— Non, Colin. C'est hors de question. Je suis désolée.

Il démarra, et je le regardai s'éloigner avant de regagner la maison.

Je trouvai Tallon dans la cuisine, assis à table devant son maudit verre d'eau. Il leva les yeux vers moi quand j'entrai dans la pièce.

— Qu'est-ce qui t'est passé par la tête ? lui demandai-je.

— Il t'embrassait.

— Et en quoi ça te regarde ?

— Eh bien… il t'a abandonnée le jour de votre mariage, donc il ne devrait pas être…

Je serrai les poings.

— Merde, à la fin, Tallon ! Tu éprouves des sentiments pour moi, ou pas ? Qu'est-ce que ça t'a fait de le voir m'embrasser ?

— Je ne sais pas…

— Tu ne sais pas ? Tu l'as carrément passé à tabac. Je n'en croyais pas mes yeux.

— Je… Je ne sais pas ce qui m'a pris.

— Tu étais jaloux ?

— Bien sûr que non.

La colère bouillonnait en moi.

— C'est aussi bien, parce que quoi qu'il y ait pu avoir entre nous, c'est fini. Je veux dire, vraiment fini. Je ne veux plus rien avoir à faire avec toi. Je vais dire à Marj que j'ai l'intention de déménager.

— Marj est au verger. Et elle tient à ce que tu restes ici.

— Ce sera toi ou moi, et je ne pense pas que tu partiras.

— Mais que fais-tu de… ?

— De quoi ? Nous avons échangé quelques baisers, nous avons partagé quelques ébats nocturnes. C'était plus que génial. Mais tu es tellement détraqué que je n'arrive pas à te comprendre. Tu as presque tué un homme sous mes yeux, tout à l'heure ! Franchement, Tallon, tu me fais peur.

Je regagnai ma chambre. Partir… c'était la seule solution. Il n'y en avait pas d'autre. Quelque chose dévorait Tallon de l'intérieur, un poison que je ne comprendrais peut-être jamais, et tant qu'il ne s'ouvrirait pas à moi et à tous les autres, je ne pouvais pas courir le risque de le côtoyer.

Je refusais de perdre mon cœur pour un homme incapable de m'offrir le sien.

Chapitre 14

TALLON

Mon corps et mon âme ne désiraient qu'une chose : courir après elle. La rattraper, l'embrasser, lui faire oublier sa colère.

Quand j'avais vu les mains de cet homme sur elle, quelque chose en moi avait cédé. Une rage folle m'avait traversé. Je devais l'éloigner d'elle, de ma femme.

Sauf qu'elle ne serait jamais ma femme. Je n'avais rien à lui offrir. Rien que quelques baisers et des ébats nocturnes, comme elle l'avait dit.

Si elle n'était pas intervenue, je serais encore en train de massacrer ce type. J'étais comme fou, incapable de m'arrêter, incapable de penser. Mes mains et mes pieds semblaient agir de leur propre chef. J'avais été consumé par un besoin primaire de le réduire en bouillie, et toute pensée rationnelle m'avait quitté.

J'aurais pu le blesser gravement. Il le méritait, pour la façon dont il avait humilié Jade, mais ce n'était pas une raison. Pourtant, ça ne m'avait pas arrêté. Ça ne m'arrêtait jamais.

Des frissons glacés me parcoururent.

Cela ne pouvait pas continuer.

Je n'étais pas prêt à abandonner. Je voulais *vivre*.

Me levant brusquement, je saisis les clés de mon pick-up, et une fois au volant, je traversai nos terres jusqu'à l'endroit où Jonah devait se trouver. Je fis irruption dans le bâtiment, passai devant le responsable administratif et fonçai jusqu'au bureau de mon frère.

Mon aîné leva les yeux des documents qu'il consultait.

— Tallon ! Qu'est-ce que tu fais ici ?

— Je suis prêt, Joe. Je suis prêt à me faire aider.

★ ★ ★

Joe m'avait remis la carte d'une psychologue de Grand Junction, le docteur Melanie Carmichael. Il ne savait pas grand-chose sur elle mis à part qu'elle était censée être la meilleure dans son domaine et qu'elle avait eu beaucoup de succès avec des patients ayant des antécédents semblables aux miens. Il m'avait même proposé de m'accompagner, et d'aller chercher Ryan pour qu'il se joigne à nous. Mais c'était quelque chose que je devais faire seul.

Je composai le numéro sur-le-champ, et bien qu'on soit un samedi, le docteur Carmichael accepta de me recevoir.

Je me garai devant le bâtiment de l'Heritage Medical Group. Le docteur Carmichael m'avait dit qu'elle donnerait des consignes à l'agent de sécurité pour qu'il me laisse entrer, car l'immeuble était fermé le week-end.

Debout devant la porte, les mains moites, j'hésitai. Étais-je sur le point de commettre une énorme erreur ? À l'intérieur, un agent de sécurité était assis derrière son bureau. Je frappai. L'homme leva les yeux et s'approcha.

— Monsieur Steel ?

J'acquiesçai.

Il vint m'ouvrir et s'effaça pour me laisser entrer.

— Le bureau du docteur Carmichael se trouve au cinquième étage, appartement 524. Je vais devoir déverrouiller l'ascenseur pour vous. Ils sont bloqués le week-end.

À nouveau, je hochai la tête, et je le suivis jusqu'à l'ascenseur où il pianota un code.

— Bonne chance, dit-il.

Bonne chance ? Un malaise m'envahit. Bien sûr, cet homme savait dans quel domaine exerçait le docteur Carmichael. Cela n'avait rien de surprenant. Mais j'aurais voulu disparaître.

Tandis que les étages défilaient, je ne cessais de chercher une excuse pour me débiner. Je pourrais rentrer chez moi et dire à Jonah que la consultation s'était bien passée. Il me suffirait d'inventer une sorte de jargon psy. Il ne verrait pas la différence.

Mais cette femme avait eu la gentillesse d'accepter de me recevoir un samedi. Ce serait impoli de lui faire faux bond. Si je voulais vraiment essayer de changer, c'était la première étape.

La sonnerie de l'ascenseur tinta, m'annonçant que j'étais arrivé à destination. En me dirigeant vers la porte 524, j'avais des semelles de plomb, comme si j'essayais de traverser une mare de boue. J'entrai. Bien sûr, le samedi, il n'y avait pas de secrétaire. Où était le docteur ? Je feuilletai les magazines sur la table basse tout en regardant autour de moi. Une femme élancée aux cheveux d'un blond éclatant et aux yeux verts sortit d'une pièce voisine.

— Vous devez être monsieur Steel.

Je m'éclaircis la voix, les joues en feu.

— Oui, je suis Tallon Steel.

Elle me tendit la main et me sourit.

— Docteur Melanie Carmichael. Ravie de vous rencontrer. Voulez-vous bien me suivre ?

Je déglutis. Voilà, on y était. Je lui emboîtai le pas. Son bureau se trouvait au fond de l'appartement, le traditionnel divan poussé contre un mur. Ce n'était pas mon genre de m'allonger là-dessus. Deux fauteuils inclinables en cuir vert sapin encadraient une table basse en marbre. Elle s'assit dans l'un d'eux et me fit signe de m'installer dans l'autre. J'obtempérai à pas lents.

Le docteur Carmichael croisa les jambes et me sourit à nouveau.

— En quoi puis-je vous aider aujourd'hui, monsieur Steel ?

Je soupirai. Par où commencer ? Ma vie entière ne suffirait pas pour expliquer ce qui m'avait amené ici, et la plupart des séances de thérapie ne duraient qu'une heure. Alors je décidai de commencer par ce qui m'avait poussé à lui téléphoner.

— J'ai tabassé un type aujourd'hui.

Elle hocha la tête.

— Je vois. À votre avis, pourquoi avez-vous fait cela ?

Est-ce que ce n'était pas à *elle* de me le dire ?

— Il embrassait l'amie de ma sœur.

— Très bien. Et ce baiser vous dérangeait ?

Je hochai la tête.

— Pourquoi cela vous affectait-il autant ? L'amie de votre sœur est-elle votre petite amie ?

— Non. Je n'ai jamais eu de petite amie.

— Jamais ? Un bel homme comme vous ? Pourquoi cela ?

— Ce n'est pas fait pour moi, docteur.

— Pas fait pour vous ? Vous voulez dire que vous êtes gay ?

Je secouai la tête.

— Non. Je ne suis pas gay.

Ce sujet me donnait froid dans le dos. Je n'avais jamais été attiré par les hommes, mais… mon passé… je ne pouvais pas lui en parler. Pas encore.

— Alors, pourquoi n'avez-vous pas de petite amie ?

— C'est juste que… je n'en ai pas.

— D'accord. Quel genre de relations entretenez-vous avec les femmes, dans ce cas ?

— Eh bien, la seule femme dans ma vie en ce moment, c'est ma sœur. Elle habite avec moi. À part ça, je n'ai avec les femmes que des relations sexuelles.

— Donc vous êtes un adepte des histoires sans lendemain, c'est bien ça ?

— J'imagine que oui. En tout cas pour l'aspect sans lendemain.

— Vous vous servez des femmes, alors. C'est ce que vous êtes en train de me dire ?

— Oh, pour l'amour du ciel. Non, je ne me sers pas d'elles. Je prends ce qu'elles ont à m'offrir. Qu'y a-t-il de mal à ça ? Elles obtiennent ce qu'elles veulent, et moi aussi.

— Je ne suis pas là pour vous juger, monsieur Steel.

— Monsieur Steel… je trouve ça ridicule. Appelez-moi Tallon.

— Très bien, si vous préférez. Tallon. Comme je l'ai dit, je ne suis pas là pour vous juger. Mais pour vous aider. Alors, revenons à la raison pour laquelle vous avez frappé cet homme aujourd'hui. Cela semble être le catalyseur qui vous a amené ici, n'est-ce pas ?

J'acquiesçai en silence.

— Avez-vous déjà vu un thérapeute ?

Je secouai la tête. Pourtant, depuis dix ans, Ryan et Jonah n'avaient pas ménagé leurs efforts pour m'amener à consulter. Mais j'avais préféré partir en Irak, espérant me faire exploser la cervelle. Je n'avais pas eu cette chance.

— Avez-vous des antécédents de violence, Tallon ?

À nouveau, je secouai la tête.

— Pas vraiment. J'étais dans les Marines, déployé en Irak pendant plusieurs années. J'ai vu beaucoup d'horreurs là-bas, et j'ai fait certaines choses auxquelles je préfère ne pas penser, mais c'était dans l'exercice de mes fonctions.

— Avez-vous tué un homme là-bas ?

Ça non plus, je n'aimais pas y penser.

Avant que je puisse répondre, le docteur Carmichael reprit la parole.

— Il est encore trop tôt pour parler de ça.

Dieu merci.

— Revenons à aujourd'hui. Qui est cette fille que cet homme embrassait ? L'amie de votre sœur, avez-vous dit. Parlez-moi d'elle.

Comment lui expliquer ? Comment lui faire comprendre le besoin d'elle qui m'habitait ? J'aurais pu lui parler de Jade pendant des heures. Rien que ses yeux bleu acier, j'aurais été capable de les évoquer pendant une demi-heure. Ils m'avaient fasciné, transpercé, attiré. Des émotions montaient du plus profond de moi, que je pensais être incapable d'éprouver.

— C'est la meilleure amie de ma sœur. Elle a emménagé dans notre ranch après avoir été abandonnée au pied de l'autel le jour de son mariage.

— Oh ! C'est terrible.

— Elle a l'air de bien s'en sortir. Ce type qui l'a embrassée, c'était son ex. Il a débarqué ce matin.

— Une réconciliation serait-elle à l'ordre du jour ?

— Ça n'en a pas l'air. Je veux dire, il l'a totalement humiliée.

— Mais ils éprouvent probablement encore des sentiments l'un pour l'autre.

Je me crispai, serrant de toutes mes forces l'accoudoir du fauteuil.

— Vous êtes donc attiré par cette jeune femme.

— Qu'est-ce qui vous fait dire ça ?

— D'abord, le fait que vous ayez tabassé son ex. Ensuite, parce que vous serrez violemment le bras de ce fauteuil.

En soupirant, j'écartai méthodiquement les doigts pour détendre ma main. Oui, cette psy était douée.

— Que ressentiez-vous pendant que vous le frappiez ?

— C'était comme si je n'étais plus moi-même… comme si mes bras et mes jambes agissaient seuls. Ma rage était réelle. Elle a pris le pas sur moi au point je n'étais même plus là. Il n'y avait plus que cette colère.

— Pourquoi avez-vous arrêté de le frapper ?

— Jade me l'a demandé.

— Donc Jade a réussi à vous atteindre, à travers le brouillard.

En effet. À travers le brouillard… Les mots utilisés par le docteur Carmichael résonnèrent en moi. C'était vraiment comme un brouillard. Une brume épaisse. Une fièvre qui bouillonnait en moi.

— Est-ce que cet homme va bien ?

— Oui. Je l'ai sérieusement secoué, et je lui ai même sans doute fracturé le nez. Il aura quelques hématomes, mais il survivra.

Le docteur Carmichael hocha la tête. Pour la première fois, je remarquai qu'elle n'avait ni bloc-notes ni stylo sur les genoux. Je n'étais qu'un patient parmi tant d'autres.

— Vous ne prenez pas de notes ?

Elle sourit.

— J'aime me concentrer sur mon patient pendant la séance. Je ferai mon compte rendu après.

— Et si vous oubliez quelque chose ?

Cette fois, elle rit.

— Cela fait dix ans que j'exerce et que j'utilise cette méthode. Croyez-moi, cela fonctionne pour moi et pour mes patients.

J'acquiesçai.

— Alors, où en êtes-vous avec Jade, à présent ?

— Elle est plutôt énervée.

Assez énervée pour quitter le ranch. Cette seule pensée me donnait l'impression d'avoir reçu un coup de poignard.

— Je peux le comprendre.

— Après ce qu'il lui a fait, je ne sais pas pourquoi elle m'a retenu de le réduire en bouillie.

— Une partie d'elle en avait probablement envie. Mais elle a écouté sa raison, Tallon.

Sa raison. Le mot flotta dans l'air, me ridiculisant. En d'autres termes, je n'avais pas été rationnel. Ce que je pouvais difficilement contester.

— Alors, où en sont les choses avec Jade ?

À nouveau, le coup de poignard.

— Elle ne veut plus rien avoir à faire avec moi. Elle a dit qu'elle allait quitter le ranch.

— Et que ressentez-vous vis-à-vis de sa décision ?

Comment répondre à ça ? Je connaissais à peine Jade Roberts, mais j'avais été plus intime avec elle ces dernières semaines que je ne l'avais jamais été avec quiconque dans ma vie. Je la désirais constamment, au point que c'en était douloureux.

J'éprouvais pour elle une attraction pathologique.

Le docteur Carmichael se pencha vers moi, le regard grave.

— Tallon, on n'arrivera à quelque chose que si vous vous ouvrez à moi et vous montrez honnête.

Elle avait raison, je le savais. Oui, je voulais aller de l'avant. Je me raclai la gorge, contemplant mes genoux.

— Pensez-vous que vous seriez plus à l'aise avec un thérapeute masculin ? J'ai plusieurs collègues qui sont excellents.

— Sincèrement, je ne sais pas. Je ne suis pas sûr d'être à l'aise avec un thérapeute, quel qu'il soit. Mais mon frère Jonah m'a dit que vous étiez la meilleure.

— C'est gentil de sa part.

Je hochai la tête. Je hochais beaucoup la tête.

Son regard redevint sérieux.

— Tallon, je sais que vous n'avez pas fait tout ce chemin jusqu'à Grand Junction un samedi pour ne *pas* me parler. À l'évidence, ce sont vos sentiments pour Jade qui sont à l'origine du problème de ce matin. Êtes-vous amoureux d'elle ?

Tous mes muscles se contractèrent, puis je me levai, marchai jusqu'au bureau, avant de revenir m'asseoir en face d'elle.

— Comment pourrais-je être amoureux d'elle ? Je ne la connais que depuis quelques semaines.

— Dans ce cas, qu'éprouvez-vous à l'idée de son départ ? Va-t-elle vous manquer ?

Est-ce que Jade me manquerait ? Ces mots étaient loin de décrire tout ce que j'éprouverais si elle partait. Notre ranch sans Jade serait comme un été au Colorado sans soleil, une prairie sans fleurs, les Rocheuses sans pins ni peupliers.

— Elle va me manquer.

Le docteur Carmichael hocha la tête.

— À votre avis, pourquoi était-ce si difficile pour vous de le formuler ?

— Je ne sais pas. Ce n'est pas votre boulot de me comprendre ?

— Tallon, corrigez-moi si je me trompe, mais je pense que ce qu'il y a à l'intérieur de vous est beaucoup plus profond que ce que vous montrez. Ces sentiments pour Jade qui vous troublent… Il y a une raison pour laquelle vous êtes incapable de les reconnaître. Dites-moi, étiez-vous proche de votre mère ?

Ma mère… bienvenue chez le docteur Freud.

— Ma mère est morte quand j'avais douze ans.

— Je suis vraiment désolée d'entendre ça. Étiez-vous proche d'elle avant ça ?

— Quand j'étais petit, oui. Mais ensuite elle a changé.

— Comment a-t-elle changé ?

— Elle est devenue très déprimée. Ma sœur est née prématurément quand j'avais dix ans, et elle a failli mourir. Ma mère a peut-être souffert de dépression post-partum. Je ne sais pas.

— C'est tout à fait possible. Vous voulez dire qu'elle s'est suicidée ?

J'acquiesçai. Elle avait très bien pu souffrir de dépression post-partum, mais ce n'était pas la raison de son suicide.

— Et votre père ? Étiez-vous proches ?

J'étais surpris qu'elle ne me questionne pas davantage à propos du suicide de ma mère. Un tel événement dans la vie d'un patient n'était-il pas le rêve de tout psy ?

— Non, pas vraiment. Il était plus proche de mon frère aîné, Jonah. Maintenant que j'y pense, il était assez proche de mon petit frère aussi, et bien sûr de Marjorie, la seule fille. C'était la petite fille à son papa.

— Je vois. Parlez-moi de votre dynamique familiale. Vous avez donc un frère aîné et un cadet, c'est bien cela ?

— Oui. Jonah a trente-huit ans, j'en ai trente-cinq et Ryan, trente-deux. Marjorie n'est arrivée que bien plus tard. Elle a vingt-cinq ans.

— Donc elle ne se souvient même pas de sa mère.

— C'est exact.

— Alors, revenons à votre père. Quel âge a-t-il aujourd'hui ?

— Il est mort il y a sept ans, juste après le départ de Marjorie pour la fac. Crise cardiaque.

— Je suis vraiment navrée.

Je me mordis la joue.

— Comme je l'ai dit, nous n'étions pas très proches.

— Parlons un peu de votre enfance, alors. Étiez-vous proches, vos frères et vous ?

— Oui, quand on était petits.

— Qu'est-ce que vous voulez dire par là, *quand on était petits* ?

— Je suppose que je veux dire jusqu'à l'âge de dix ans.

— Que s'est-il passé quand vous aviez dix ans ?

Je me levai, le cœur battant la chamade. Les murs – des murs de béton froids et humides – me cernaient. Ils se refermaient sur moi…

Je pris une profonde inspiration.

— Je dois partir, maintenant.

— Nous avons encore du temps devant nous, Tallon. Je serais heureuse de vous aider autant que je le peux aujourd'hui.

— Non. Ne vous inquiétez pas. Je veillerai à ce que vous soyez payée pour le temps que vous m'avez consacré. Tarif double pour m'avoir reçu un week-end.

— Tallon, ce n'est pas nécess…

Je quittai rapidement la pièce, le front perlé de sueur, le cœur martelant ma poitrine.

À peine arrivé dans le couloir, mes jambes me lâchèrent – curieuse impression qu'elles s'étaient transformées en bâtonnets de gélatine – et je m'effondrai.

Le docteur Carmichael sortit en courant de son bureau.

— Que s'est-il passé ? Est-ce que ça va ?

La brume pourpre… puis les murs de béton… qui se refermaient sur moi…

J'essayai de respirer…

De l'air… J'avais besoin d'air…

Ensuite, des flammes…

Qui deviennent des ailes de pourpre et d'or.

Un phénix qui se lève…

Et puis les ténèbres.

Chapitre 15

JADE

— Jade, tu ne peux pas partir.

Marjorie s'échinait à déplier mes vêtements aussi vite que je les pliais.

— Tu viens d'arriver ! insista-t-elle. Entre ton travail avec Ryan au domaine et le mien au ranch, c'est à peine si on s'est vues !

Je déglutis. J'avais le cœur brisé, et pas seulement parce que j'étais sur le point de quitter Marj.

— Je suis vraiment désolée. Je vais me trouver un endroit en ville. On pourra toujours passer du temps ensemble.

— Mais ce ne sera pas pareil !

Marj s'empara de ma paire d'escarpins en cuir verni noir et les remit dans mon placard.

Je m'avançai pour les reprendre.

— Écoute… Je ne suis pas à ma place ici. Je ne peux pas…

— Tu ne peux pas quoi ?

— Je ne peux pas rester près de ton frère. Il a failli réduire Colin en bouillie ce matin.

— Ça ne ressemble pas du tout à Tallon, ça. Il est plutôt pacifique.

— Un ancien Marine ? Ce ne sont pas des agneaux.

Marj retira un jean de ma valise et le jeta par terre.

— Au moins, Colin n'a pas été blessé.

Je me baissai pour ramasser mon jean.

— Pas blessé ? D'accord, il n'a pas d'incapacité, mais il a le visage en compote, son nez est très probablement fracturé, et avec tous les coups de pied que Tallon lui a flanqués, il a eu de la chance de ne pas avoir de côte cassée. Si ce n'était pas un athlète… s'il n'avait pas appris à se protéger…

J'étais incapable de terminer ma phrase.

Marjorie capitula, cessant de vider ma valise, et s'assit sur le lit, les sourcils froncés.

— Comment se fait-il que ça ait autant dérangé Tallon de voir Colin t'embrasser ?

Nos quatre années passées ensemble à l'université m'avaient appris que Marj dormait comme un bébé, quoi qu'il arrive. Comme Tallon l'avait dit, elle ne se serait pas réveillée même si la Troisième Guerre mondiale avait éclaté. Il n'était donc guère surprenant qu'elle n'ait aucune idée de ce qui s'était passé entre son frère et moi. C'était tout aussi bien. Comment étais-je censée aborder le sujet ? *Ah, au fait, je me suis envoyée en l'air au milieu de la nuit avec ton frère*. Je n'étais pas sûre qu'elle apprécierait.

— Tallon est un peu bizarre ces derniers temps, poursuivit Marj.

Bizarre ? Ce n'était rien de le dire !

— Ce matin, je me suis levée tôt. Quand je suis arrivée dans la cuisine, j'ai trouvé un verre cassé. Il y avait de l'eau et des éclats de verre partout sur le carrelage. J'ai tout nettoyé. Heureusement, j'avais mis mes chaussons.

Un verre d'eau brisé…

— Tu sais ce qui s'est passé ?

Elle n'avait pas besoin de répondre. Tallon s'était assis à table devant son verre d'eau, comme d'habitude, et pour une raison quelconque, il avait décidé de le briser. Ou peut-être était-ce un accident. Mais pourquoi ne l'avait-il pas ramassé ? Il était évident que Marj ou moi allions tomber dessus.

— Je suis presque sûre que Tallon a jeté ce verre.

Se mordillant la lèvre, Marj ajouta :

— Ce ne serait pas la première fois.

Que savait-elle exactement ?

— Tu es au courant qu'il se rend à la cuisine presque chaque nuit, et qu'il reste assis là, un grand verre d'eau posé devant lui ?

Marj acquiesça.

— Je me lève rarement la nuit. Comme tu le sais, j'ai le sommeil très lourd. Mais de temps en temps, ça m'arrive de me réveiller et de faire un tour dans la maison. En général, Tallon est assis dans la cuisine, devant un verre d'eau posé sur la table. Parfois, je m'assieds avec lui et nous bavardons quelques minutes. Ce matin, c'était la deuxième fois que je trouvais un verre d'eau cassé dans la cuisine. Mais il est possible que cela soit arrivé à d'autres reprises, et que Felicia ou Tallon lui-même ait nettoyé.

Je fronçai les sourcils.

— Est-ce que ça a commencé après son retour d'Irak ?

— Les verres brisés, oui, pour autant que je sache. En revanche, il s'est toujours levé la nuit. Il ne dort pas beaucoup. Il a souffert d'insomnie presque toute sa vie.

— A-t-il vu un médecin ?

— Honnêtement, je ne sais pas. Je n'étais qu'une gamine à l'époque. Ensuite, je suis partie à l'université, et puis j'ai voyagé. Maintenant que je suis adulte, je remarque plus de choses sur mon frère.

Je m'assis à côté d'elle. C'était l'heure de vérité, aussi brutale puisse-t-elle être.

— Marj, je pense que Tallon a besoin d'aide.

Marj hocha la tête et se mordit les lèvres.

— Tu te souviens quand tu m'as demandé s'il souffrait d'un syndrome de stress post-traumatique ? Je pense que oui, à cause de l'armée.

— Oui, ça pourrait expliquer son comportement. Tu lui en as parlé ?

Elle secoua la tête.

— Non, mais Joe et Ryan l'ont fait. Tallon refuse de consulter qui que ce soit.

Tallon… Il m'avait déjà montré tant de lui, et même si je devais m'en aller, une partie de moi désirait rester. Une partie de moi voulait l'aider, être présente pour lui, lui montrer que tout irait bien. Mais je n'avais suivi aucun cours de psychologie. Les avocats sont formés pour analyser et argumenter, pas pour fouiller les émotions et la psyché.

— Écoute, Jade, tu n'es pas obligée de partir à cause de Tallon. Il est inoffensif.

— Inoffensif ? N'importe qui aurait pu glisser et se blesser sur les débris de verre qu'il a abandonnés et que tu as nettoyés ce matin. Et tu n'as pas été témoin de la façon dont il s'en est pris à Colin.

— Pour la défense de Tallon, Jade, Colin est un con.

Je ne pus m'empêcher de glousser. Marj n'avait pas tort.

— Eh bien, malgré cela, j'ai bien peur de ne pas pouvoir…

Un coup sonore fut frappé à la porte.

— Marjorie, tu es là ?

— Elle est ici, répondis-je. Entre.

La porte s'ouvrit à la volée, et Jonah se précipita vers nous.

— Marj, Dieu merci, je t'ai trouvée ! Il faut qu'on parte. Tallon est à l'hôpital.

★ ★ ★

Marj et moi étions assises côte à côte dans la salle d'attente tandis que Jonah parlait à l'infirmière responsable des urgences à Grand Junction. Et j'avais beau tendre l'oreille, je ne percevais qu'un murmure inaudible. Je n'entendais que les battements accélérés de mon cœur apeuré. Il allait bien. Il le fallait. Il en était venu à compter tellement pour moi en si peu de temps…

Mais non. Nous ne pouvions pas être ensemble. Ce poison qui le dévorait de l'intérieur… Ce mystère…

De toute façon, il ne voulait pas de moi. Il m'avait dit clairement qu'il ne pourrait jamais m'aimer.

Mon Dieu, faites qu'il aille bien. Je ne peux pas le perdre. Je suis en train de tomber…

Stop ! Arrête ça, Jade. Tu n'es pas amoureuse de cet homme. Un point c'est tout.

Après ce qui me parut être une éternité, Jonah revint vers nous.

— Que s'est-il passé, Joe ? lui demanda Marj.

— Apparemment, il s'est évanoui chez le médecin.

— Le médecin ? Quel médecin ? demandai-je. Il est malade ?

Jonah passa les doigts dans son épaisse chevelure brune. Mis à part ses tempes qui commençaient à grisonner, il ressemblait tant à Tallon !

— Jade, je ne suis pas sûr que je devrais…

— Jade fait partie de la famille ! intervint Marj.

Je tapotai la cuisse de Marjorie.

— Ne t'en fais pas. Je comprends. Il y a quelque chose que ton frère ne veut pas que je sache.

Joe secoua la tête.

— Non, autant que tu sois au courant. De toute façon, Marj te le dira probablement. Aujourd'hui, Tallon est allé voir une psychiatre.

Les battements de mon cœur s'accélérèrent. Il se faisait aider. Dieu merci. Mais pourquoi s'était-il évanoui ?

— La thérapeute, le docteur Carmichael, ne sait pas exactement ce qui s'est passé. Il avait déjà quitté son cabinet et se trouvait dans la salle d'attente quand il s'est évanoui.

— Il va bien ? demanda Marj.

Jonah acquiesça.

— Oui, ça va aller. Ce n'était rien de grave, et heureusement, il ne s'est pas cogné la tête très fort quand il est tombé. Pas de commotion cérébrale. Nous allons pouvoir le ramener à la maison d'ici peu.

Le ramener à la maison… Mon cœur, encore une fois, battit plus vite. Je ne devrais pas être ici. Ma présence ne ferait qu'empirer les choses pour Tallon, et je ne pourrais pas le supporter.

— Marj ?

Elle se tourna vers moi, le regard triste.

— Oui ?

— Écoute, je crois que je vais rentrer maintenant.

— Et tu comptes faire comment ? Nous sommes tous venus ensemble.

Quelle idiote ! Je n'avais pas pensé à cela. J'avais juste conscience qu'il fallait que je m'en aille avant que Tallon quitte sa…

Trop tard. Il s'avançait vers nous, encadré par deux femmes. D'après sa blouse blanche, l'une était médecin. L'autre était blonde, vêtue d'un pantalon noir et d'un chemisier en satin rouge.

La première tendit la main à Jonah.

— Monsieur Steel, je suis le docteur Morgan, la neurologue de votre frère.

D'un geste, elle désigna la seconde :

— Et voici le docteur Melanie Carmichael.

Cette dernière serra également la main de Jonah.

— Monsieur Steel, enchantée. Je suis vraiment désolée de ce qui s'est passé à mon cabinet.

— Oh, allez, Doc. Vous n'y êtes pour rien. Je vais bien, affirma Tallon.

— Votre frère va bien, confirma le docteur Morgan. Nous lui avons fait passer des examens neurologiques. Il n'a pas de commotion cérébrale ni d'autre blessure. Ce n'était qu'un simple évanouissement.

Tallon posa les yeux sur moi, le feu aux joues. Je ne pus m'empêcher de sourire. À l'évidence, il était gêné que je le voie comme ça.

— Bon sang, Joe, tu n'avais pas besoin d'amener la cavalerie ! lâcha-t-il.

— Tal, on a reçu un coup de fil disant que tu étais aux urgences. Je n'avais pas d'autre information. Marj et Jade ont voulu m'accompagner, c'est normal.

Jonah fit signe aux médecins.

— Excusez-moi, je n'ai pas fait les présentations. Voici ma sœur, Marjorie, et son amie, Jade.

Nous échangeâmes des poignées de main pendant que Tallon restait debout, les poings enfoncés dans les poches de son jean, toujours aussi séduisant, malgré l'épuisement qui se lisait sur ses traits.

Ce n'était guère étonnant. Il ne dormait jamais. Ses beaux yeux étaient toujours un peu creusés, assombris par des cernes. Il était tellement séduisant que je ne les avais pas remarquées plus tôt.

Tallon avait les yeux cernés et ce n'était pas nouveau.

Se tournant vers lui, le docteur Morgan lui tendit une feuille de papier.

— Monsieur Steel, dormez un peu. Je vous ai prescrit un somnifère qui ne crée pas d'accoutumance. Prenez-le. La vie est beaucoup plus facile quand on est reposé.

Tallon accepta l'ordonnance, qu'il fourra dans sa poche.

— Voici également ma carte. Je veux vous revoir dans une semaine.

— C'est ridicule. Je n'ai pas besoin de voir un neurologue.

— Vous étiez-vous déjà évanoui auparavant, monsieur Steel ?

Tallon secoua la tête.

— Bien sûr que non.

— Très bien. Mais si cela se reproduit, je veux vous voir. En attendant, je vous suggère de continuer à consulter le docteur Carmichael.

Tallon rougit encore un peu plus, si c'était possible.

— Je n'ai pas besoin de thérapie.

Le docteur Morgan soupira.

— Eh bien, je ne peux pas vous y obliger, c'est à vous de décider. Mais s'il vous plaît, prenez le somnifère. Il vous faut du repos. Physiquement, tout va bien. Tous les résultats de vos examens sont excellents. Votre numération sanguine est normale. Tout a l'air parfait. Ravie de vous avoir tous rencontrés.

Le docteur Morgan tourna les talons et s'éloigna dans le couloir.

— Tallon, dit le docteur Carmichael, je suis soulagée que vous vous sentiez mieux. Si vous avez besoin de quoi que ce soit, vous avez mon numéro. Au revoir.

À son tour, elle prit congé.

— Je ne vois pas pourquoi on en fait tout un plat, maugréa Tallon.

— Tu t'es évanoui, fit remarquer Jonah. C'est pour ça qu'on s'inquiète.

— Je ne suis même pas sûr de m'être évanoui. Si ça se trouve, j'ai seulement trébuché.

— Tallon…

— Est-ce bien nécessaire d'en parler maintenant, Joe ? protesta Tallon en posant son regard sur moi.

Jonah soupira.

— Rentrons. Ce qu'il te faut, c'est un bon repas. Et une vraie nuit de sommeil. Tu as manifestement travaillé trop dur.

— C'est vrai, j'ai travaillé trop dur. C'est tout.

Jonah venait de lui offrir une excellente porte de sortie. Cependant, Tallon ne nous disait pas tout. Je voulais découvrir son secret. Je désirais plus que tout l'aider à surmonter ce qui le torturait. Mais c'était impossible.

Je serais bientôt partie. Ce soir même, si possible.

Chapitre 16

TALLON

— T'en aller est la dernière chose à faire, Tal. Il faut que tu te débarrasses de tout ça. Et nous aussi.

En entendant la remarque de Jonah, je secouai la tête. Ryan et lui m'avaient rejoint dans le salon du ranch le lendemain de mon évanouissement. J'ignorais où étaient les filles. J'étais content que Jade ne soit pas là. Elle n'était pas encore partie, et maintenant ce ne serait plus la peine.

C'est moi qui m'en irais.

— J'y ai beaucoup réfléchi, déclarai-je. Vous devez reprendre le cours de vos vies, tous les deux. Marjorie aussi, ainsi que son amie. Ma présence ici vous perturbe tous.

— Et tu penses aller où ?

— Quelle importance ? Peut-être que je vais reprendre du service dans l'armée.

— S'il te plaît, ne fais pas ça, dit Ryan. On a besoin de toi ici. Rien n'était plus pareil, la dernière fois que tu es parti.

— Personne n'a besoin de moi. Je détruis tout ce que je touche. Il n'est pas question que je reste ici et que je vous accable tous de mon mal-être.

Et cela valait aussi pour Jade. Surtout pour Jade. Elle était le soleil, les arcs-en-ciel, l'air pur des Rocheuses du Colorado. Elle représentait tout ce qu'il y avait de beau dans ce monde, et si je restais, je la détruirais.

Je ne pourrais pas le supporter. Même si je la voulais, si je la désirais, je devais la laisser partir.

— Tu ne nous accables pas, lâcha Jonah.

Je secouai la tête.

— Tu crois que je suis aveugle ? Ce qui m'est arrivé vous dévore aussi tous les deux. Peut-être pas de la même façon, mais vous en êtes affectés autant que moi.

— Tallon…, soupira Jonah.

— Ne commence pas, Joe. Je sais que tu t'en veux pour ce qui est arrivé. Je t'ai entendu le répéter mille fois. Tu aurais dû être à ma place. Tu aurais dû être là pour me protéger. Eh bien, tu n'étais pas là. Je ne t'ai jamais blâmé pour ça, alors tu dois cesser de t'en vouloir.

Je me tournai vers Ryan.

— Et toi, Ryan, tu t'en es tiré. C'était une bonne chose.

— Si j'ai pu m'en tirer, c'est grâce à toi, dit Ryan en baissant les yeux.

— Et alors ? Ce qui compte, c'est que tu aies pu t'enfuir. C'est ce que je voulais. Si c'était à refaire, je recommencerais, crois-moi.

— Tu étais plus fort, plus grand. Tu aurais pu t'échapper, Tal. Pourquoi ne l'as-tu pas fait ? Pourquoi t'es-tu sacrifié pour me sauver ?

Je secouai la tête. J'étais reconnaissant que mon petit frère ait été épargné. Tout comme mon frère aîné.

— Pourquoi ne pouvez-vous pas être heureux tous les deux ? Heureux que cela ne vous soit pas arrivé ? Moi, je le suis.

Jonah soupira.

— Tallon, ce n'est pas…

— Ce n'est pas *quoi* ? Pourquoi as-tu peur de le dire ? Dis-le, bordel ! « Je suis content que ça ne me soit pas arrivé. » Putain, vous devriez être méga-contents ! Vous devriez être à genoux, à remercier le dieu auquel vous croyez que cela ne vous soit pas arrivé. Vous pouvez le dire. Vous pouvez dire que vous êtes heureux de ne pas avoir vécu l'horreur que j'ai traversée !

— Tallon…, reprit Ryan.

— Dites-le. Tous les deux. Je veux vous l'entendre dire. Dites : « Je suis content que rien de toute cette merde ne me soit arrivé. »

Mes frères restèrent tous les deux muets.

Je ne m'attendais pas à autre chose. J'étais vraiment heureux pour eux que cette horreur leur ait été épargnée. C'était compréhensible que j'aie du mal à oublier. Mais eux ? Ça me dépassait.

Peut-être que je refusais de comprendre. Peut-être que j'attendais seulement le jour où cette merde disparaîtrait comme par magie. Mais inutile de me voiler la face. Ce jour ne viendrait jamais. C'était là mon fardeau.

Je n'en serais jamais libéré.

— Je savais que vous ne le diriez pas. Et ce n'est pas grave. Mais il faut que je m'en aille. Essayez de comprendre.

Je quittai la pièce, laissant mes frères derrière moi.

Je me dirigeai vers ma suite, puis, sur un coup de tête, rebroussai chemin vers la chambre de Jade. On était dimanche. Elle devait dormir encore. Ce matin, je ne les avais pas vues, ni elle ni Marjorie.

Je frappai doucement.

Pas de réponse.

Je frappai un peu plus fort.

Quelques secondes plus tard, Jade ouvrit la porte, ses cheveux emmêlés étalés sur les épaules. Elle était sacrément sexy, dans son habituel débardeur blanc et son boxer, des chaussettes de coton blanc aux pieds.

Ses délicieux mamelons brun rosé pointaient sous le tissu blanc. Aussitôt, je sentis mon sexe se durcir.

— Je t'ai réveillée ?

Elle bâilla.

— Pas vraiment. J'étais en quelque sorte entre deux eaux, si tu vois ce que je veux dire. Flottant entre le sommeil et l'éveil.

Non, je ne voyais pas ce qu'elle voulait dire.

— On peut parler une minute ? demandai-je.

— Si tu veux. Bien qu'à mon avis, nous n'ayons pas grand-chose à nous dire.

J'entrai, refermant la porte derrière moi.

— Je ne serai pas long.

— Bien sûr, entre donc, dit-elle, sarcastique.

Son sac de voyage était posé au pied du lit, déjà prêt. Une valise était ouverte sur le sol, remplie de vêtements et de chaussures. Jade allait vraiment s'en aller.

Mais ce n'était plus la peine.

— Je voulais juste t'informer que je quitte le ranch, déclarai-je.

— Toi ? Pourquoi tu pars ? C'est chez toi.

Comment lui expliquer…

— Ma présence ici… affecte mes frères. Et je ne veux pas que ça vous affecte aussi, toi et Marjorie.

— Tu n'as pas à t'inquiéter pour moi.

D'un geste, elle montra son sac de voyage et sa valise.

— Comme tu peux le constater, j'ai prévu de partir.

— Mais maintenant, ce n'est plus la peine. Tu peux rester ici avec Marjorie. C'est ce qu'elle veut. C'est moi qui dois quitter les lieux.

Elle secoua la tête.

— Qu'est-ce que tu racontes ? Pourquoi veux-tu soudain t'en aller ?

Je m'assis sur le lit. Je lui avais confié tout ce que je pouvais.

— Comme je l'ai dit, ma présence ici est néfaste pour mes frères.

— Alors, ils t'ont demandé de partir ?

— Non, pas exactement.

— Dans ce cas, pourquoi t'en aller ?

— Il le faut, c'est tout.

Lentement, Jade tendit le bras vers moi et posa la main sur ma joue, son pouce caressant légèrement ma lèvre supérieure. J'attendais le classique : « Je suis désolée pour toi. » Je ne pourrais pas le supporter. Je détestais la pitié. Je ne voulais la pitié de personne, et surtout pas la sienne.

Je repoussai sa main.

— Ne fais pas ça.

— Tallon, s'il te plaît… Je veux t'aider.

— M'aider à quoi ?

— Juste… t'aider.

— Je n'ai pas besoin d'aide.

Elle posa à nouveau sa main sur ma joue, et cette fois, je ne pus me résoudre à la repousser. Son contact m'apaisait, me réchauffait, m'apportait quelque chose, quelque chose que j'étais incapable d'exprimer.

Ce désir insatiable que j'éprouvais pour elle, était-ce parce qu'elle possédait quelque chose dont j'avais besoin ? Mais comment avais-je pu le deviner quand je l'avais vue pour la première fois ? Son âme avait-elle parlé à la mienne ?

Je racontais n'importe quoi. J'étais en érection, et j'avais envie de la baiser. Rien d'autre. J'avais cru qu'une seule fois soulagerait mon désir. Mais ça n'avait fait que l'attiser. La deuxième fois, cela avait été pareil. En suivant cette logique, si je couchais à nouveau avec elle, je la désirerais encore davantage.

Vas-y, Tallon. Quitte cette pièce sans te retourner.

Mais j'en étais incapable. Je posai une main sur la sienne, toujours sur ma joue. Je la saisis, la portai à ma bouche et j'embrassai sa paume, sa peau si douce sous mes lèvres. Je contemplai ses yeux bleu-gris, si obsédants, voilés d'un soupçon de tristesse. Était-ce à cause de moi ?

Je n'apportais que tristesse à tous ceux que j'approchais. Mais soudain, ses lèvres, ces belles lèvres pulpeuses rouge rubis, se relevèrent, esquissant un sourire. Jade me souriait, des petits plis aux coins de ses yeux d'acier.

Son sourire… Bon Dieu, j'aurais vendu mon âme au diable juste pour maintenir à jamais ce sourire angélique sur son visage.

Ses lèvres remuèrent.

— Embrasse-moi, Tallon. S'il te plaît, embrasse-moi.

Je me levai et posai ma bouche sur la sienne. Elle s'ouvrit immédiatement à moi et glissa sa langue si douce contre la mienne. Je voulais être doux avec elle. Je le voulais vraiment, mais quelque chose en Jade Roberts éveillait l'animal en moi. Et la douceur n'était pas dans mes habitudes. Je ne pensais jamais à ma partenaire. Je prenais ce qu'elle me donnait librement, sans me soucier de savoir si elle était satisfaite.

Au lieu de m'approprier directement sa bouche comme les autres fois, je m'y introduisis avec lenteur. Dans mon jean, ma queue se raidit. Le besoin de la posséder était impérieux, mais je me retins, déterminé à faire les choses en douceur pour une fois.

Mais à l'évidence, Jade n'était pas de cet avis. Elle me poussa sur le lit et me chevaucha sans cesser de m'embrasser. Puis elle déboutonna ma chemise. Bientôt, seul le coton fin de son débardeur nous séparait et ses tétons durcis pointaient contre mon torse nu. Elle m'embrassait fougueusement, annihilant mes intentions de longs préliminaires. Nous nous embrassâmes à pleine bouche puis elle roula sur le côté et s'empara de ma main qu'elle glissa sous son boxer.

— Touche-moi, Tallon. Regarde comme je mouille pour toi.

Je faillis jouir sur-le-champ. Oui, elle était trempée. Du bout des doigts, je caressai l'entrée de son sexe, dessinant de petits cercles autour de son clitoris, explorant sa moiteur.

— Oui, comme ça, haleta-t-elle. J'adore quand tu me touches. Tu me rends folle !

J'introduisis deux doigts dans sa fente brûlante et elle se cambra contre ma main. J'enfonçai mes doigts plus profondément en elle et trouvai son point G, que je sollicitai, émoustillé par ses gémissements de désir.

— Tallon… oui ! C'est bon. C'est tellement bon !

J'aurais voulu que ce soit ma queue qui s'enfouisse en elle, qui la ramone, qui prenne possession d'elle…

Doucement, Tallon. Doucement.

Mais là encore, mon plan ne se déroula pas comme je l'avais prévu. Elle se frottait contre moi, ses mamelons dressés pointant sous son débardeur et ses sucs inondant ma main. Il fallait que je la prenne !

Quand je retirai mes doigts, elle laissa échapper un gémissement de frustration.

— Ne t'inquiète pas, yeux d'azur. Je ne vais nulle part.

Je fis glisser son boxer sur ses hanches et m'en débarrassai. Puis je lui écartai les jambes et plongeai la tête entre ses cuisses. De haut en bas, je léchai sa fente humide, me régalant des sécrétions de son beau sexe incarnat. Elle avait un goût délicieux, acidulé, légèrement citronné, qui m'enivrait totalement. Je plongeai ma langue à l'intérieur, lui imprimant un mouvement de va-et-vient… avant de remonter jusqu'à son clitoris, que j'aspirai entre mes lèvres tandis que j'enfonçais deux doigts dans sa chaleur humide.

Elle se cambra.

— Ooooh ! Je vais jouir.

— Oui, bébé, jouis. Jouis pour moi ! Jouis sur ma main et mon visage. Montre-moi que tu mouilles pour moi.

Elle se contracta autour de mes doigts, emportée par l'orgasme. Ma queue était si dure qu'elle aurait pu percer le tissu de mon jean. Il fallait qu'elle soit mienne. Je voulais être en elle. Mais non. Pas encore. Elle allait jouir encore. Je repoussai ses cuisses et lui léchai l'anus. Elle se crispa légèrement, et j'attendis. Si elle devait protester, c'était maintenant.

Quand elle se détendit, je repris mon assaut. Je titillai son orifice avec la pointe de ma langue, jusqu'à ce qu'il se relâche contre mes lèvres. Je le lubrifiai bien, puis je revins à son sexe, tout en introduisant un doigt dans son anus. Elle tressaillit.

— Relax, bébé. Ça va te plaire. Je te le promets.

Avec une extrême lenteur, je la pénétrai plus profondément, jusqu'à ce que son sphincter s'assouplisse. Puis je fis coulisser mon doigt, tandis que je happais ses grandes lèvres. Je me délectai de son excitation, puis titillai son clitoris à petits coups de langue, le suçai, et bientôt un nouvel orgasme déferla sur elle.

— Ooooh, Tallon. Ooooh !

Quand son orgasme reflua, je retirai mon doigt et me remis debout le temps d'enlever mon jean et mon caleçon. Ma queue était si dure que je dus l'empoigner et en serrer la base pour m'éviter de jouir *illico*. Le corps de Jade était rosi par les orgasmes, son sexe grenat gonflé de plaisir.

— Enlève ton débardeur, lui ordonnai-je.

Elle obéit, et se retrouva bientôt étendue devant moi, entièrement nue et prête à m'accueillir. Elle était tellement belle.

— Maintenant, je vais te baiser, yeux d'azur. Je vais te baiser longtemps et bien profond, et tu vas jouir encore et encore sur ma queue.

Je la pénétrai, prenant possession de son intimité brûlante, qui m'accueillit comme un fourreau parfait. J'étais prêt à éjaculer, mais je voulais durer, pour qu'elle en retire du plaisir. Je me retirai et m'enfouis de nouveau en elle, et la pilonnai bientôt furieusement. Elle m'agrippa les fesses pour me prendre encore plus profond.

Ce qui me fit bander plus encore. Bon Dieu, elle était tellement excitante.

— Prends-moi, Jade. Prends-moi tout entier.

— Vas-y, Tallon. Donne-moi tout. Je veux tout.

— Oui, bébé, tout ça, c'est pour toi.

J'accélérai le rythme…

Je la baisais, je la prenais, mais en même temps, une nouvelle sensation émergea en moi.

Je ne me contentais pas de prendre. J'étais en train de donner. Je lui donnais quelque chose que je n'avais jamais donné à personne.

Je me retirai et m'assis sur le lit.

Elle écarquilla les yeux, le bleu d'acier de son regard transperçant les miens.

— Qu'est-ce qui ne va pas ? Pourquoi tu t'es arrêté ?

Je n'avais pas l'habitude de donner. Je n'étais pas sûr de vouloir lui donner quoi que ce soit.

Non, c'était un mensonge.

Je voulais lui donner quelque chose.

Quelque chose qui viendrait du plus profond de mon être.

De mon âme.

Mais je n'avais rien à donner.

— Tallon ?

Ma queue était toujours aussi dure qu'un diamant.

Jade se redressa et s’assit à côté de moi.

— Tu veux que je te suce ?

Je secouai la tête. Ce n’était pas que je n’en avais pas envie…

— Qu’est-ce qu’il y a ? Tu me fais flipper, lâcha-t-elle.

Je n’avais aucune réponse à lui apporter.

— Tallon, qu’est-ce que tu veux ?

Je plongeai mon regard dans ses beaux yeux bleu-gris dévorants. Je ne pouvais plus lui mentir.

— Toi, Jade. C’est *toi* que je veux.

Chapitre 17

Jade

Je contemplai ses yeux noirs fiévreux.

— Tu m'as. Je suis là, avec toi.

— Mais je ne veux pas te désirer autant.

— Pourquoi, Tallon ? Je t'ai déjà dit que je n'espérais pas que tu m'aimes. Nous partageons une incroyable alchimie sexuelle. Quel mal y a-t-il à cela ? Si tu me veux, prends-moi.

— Je ne veux pas te prendre.

— Tu l'as déjà fait plusieurs fois. Qu'est-ce qui a changé ?

Sans surprise, il ne répondit rien. Son sexe était toujours aussi dur que la pierre, et une goutte de liquide pré-séminal brillait sur son gland. Sans réfléchir, je tendis la main pour l'étaler. Il ferma les yeux et frémit.

Je me levai, puis m'agenouillai par terre entre ses jambes et pris son sexe entre mes lèvres. Je léchai le liquide salé sur son gland, puis le pris dans ma bouche. Il était si gros que j'étais incapable de le prendre entièrement, mais j'avançai aussi loin que je pus jusqu'à ce que son gland me chatouille la glotte, puis je me retirai. Je le caressai de ma langue sur toute sa longueur et déposai une multitude de petits baisers sur ses testicules. J'inhalai son odeur musquée avant d'abandonner ses organes génitaux pour les creux en forme de « V » que formaient ses muscles sur son bassin. Je lui embrassai le ventre, puis la cuisse, sa peau si chaude sous mes lèvres.

Revenant à son sexe, je lui mordillai le gland et levai les yeux vers lui.

— Dis-moi, Tallon. Dis-moi ce que tu veux.

— Je veux que tu…

— Quoi ?

Au lieu de me répondre, il me releva, me retourna et me prit en levrette.

— Je veux te baiser, yeux d'azur. Je veux te baiser jusqu'à ce que tu n'existes plus. Qu'il n'y ait plus que moi et que tu fasses partie de moi.

Exactement ce que je désirais.

— Oui, Tallon, baise-moi. Baise-moi fort !

Il répondit en s'enfonçant en moi, ses testicules venant cogner à l'entrée de mon sexe. Quelques secondes plus tard, je sentis la pulpe de son doigt effleurer mon anus. Oui, il allait le faire ! Il allait de nouveau me doigter. Et je ne l'arrêterais pas. Pas plus que la première fois.

Et je compris soudain que jamais je ne l'arrêterais.

Jamais.

Il pouvait faire ce qu'il voulait de moi, de mon corps, et je l'accepterais. J'accepterais tout de lui.

Je me cambrai quand son doigt me pénétra, et il le fit aller et venir à un rythme différent de celui de son sexe.

— C'est ça, yeux d'azur. Je te prends, Je te prends par-devant et par-derrière. Un de ces jours, je vais baiser ton cul, et je le baiserai si fort que tu jouiras pour moi.

Ses mots si crus m'excitaient encore davantage. Un orgasme

puissant me saisit, et je poussai un cri de plaisir, mes parois se contractant autour de lui.

— Putain, oui ! C'est si bon ! Jouis pour moi, bébé. Jouis sur moi !

L'orgasme déferla, m'emportant avec lui, le corps fourmillant de jouissance.

Extase. Pure extase.

Il accéléra la cadence, et son doigt s'activait toujours.

— Oui, je te baise. Je veux te baiser, te baiser, te baiser.

Il ponctuait chaque parole d'un assaut renouvelé et s'enfonçait toujours plus loin.

— C'est ça, prends-moi. Prends-moi, Jade. Prends ma queue dans ta chatte brûlante. Prends tout. Prends-moi tout entier.

Un dernier coup de boutoir et il poussa un grognement.

— Voilà, je jouis en toi ! Je te marque. Je prends ce qui est à moi.

Nous restâmes ainsi quelques instants, totalement unis, puis il retira de moi son sexe et son doigt, et s'effondra sur le lit, un bras replié sur le front.

J'aurais voulu lui dire tant de choses. Qu'il ne fallait pas qu'il s'en aille. Que j'avais décidé de ne pas partir non plus, que j'avais besoin de rester, même si je savais qu'un secret le torturait, l'empoisonnait, que je voulais l'aider. J'aurais voulu lui dire, même si je ne savais pas encore très bien ce que j'éprouvais, qu'il comptait à mes yeux. Et qu'il représentait quelque chose pour moi. Quelque chose d'important, quelque chose… d'essentiel.

Mais je ne pouvais rien dire de tout cela. Pas encore, en tout cas. J'étais allongée à côté de lui quand soudain quelqu'un frappa à la porte.

— Merde !

Aussitôt, je ramassai mon boxer, mon débardeur, et les enfilai.

— Qui est là ? criai-je.

— C’est Marj. Je peux entrer ?

Je me tournai vers la porte. L’avais-je verrouillée ? Impossible de vérifier, d’où j’étais. Je m’approchai. Merde, non, je n’avais pas fermé à clé. Où avais-je la tête ? Que penserait Tallon ?

— Juste une minute. Je ne suis pas habillée.

— Enfin, Jade, nous avons été colocataires pendant quatre ans.

La poignée de porte tourna.

J’enclenchai le verrou à toute allure. Ouf ! Juste à temps.

— J’en ai pour une minute.

Je regagnai le lit.

Tallon s’affairait à récupérer son caleçon et son jean.

— Il faut que tu te caches dans la salle de bains, chuchotai-je.

Il laissa échapper un gloussement sourd.

— Tu as perdu la tête ? J’habite ici.

— Tu veux que ta sœur sache qu’on couche ensemble ?

Ses yeux s’assombrirent un instant, puis il hocha la tête.

— Tu as raison.

Il se dirigea vers la salle de bains dont il referma la porte sans bruit.

Je déverrouillai celle de la chambre et me retrouvai devant Marj.

— Qu’est-ce qui se passe ?

Elle jeta un coup d’œil à ma tenue.

— Tu disais que tu n’étais pas habillée… Mais tu es toujours en pyjama.

— Je… je ne l’étais pas. J’étais sur le point d’aller me doucher quand tu as frappé, alors j’ai dû remettre mon pyjama.

En dépit d’un haussement de sourcils dubitatif indiquant qu’elle n’était pas totalement satisfaite de mes explications, elle n’insista pas. Je la poussai dans le couloir.

— Allons à la cuisine. J'ai besoin de ma dose de caféine.

Elle ne protesta pas, et je lui en fus extrêmement reconnaissante.

— Comme tu veux. Il doit y avoir du café déjà prêt. Joe et Ryan étaient là tout à l'heure.

Effectivement, un pot de café à demi plein encore chaud était posé sur la cuisinière. J'en versai une tasse pour Marj, une pour moi, et nous prîmes place autour de la table.

— Alors, qu'est-ce que tu me voulais pour venir frapper à ma porte ?

— Je voulais savoir ce que tu as envie de faire aujourd'hui. On est dimanche, et dans la petite ville de Snow Creek, tout est fermé. C'est aussi le jour de congé de Felicia, alors je me disais qu'on pourrait s'amuser un peu.

Je haussai les sourcils, étonnée.

— Oh ?

— Oui. On pourrait faire un truc ensemble. Cuisiner, par exemple.

Je ne partageais pas l'enthousiasme de Marj pour la cuisine. Contrairement à elle, j'avais cuisiné toute ma vie, car il n'y avait personne d'autre chez nous pour s'en charger.

— Ça t'amuse peut-être, mais pas moi, répondis-je en riant.

Elle me donna un coup sur le bras.

— Si on ne cuisine pas, on devra aller manger à Grand Junction ou on mourra de faim.

Je levai les yeux au ciel

— Si tu le dis !

— En plus, nous avons la meilleure viande des États-Unis ici même, sur le domaine. Je vais sortir des steaks d'aloyau. Qu'est-ce que tu en dis ?

Marj avait cette chance : elle pouvait engloutir autant de nourriture qu'un adolescent affamé tout en gardant sa ligne magnifique. Probable bénéfice de sa haute taille.

Un sourire étira mes lèvres.

— Préparons le dîner pour Tallon.

Soudain, Marj bondit sur ses pieds et me sauta au cou.

— Ça veut dire ce que je pense que ça veut dire ?

Je me figeai. Savait-elle ce qui se passait entre Tallon et moi ? Serait-elle d'accord ?

— Ça veut dire… que je vais t'aider à préparer le dîner.

— Super ! Donc tu ne t'en vas plus ! J'espérais que tu déciderais de rester.

Je poussai un soupir de soulagement.

— Oui. Je suppose que oui. Pour l'instant. Finalement, je devrais avoir mes résultats du barreau la semaine prochaine. Peut-être dès demain, même.

À cette idée, une pointe d'angoisse me saisit.

— Mon Dieu, j'espère que je serai reçue.

— Tu es brillante, Jade. Bien sûr que tu seras reçue.

— Croisons les doigts pour que tu aies raison. Cet examen était plutôt stressant. Deux jours entiers ! Je n'ai pas trop mal réussi mes dissertations, je pense. Je maîtrisais le sujet. Mais le QCM…

— C'était vraiment le plus dur des deux ?

— Les dissertations étaient simples. Dans le QCM, il n'avait pas de « bonne réponse ». Il fallait choisir la meilleure. J'ai réussi à en éliminer deux assez rapidement, mais il en restait deux tout aussi défendables. Quand j'ai commencé à y réfléchir, j'ai vite compris que je perdais mon temps. Le test était chronométré, donc je devais faire un choix et passer à la question suivante. Je crois qu'il y en a quatre auxquelles j'ai bien répondu. J'ai fait le reste un peu au hasard.

Marj sourit et posa une main sur mon avant-bras.

— Jade, je ne suis vraiment pas inquiète. Je sais que tu as réussi.

— Que Dieu t'entende ! J'espère bien que j'aurai mon certificat !

Même si je dois bien dire que ça me plaisait beaucoup de travailler avec Ryan au domaine viticole.

— Il n'y a aucune raison que tu ne puisses pas continuer.

— Eh bien… Avec un diplôme qui me permet d'exercer le droit, je crois que j'aimerais autant pratiquer cette discipline, ironisai-je gentiment. Mais au moins, je peux continuer à travailler avec ton frère jusqu'à ce que je trouve un emploi.

De lourds bruits de pas résonnèrent derrière moi.

— Bonjour, Tal, dit Marj.

Je me retournai. Tallon était en jean, pieds nus. Il n'avait pas pris la peine de remettre sa chemise. J'espérais que Marj ne l'avait pas vu arriver de notre côté du couloir. Dieu, qu'il était beau avec ses cheveux ébouriffés si sexy qui effleuraient ses épaules, ses longs cils ourlant ses yeux noirs comme la nuit, ses lèvres rougies et gonflées de nos baisers. Il avait vraiment l'air d'un mec qui vient de s'envoyer en l'air.

Je me crispai soudain. Qu'en était-il de moi ? S'il avait l'air de sortir d'une séance de sexe débridée… à quoi est-ce que je ressemblais ?

— Salut.

Sans ajouter un mot, il se dirigea vers la cafetière et se servit une tasse.

— Assieds-toi avec nous quelques minutes, proposa Marjorie.

— Je ne peux pas. Le boulot m'attend.

— Tallon, on est dimanche. Et hier, tu étais à l'hôpital. Détends-toi un peu !

Tallon se raidit ostensiblement.

— Je vais bien. Et les arbres ne s'arrêtent pas de pousser le dimanche, Marjorie.

Marj leva les yeux au ciel.

— Très bien, alors. Va t'occuper de tes arbres. Mais sois de retour à 18 heures précises, car Jade et moi, nous préparons un festin pour ce soir.

— Ah bon ?

Il se tourna vers moi.

— Eh, ne me regarde pas comme ça. C'est son idée. Ma seule contribution sera du fromage grillé avec des tomates.

Il rougit. Très légèrement, mais je le remarquai.

— Nous allons préparer des aloyaux, Tal. Du bœuf qui provient à cent pour cent de notre élevage.

Il sourit, et une fossette se creusa sur sa joue.

— Le meilleur du monde, affirma-t-il.

— Vois si Joe et Ryan peuvent venir aussi. Je vais sortir cinq steaks.

— Comme tu voudras.

Prenant sa tasse, il quitta la cuisine.

— On ne peut pas dire qu'il est bavard, soupirai-je.

Sauf au lit. Mais je gardai cette réflexion pour moi.

— C'est sa façon d'être. Je t'avoue que je suis un peu inquiète à cause d'hier.

Je hochai la tête. Moi aussi, je me faisais du souci pour lui, mais je ne voulais pas encore faire part à Marj de mes inquiétudes. Je ne savais toujours pas quelle serait sa réaction si elle savait que je couchais avec son frère. Et pas n'importe lequel : celui à l'esprit torturé. Pourquoi Marj ne voyait-elle pas ce que je voyais ?

Et soudain, l'évidence me heurta de plein fouet. Tallon devait se comporter ainsi depuis la naissance de Marj. Elle ne le connaissait pas autrement.

Mais Ryan et Jonah savaient. Je l'avais vu dans leurs yeux – la tristesse – quand je leur avais parlé de Tallon. Ils partageaient un secret, qu'ils gardaient bien caché. Ryan n'avait-il pas dit que ce n'était pas à lui de me raconter le passé ?

Marj n'était pas au courant, ou elle me l'aurait dit. Nous n'avions pas de secrets l'une pour l'autre. Jusqu'à présent, en tout cas. Je ne lui avais toujours pas parlé de ma liaison avec Tallon. Une vague de culpabilité m'envahit. J'aurais dû le lui dire. Mais c'était impossible, car je n'étais pas la seule concernée dans cette histoire, et j'ignorais comment Tallon réagirait.

Elle n'arrêtait pas de bavarder de tout et de rien pendant que je buvais mon café – bon sang ! Il fallait vraiment que je leur apprenne à préparer un bon café bien fort – et je ne l'écoutais que d'une oreille.

— Alors, tu en penses quoi ? demanda-t-elle.

Je n'avais pas la moindre idée de ce qu'elle m'avait demandé.

— Pardon, ce que je pense de quoi ?

— Jade, tu n'as pas écouté un mot de ce que j'ai dit.

Je poussai un soupir.

— Je suis désolée. J'avais la tête ailleurs. Qu'est-ce que tu disais ?

— Je voulais savoir ce que tu pensais d'accompagner nos aloyaux d'asperges et de pommes au four, ce soir ?

— Du bien, ça a l'air génial.

— Je pensais griller les asperges au barbecue avec la viande. Tu as déjà mangé des asperges grillées ? C'est une tuerie.

Je secouai la tête en souriant.

— Non. Du moins, je ne crois pas.

— Eh bien, tu vas adorer. Et pour le dessert ? Tu as des idées ?

Pourquoi me posait-elle cette question ? Ma conception du dessert, c'était d'ouvrir un pot de Ben & Jerry's. Ce qui m'aurait tout à fait convenu à cet instant.

— Je ne sais pas. Un truc au chocolat ?

— Oui ! Parfait. Je ferai mon fameux biscuit à la ganache montée. J'espère juste que nous avons tous les ingrédients, puisque les épiceries sont fermées aujourd'hui. Je n'ai pas envie d'aller à Grand Junction juste pour acheter des biscuits.

Elle se leva, traversa la vaste cuisine jusqu'au garde-manger et entama son inventaire.

— Le sucre, c'est bon. Le chocolat amer aussi. Les biscuits, c'est bon.

Refermant le garde-manger, elle se dirigea vers le frigo.

— Le beurre, OK. Les œufs aussi. Pas de crème épaisse. Ce n'est pas grave, je peux la remplacer par de la crème liquide. Ça ira très bien. Et on a plein d'asperges et cinq kilos de pommes de terre en réserve.

Elle ouvrit le congélateur et sortit plusieurs paquets de viande enveloppés dans du papier alimentaire blanc.

— Et les steaks d'aloyau. Jade, ce soir, tu vas manger la meilleure viande de ta vie.

Je laissai échapper un rire.

— J'ai déjà goûté le bœuf du domaine Steel, tu te souviens ? Quand je suis venue en vacances lorsque nous étions à la fac ? Et c'est exactement ce que tu m'avais dit à l'époque.

Elle rit aussi.

— C'est toujours vrai. Je suis trop contente de cuisiner !

— Ça fait un moment que tu es rentrée au ranch. Pourquoi tu ne cuisines pas ?

— Eh bien, j'adore la cuisine de Felicia. En fait… je ne sais pas trop. Je devrais cuisiner plus souvent.

— Tu voulais t'inscrire à l'école de cuisine. Tu y as réfléchi ?

Elle baissa la tête.

— C'est mon rêve. Mais je suis censée rester ici et travailler au ranch. Il m'appartient pour un quart, après tout.

Je hochai la tête. Je comprenais. Pourquoi quitterait-elle cet empire qui valait de l'or ? À sa place, j'en ferais autant. Moi, je devais rembourser mes prêts étudiants, et pour l'heure, je vivais aux crochets de Marjorie et sa famille.

J'espérais trouver un emploi d'avocate. Jusqu'à récemment, j'avais prévu de rejoindre l'équipe juridique de la filiale de Denver de la compagnie du père de Colin. Ces plans avaient volé en éclats en même temps que mon mariage.

Pour l'heure, il ne s'agissait pas de moi, mais de Marjorie.

— Si c'est vraiment ton rêve, pourquoi ne pas en parler à tes frères ? Ils comprendraient sûrement.

— Oui, je devrais. C'est juste plus facile de rester ici. Je n'ai à m'inquiéter de rien.

Plus facile. Oui, Marj avait une vie facile. Je réprimai une pointe d'envie. Je ne lui en voulais certainement pas d'avoir eu la chance de naître dans une famille fortunée, mais *ma* vie à moi aurait été beaucoup plus simple si j'avais eu un peu d'argent. Mon père avait fait de son mieux, et je n'avais jamais reçu un seul centime de ma mère. Son second mari, beaucoup plus jeune qu'elle, y avait veillé.

Je terminai mon café et me levai.

— Je vais prendre ma douche. À quelle heure tu auras besoin de moi pour préparer notre festin ?

— Je dirais vers 17 heures. Non, disons plutôt 16 heures. Les pommes de terre doivent cuire longtemps. En plus, on va devoir préparer le dessert assez tôt pour qu'il ait le temps de refroidir.

J'acquiesçai, déposai ma tasse dans l'évier et retournai dans ma chambre.

Où je découvris Tallon assis sur mon lit.

Chapitre 18

TALLON

— Euh… salut, dit Jade. Qu'est-ce que tu fabriques ici ?

— Mes frères ne veulent pas que je m'en aille, l'informai-je. Et toi, toujours décidée à partir ?

Elle se dirigea vers sa commode et ouvrit le tiroir du haut dont elle sortit des sous-vêtements. Je m'efforçai de ne pas imaginer la simple culotte de coton blanc moulant son postérieur délicieusement galbé. D'où venait ce fétichisme pour les filles en petite culotte blanche ? En tout cas, c'était très bandant.

— Non, pas encore, en tout cas.

— Qu'est-ce qui t'a fait changer d'avis ?

J'espérais avoir joué un rôle dans sa décision.

— Rien de spécial. J'ai passé l'examen du barreau du Colorado, donc je m'installerai dans cet État quoi qu'il arrive. Et j'ai promis à Marj d'essayer de rester à Snow Creek.

Évidemment. Pour Marjorie. Pas pour moi. Mais c'était aussi bien, puisque j'étais incapable de l'aimer. Ni de lui donner ce qu'elle méritait. Mais sans elle… Je serais coupé en deux.

Je la regardais fixement : ses yeux gris bleu qui semblaient lire jusqu'aux tréfonds de mon âme, ses lèvres encore gonflées de nos derniers baisers, ses beaux cheveux dorés qui cascadaient en vagues souples sur ses épaules laiteuses, son visage au dessin parfait, ses seins splendides et généreux, ses mamelons brun rosé qui pointaient sous ce fichu débardeur blanc. Même dans un déshabillé en dentelle de chez Victoria's Secret, elle n'aurait pas été plus excitante que dans son débardeur blanc et son boxer écossais.

J'avais à nouveau envie d'elle ; je sentais mon sexe enfler sous mon jean et mes testicules se contracter. Pourquoi une telle réaction ? Je la connaissais encore à peine. Était-ce une simple question d'alchimie ? Dans ce cas, pourquoi étais-je si troublé ?

Des émotions… que j'avais refoulées toutes ces années auparavant, pour pouvoir affronter la folie qu'était ma vie. À présent, je recommençais malgré moi à éprouver des sentiments contre lesquels j'étais impuissant.

Si Jade s'en allait, je pourrais peut-être retrouver mon état normal.

Mais si Jade partait, elle emporterait une part de moi.

Il fallait que je me la sorte définitivement de la tête. Je pouvais toujours coucher avec elle. Cela apaiserait mon désir physique… mais pas pour longtemps, vu l'état de ma queue en cet instant. Je l'avais possédée une heure plus tôt, et j'avais de nouveau envie d'elle. La vérité, c'était que je l'avais désirée dès la fin de nos ébats.

Sa petite culotte blanche à la main, elle s'agitait tout en considérant le sol.

— Il faut que je me douche, alors si tu veux bien m'excuser…

La douche. Je pourrais me doucher avec elle. Mais non. Je voulais la prendre sur son lit.

— Regarde-moi, dis-je.

Elle s'obstina à baisser les yeux.

Me levant, je m'avançai vers elle. De l'index, je l'obligeai à relever le menton.

— Regarde-moi.

Ses yeux s'assombrirent, prenant la nuance du crépuscule. J'attendis qu'elle parle, mais elle garda le silence. Mon sexe était à l'étroit, prisonnier de mon jean. Je brûlais de la saisir et de me frotter contre son pubis, même si nous étions habillés.

Mais je préférai baisser la tête pour embrasser ses lèvres. Elle ouvrit la bouche pour m'accueillir, et nous nous embrassâmes avec douceur pendant quelques secondes, puis plus fougueusement. Bon Dieu, embrasser Jade, c'était le paradis ! Sa langue soyeuse, ses lèvres pleines et fermes, ses dents qui me mordillaient… Oui, j'étais au paradis. Un lieu que je ne connaissais pas avant elle.

Je posai les mains sur ses épaules, descendis le long de ses bras, puis m'emparai de ses seins voluptueux. Du pouce, j'agaçai les tétons qui pointaient à travers le fin coton de son débardeur. Elle poussa un grognement de plaisir. Je les saisis alors entre le pouce et l'index et les pinçai une fois, deux fois, trois fois…

Elle gémit dans ma bouche, faisant vibrer ma gorge. Bon Dieu, j'adorais ses seins, si beaux, si réactifs. Je les pinçais encore plusieurs fois, ses râles attisant mon désir. Lorsque j'interrompis finalement notre baiser pour reprendre mon souffle, je me penchai sur elle et happai un téton entre mes dents à travers le tissu.

— Oh, Tallon, oui ! J'adore quand tu me pinces les seins.

Je continuai à les sucer et à les mordiller à travers le coton, tout en faisant glisser son boxer sur ses hanches. Mes doigts effleurèrent son sexe. Elle était lubrifiée et prête à m'accueillir… Carrément bandant !

— Oui, comme ça. C'est si bon !

J'abandonnai son mamelon et la fis pivoter de façon à contempler son magnifique postérieur. Je lui empoignai les fesses, puis m'agenouillai entre ses jambes, faisant courir ma langue sur sa raie. Elle poussa un soupir de contentement. Son sexe gonflé comme un fruit mûr s'offrait à mon regard, ruisselant de désir. J'y enfouis mon visage, me vautrant à pleine bouche dans ses sucs acidulés dont je me régalai. Il fallait que je la prenne. Encore.

Me relevant, je me débarrassai rapidement de mon jean. Mon sexe était au garde-à-vous, plus dur que jamais. Je brûlais d'être en elle. Je m'assis sur le lit et lui fis signe de s'approcher.

— Viens t'asseoir sur moi, bébé. Enlève d'abord ton débardeur et chevauche-moi. Je vais jouer avec tes seins pendant que tu me baises.

Elle n'avait pas besoin de plus d'encouragements. Quand elle s'empala sur mon sexe, je faillis exploser. Elle était si bonne ! Elle me contenait délicieusement, épousant étroitement ma queue. Les genoux pressés de chaque côté de mes hanches, elle se souleva lentement, puis redescendit sur moi. Fidèle à ma promesse, je m'emparai de ses seins, titillant un téton entre mes doigts et l'autre avec mes dents.

— Oui, Tallon. Mords-moi. Mords mon téton. Oooh, je vais jouir tellement fort !

— Oui, yeux d'azur, jouis pour moi ! Je veux sentir ta délicieuse petite chatte se serrer autour de ma queue.

Je refermai les lèvres sur son téton durci.

Elle me chevaucha de plus belle, puis se contracta autour de moi, ses spasmes m'enserrant comme un étau tandis qu'elle atteignait l'orgasme.

— Oooh, Tallon ! Je jouis, bébé. Je jouis. C'est si bon.

J'étais au bord de l'éjaculation, mais je voulais d'abord lui procurer un autre orgasme. Et je voulais sentir le goût de son sexe.

Je la soulevai et l'allongeai sur le lit. Je lui écartai les jambes, avant de m'enfouir entre ses cuisses pour la dévorer. Je lui suçai le clitoris tout en insinuant deux doigts dans sa fente. Bientôt, elle se contracta de nouveau autour de mes doigts.

J'adorais la faire jouir ! Sa façon de répondre à mes caresses me rendait fou. Jamais je ne m'étais autant soucié du plaisir d'une femme. Bien sûr, j'aimais faire jouir mes partenaires, mais si ce n'était pas le cas, tant pis pour elles. Avec Jade, chacun des orgasmes qui l'emportaient m'emportait aussi avec elle.

Comme si le plaisir de l'un était lié à celui de l'autre.

Je la fis jouir encore une fois en sollicitant son point G, et je n'y tins plus. Remontant le long de son corps, je la pénétrais. Cette fille était faite pour moi, tel un fourreau parfait, et tandis que je la pilonnais, lui mordillant le cou, elle gémissait sous mes caresses.

Encore quelques assauts… et j'éjaculai en longues giclées, enfoui tout au fond d'elle.

Le souffle court, je roulai sur le dos et fermai les yeux.

Quelques minutes plus tard, je les rouvris. Jade était allongée sur le côté, la tête appuyée dans la main, sa magnifique chevelure étalée sur ses épaules crémeuses, les yeux rivés sur moi. Je m'attendais à un commentaire, mais elle resta muette. J'ouvris alors la bouche, mais rien n'en sortit.

Elle m'observait, semblant attendre quelque chose.

— Je suis content que tu restes, chuchotai-je.

Elle sourit.

— Oui, pour l'instant en tout cas, comme je te l'ai dit.

Je hochai la tête et refermai les yeux.

— Tallon ?

Je compris au ton de sa voix qu'elle voulait qu'on « parle ». Mais je ne savais pas quoi lui dire.

— Tallon ? insista-t-elle.

C'était maintenant ou jamais.

— Qu'est-ce qu'il y a ?

— C'est quoi exactement, ce truc entre nous ?

C'était plus facile d'expliquer le sens de la vie et l'existence de Dieu.

— C'est… du sexe.

Elle me donna un coup de poing dans le bras, mais au moins c'était amical… non ?

— Ça, c'est clair. Mais la première fois que tu m'as emmenée dans ton lit, tu disais que ce serait la seule et unique fois. Ça n'a pas été le cas. Alors, qu'est-ce qui se passe entre nous ?

— Tu voudrais que ce soit quoi ?

Toutes les réponses possibles à cette question me flanquaient carrément la trouille, mais c'était plus facile que de répondre à la sienne.

— Eh bien… je n'ai pas osé dire à Marj ce qu'il y avait entre nous. Tu crois que je pourrais lui en parler ?

Ce n'était pas exactement ce à quoi je m'attendais. La plupart des femmes étaient portées à parler d'engagement, de sentiments et autres foutaises. Jade voulait simplement savoir si elle pouvait le raconter à sa meilleure amie. C'était presque attristant.

— Tu as envie de lui en parler ?

Je m'en tirais bien. Encore une question au lieu de répondre à la sienne.

— Honnêtement, je ne sais pas trop. Normalement, je le ferais. Elle et moi, nous n'avons pas de secrets l'une pour l'autre. Mais quelque chose dans cette situation me semble… très personnel. Pourquoi, à ton avis ?

— Qu'est-ce que tu en penses ?

— Oh, non ! Pas de ça avec moi ! Tu crois que je n'ai pas compris ton petit jeu ? Tu réponds à chacune de mes questions par une autre question. J'ai étudié le droit. Je connais cette tactique. Je veux une réponse. Ce qui se passe entre nous : c'est quoi ? Et pourquoi j'ai le sentiment de ne pas pouvoir en parler ?

Elle avait les joues rouges, la peau encore rosie de ses orgasmes.

Personnel ? Je ne voyais pas pourquoi. Je n'avais pas de réponse à lui fournir, et… j'avais surtout encore envie d'elle.

— J'ai encore envie de toi.

— Tu n'es pas sérieux.

— Je n'ai jamais été plus sérieux.

Je me déplaçai sur le lit et lui écartai les jambes.

— Ta chatte est si belle ! Surtout quand tu viens de jouir. Elle est rouge, gonflée et succulente. Je pourrais te dévorer.

— Tu l'as déjà fait plusieurs fois… Oh !

J'insinuai ma langue sur ses replis humides. Elle était délicieuse, parfaite. Je repoussai ses cuisses pour lui lécher l'anus, puis aspirai ses grandes lèvres dans ma bouche.

— Aaaah ! C'est bon.

Entre ses jambes, je croisai son regard bleu-gris. Ses mamelons s'étaient contractés.

— Touche-toi les seins pour moi, bébé. Pince-moi ces petits tétons dressés.

Elle porta les mains à ses seins, qu'elle prit en coupe, et les caressa doucement.

— Oui, bébé, c'est excitant. Maintenant, pince-les. Pince-toi les mamelons pendant que je te lèche.

Elle obtempéra, et ma queue durcit aussitôt. Bon Dieu, qu'est-ce qu'elle était bandante. Je lui léchai le sexe, le suçai, l'aspirai, puis je levai à nouveau les yeux vers elle.

— Qu'est-ce que ça fait, bébé ? Qu'est-ce que ça te fait quand tu te pinces les tétons comme ça ?

Elle gémissait, se tortillait en se frottant sur mon visage.

— Tallon, je vais encore jouir.

Un frisson me parcourut.

— Oui, bébé, jouis. Jouis sur moi. Donne-moi tout.

Elle explosa, m'inondant de ses sécrétions. Ma queue frémit, n'aspirant qu'à plonger dans ce fourreau brûlant. Alors qu'elle était encore en pleine jouissance, je rampai sur elle pour la pénétrer, et je la pilonnai. J'accélérai le rythme. Je me redressai à genoux, la saisis par les hanches et la labourai à grands coups de reins.

Han. Han. Han. Mes testicules se contractèrent. Han. Han. Han. De minuscules convulsions agitèrent la base de mon sexe. Han. Han. Han. Mon cerveau implosa, tout mon corps fourmillant, la queue secouée de soubresauts tandis que je me répandais dans le brasier moite de son vagin.

L'orgasme le plus puissant de ma vie… de longs jets de semence qui ne semblaient jamais cesser, jusqu'à ce qu'enfin je me retire et m'effondre auprès d'elle.

Une paix infinie m'enveloppa, une sensation de plénitude qui me transportait. Je restai allongé là, repu et comblé. Sa présence à côté de moi m'emplissait d'une radieuse exaltation toute nouvelle pour moi. Je m'y abandonnai, alangui sur la couette.

Bon Dieu, oserai-je le penser ?

Je me sentais… *bien.*

Mais quelques minutes plus tard…

— C'est quoi exactement, ce truc entre nous ?

Chapitre 19

JADE

Comme je m'y attendais, il ne me répondit pas. Je me levai pour prendre ma douche. Cette fois, il ne m'en empêcherait pas. Il avait déjà eu trois ou quatre orgasmes aujourd'hui. Il n'allait pas me sauter dessus encore une fois.

Je me retournai pour l'observer : les yeux encore fermés, un bras posé sur le front comme à son habitude. Un de ses genoux était plié en travers de son autre jambe. Dans toute la gloire de sa nudité, il était l'incarnation même de la beauté virile.

Je me dirigeai vers la porte pour m'assurer qu'elle était verrouillée, puis j'entrai dans la salle de bains.

Vingt minutes plus tard, lorsque j'en ressortis pour m'habiller, Tallon n'était plus là.

* * *

— J'y crois pas. Je lui avais dit 18 heures pile !

Marj apporta le plat de viande grillée et le posa sans ménagement sur la table dressée dans le patio.

Jonah et Ryan se détendaient dans le Jacuzzi, une bière à la main. Confortablement installée dans un fauteuil de séquoia rouge, je sirotais un verre de l'assemblage côtes-du-rhône concocté par Ryan. Je sentais les battements accélérés de mon cœur. Je m'inquiétais pour Tallon. S'était-il évanoui quelque part ?

— Ne te mets pas dans cet état, petite sœur, dit Ryan d'un ton enjoué.

Ryan, toujours d'humeur joviale, avait en permanence le sourire. Ça me manquerait de ne plus travailler avec lui quand mes résultats du barreau arriveraient.

Marj secoua la tête, mécontente.

— C'est interdit de vouloir dîner avec ma famille ? Ma famille *au complet ?* Ça fait deux heures que je me démène en cuisine !

Jonah émergea du Jacuzzi, son maillot de bain dégoulinant, et enroula une serviette autour de sa taille.

— Et ça sent délicieusement bon ! Ne le prends pas mal, Marj. Tu connais Tallon.

En soupirant, il ajouta :

— Mais je préférerais qu'il soit là. Merde ! Il était quand même aux urgences hier.

Ainsi, Jonah se faisait également du souci.

— Il a gâché mon dîner, maugréa Marj, le regard sombre.

Je terminai mon verre. Je détestais voir ma meilleure amie contrariée. Oui, moi aussi j'étais inquiète, mais je ne la laisserais pas tomber.

M'approchant d'elle, je lui passai un bras autour des épaules.

— Allez. Joe et Ryan sont là. Je suis là. Et ce repas est très appétissant. En plus, je me suis donné du mal pour saupoudrer les asperges de sel et de poivre.

Cette plaisanterie lui tira un léger sourire.

— Jade a raison, petite sœur, dit Ryan. Je pourrais manger un cheval. Buvons encore un peu de ce côtes-du-rhône et goûtons tout ça !

Le dîner était excellent. Enfin, il devait l'être. Tout avait un goût de carton pour moi. Mon inquiétude pour Tallon me vrillait l'estomac. Et aussi la colère. Comment pouvait-il faire ça à Marj ? Quelques verres de vin lui avaient rendu un peu de sa bonne humeur, mais elle était clairement blessée qu'il lui ait posé un lapin. J'affichai une mine joyeuse et bavardai gaiement avec mon amie et ses frères, mais un sentiment de malaise flottait autour de nous.

Où était-il ?

J'aidai Marj à débarrasser la table et proposai de servir le dessert. Je me trouvais dans la cuisine, sur le point de sortir son fameux biscuit à la ganache montée du réfrigérateur, quand la sonnette de la porte d'entrée retentit. Depuis le patio, Marj et ses frères ne pouvaient pas l'entendre. Je remontai donc le couloir pour gagner le vestibule. Qui diable pouvait venir ici un dimanche soir ?

J'ouvris la porte. Un policier se tenait sur le porche.

— Oui ?

Il s'éclaircit la voix.

— Bonsoir. Je suis l'officier Steve Dugan, madame. Monsieur Steel est-il là ?

— Lequel ?

— Tallon Steel.

Je secouai la tête.

— Non, il est sorti. Mais ses frères sont ici. Je suis Jade Roberts, l'amie de Marjorie. Voulez-vous… que j'appelle Jonah et Ryan ?

Dugan acquiesça.

— Oui, si ça ne vous dérange pas.

J'ouvris la porte en grand.

— Bien sûr que non. Entrez.

Il avança dans le vestibule et retira son chapeau, politesse oblige.

— J'en ai pour une minute.

Je traversai rapidement la cuisine et regagnai le patio, où la bonne humeur régnait. Tout le monde riait. De quoi, je n'en avais pas la moindre idée. C'étaient les premiers éclats de rire que j'entendais de la soirée, et avec la nouvelle que j'allais leur annoncer, ce seraient sans doute les derniers.

Je me raclai la gorge.

— Excusez-moi, mais il y a là un certain officier Dugan qui cherche Tallon. Il voudrait vous parler à tous les deux.

Jonah arqua les sourcils.

— Steve ? Qu'est-ce qui se passe ?

— Je n'en sais rien, mais il attend dans l'entrée.

Jonah se leva le premier et passa devant moi. Ryan et Marj lui emboîtèrent le pas et je me précipitai à leur suite. Je n'étais peut-être pas de la famille, mais il fallait que je sache ce qui se passait. J'avais les nerfs à vif.

Jonah tendit la main au policier.

— Steve, qu'est-ce qui se passe, mon pote ?

— Salut, Joe.

Dugan serra la main de Jonah, puis celle de Ryan et de Marjorie.

— Je suis désolé de débarquer comme ça.

— Je suppose que tu as déjà rencontré Jade, l'amie de Marj ? demanda Ryan.

Dugan sourit… en quelque sorte.

— Enchanté.

Il me tendit sa grosse main charnue. Et moite de transpiration. Ce policier était nerveux. Ou hésitant.

— Viens donc au salon. Tu veux boire un verre ? proposa Jonah.

Dugan secoua la tête.

— Je suis venu voir ton frère.

— Vous préparez une autre partie de poker ? s'enquit Ryan, un large sourire aux lèvres. Pourquoi vous ne m'invitez jamais ?

— Parce que tu joues trop mal, Ryan, répondit Dugan, mais ce n'est pas la raison de ma venue.

Visiblement mal à l'aise, il s'éclaircit la voix.

— J'ai bien peur qu'il ne s'agisse pas d'une visite de courtoisie.

J'eus soudain la désagréable impression qu'une chape de plomb venait de s'abattre sur nous. Il y avait un problème. Un très gros problème.

— Je dois embarquer Tallon. J'ai un mandat d'arrêt contre lui.

★ ★ ★

Le lendemain matin, au vignoble, j'assistais Marion au bureau, m'efforçant désespérément de me sortir Tallon de l'esprit.

Il n'était pas rentré la veille au soir. Je m'étais rendue plusieurs fois à la cuisine, espérant le trouver en train de regarder son fichu verre d'eau, en vain. Je n'avais pas dormi, et d'après la tête de Ryan que j'avais croisé un peu plus tôt, lui non plus.

En voyant débouler Marjorie telle une tornade, je faillis laisser tomber le dossier sur lequel je travaillais. Elle avait les joues rouges et les yeux creusés de cernes. De toute évidence, elle n'avait pas dormi davantage que nous.

Elle tenait à la main une grande enveloppe et m'adressa un sourire forcé.

— Jade ! Tes résultats de l'examen du barreau sont arrivés !

Je me raidis. La dernière chose que je voulais, c'était ouvrir cette enveloppe devant Marj et Marion.

Ryan débarqua à son tour, sans son habituel sourire.

— Bonjour, mesdames. Comment ça se passe ce matin ?

Il ne manquait plus que lui. Pourquoi n'était-il pas dans le hangar, à sonder ses cuves ?

J'avais soudain la chair de poule.

— Marj…

— Oh, de quoi as-tu peur ? Tu sais que tu as réussi avec brio. Ma meilleure amie si brillante ne peut pas faire moins.

Elle soupira.

— En plus, on a tous besoin de bonnes nouvelles ce matin.

Difficile de prétendre le contraire. D'après les cernes qui ombraient ses yeux, mon amie qui dormait habituellement comme un bébé devait avoir passé la nuit à se tourner et se retourner dans son lit.

Depuis l'université, Marj s'imaginait que j'étais un crack. À dire vrai, je n'étais pas plus brillante que n'importe qui. Je bossais mes cours. Il le fallait pour obtenir des bourses d'études. Marj, grâce à la fortune de l'empire Steel, n'avait pas à s'inquiéter de ça. Toute ma vie, j'avais travaillé très dur à l'école, mon père me répétant sans cesse que je devais aller à l'université, et les bourses étaient mon sésame. J'en avais toujours obtenu, couplées à des emprunts pour couvrir le reste des frais que mon père ne pouvait pas régler, et à des petits boulots pour prendre en charge mes dépenses quotidiennes.

Et voilà que Marj me tressait des lauriers devant Marion et Ryan, agitant sous mon nez les résultats de mon examen. Que pouvais-je faire ? Bien obligée d'ouvrir cette enveloppe. Et si je n'avais pas réussi… Eh bien, tant pis pour moi, je serais morte de honte, et voilà tout.

Pourtant, comme pour tous mes examens, j'avais préparé celui-ci très sérieusement, et il n'y avait pas de raison que je n'aie pas encore une fois une bonne note. Alors pourquoi continuer à m'inquiéter ?

— Je suis sur des charbons ardents, Jade.

Marj me tendit l'enveloppe.

Je la pris à contrecœur. Inutile de lui dire que je ne voulais pas l'ouvrir devant tout le monde. Ils savaient tous que ce courrier était arrivé, et quel que soit le résultat, ils l'apprendraient de toute façon.

— Oui, ne nous faites pas languir plus longtemps, renchérit Marion avec un sourire.

Prenant une grande respiration, je déchirai l'enveloppe, qui contenait deux documents. Ma vision se brouilla tandis que j'essayais de lire le premier. Nom, adresse… Je sautai au plus important.

Le résultat.

Je retins mon souffle.

« Admise. »

J'écarquillai les yeux pour m'assurer que j'avais bien lu. Pas d'erreur.

— Je suis admise ! m'écriai-je.

Marj se jeta sur moi pour m'enlacer. Elle faillit me faire trébucher, mais Ryan nous retint toutes les deux.

— Doucement, Trois Pommes. Sinon, son premier procès sera contre toi.

Marj me lâcha. Tremblante, je consultai le deuxième document.

— Qu'est-ce que c'est ? demanda Marj.

Je le parcourus rapidement.

— C'est à propos de la cérémonie de prestation de serment, le mois prochain à Denver.

Marj battit des mains.

— C'est super ! Nous irons tous te soutenir.

— Ce n'est pas nécessaire. D'ailleurs, je n'irai sans doute pas. Ce n'est pas obligatoire.

— N'importe quoi, lâcha Ryan. Tu dois absolument y aller. Et on va s'assurer de tous pouvoir y être.

Je pris une nouvelle inspiration. J'étais admise. Merci mon Dieu.

Si seulement Tallon était là…

Marjorie interrompit le cours de mes pensées.

— Maintenant, tu dois chercher un emploi d'avocate.

— Je suis en plein boulot, Marj.

— En fait, je venais justement te dire qu'il n'y a pas grand-chose à faire aujourd'hui, intervint Ryan. Marion pourra très bien s'en occuper toute seule. Pourquoi ne prendrais-tu pas ta journée ? Mets-toi sur ton trente et un et va faire un tour en ville. Il n'y a qu'un cabinet d'avocats, plus le bureau du procureur. Tu peux aller te présenter et leur annoncer que tu es admise au barreau du Colorado. Peut-être que l'un d'eux aura quelque chose à te proposer.

— Tu vois ? lâcha Marj. Tout s'arrange. Allez ! On retourne à la maison, on se pomponne et je t'accompagne. Je t'invite à déjeuner. En plus, ça me changera les idées pour ne plus penser à…

Tallon.

Elle n'avait pas besoin de prononcer son nom. Nous pensions tous à lui.

Tout allait bien trop vite. Je n'étais pas sûre de pouvoir aligner deux mots, encore moins pour un entretien d'embauche… J'ouvris la bouche pour faire part de mes doutes à Marj, mais Marion et Ryan nous poussaient déjà vers la sortie.

— Filez toutes les deux, nous ordonna Marion. Ryan et moi, on garde le fort. Allez vous trouver un boulot, jeune fille !

★ ★ ★

À peine avions-nous terminé de déjeuner au restaurant italien Chez Enzo – à cause de mon inquiétude pour Tallon, je n'avais trouvé aucune saveur à mon plat préféré, les aubergines au parmesan – que Marj m'entraînait déjà vers le bureau du procureur.

— Le procureur de la ville s'appelle Larry Wade. Je ne le connais pas très bien, mais je crois que mon père et lui ont fait affaire ensemble. Tu veux que je te présente ?

Je secouai la tête. Marj en avait déjà trop fait pour moi. En outre, je tenais à me débrouiller par moi-même.

— Non, merci. J'irai seule. Je ne veux pas qu'on raconte en ville que je demande des faveurs parce que je connais la famille Steel.

— Je comprends. Allez, fonce ! Va leur montrer de quoi tu es capable.

Rassemblant mon courage, je franchis la porte de l'hôtel de ville. J'étais habituée aux édifices impressionnants et aux tribunaux de Denver. Ici, le bâtiment en briques qui abritait les bureaux du maire, du procureur et de leurs équipes était tout petit. Une jeune femme était assise derrière un guichet.

Je m'approchai d'elle.

— Excusez-moi.

— Oui, je peux vous aider ?

Je m'éclaircis la voix.

— Je voudrais voir le procureur, je vous prie, s'il est disponible ?

Je laissai échapper un soupir. J'avais recommencé ! Infléchir la voix à la fin de ma phrase, et la faire sonner comme une question, comme si je demandais une faveur, comme si je n'étais pas digne de rencontrer le procureur de la ville.

Je devais modifier ça.

— Vous avez rendez-vous ?

— Non.

— C'est à quel sujet ?

Je repris mon souffle et le relâchai lentement.

— Je suis avocate. Je cherche un emploi ici, à Snow Creek.

— Oh, alors vous êtes venue pour l'annonce.

— L'annonce ?

— Oui, ils cherchent un substitut du procureur. Je suis sûre qu'il voudra vous voir. Nous n'avons pas eu beaucoup de candidats. Il y a peu d'avocats qui choisissent de vivre à Snow Creek.

Avec un petit rire, elle ajouta :

— Je vais le prévenir.

Mon cœur s'emballa. Ils avaient besoin de quelqu'un. Je n'aurais pas pu mieux tomber. Ce genre de chose ne m'arrivait jamais.

Quelques secondes plus tard, la réceptionniste revint.

— Larry va vous recevoir dans son bureau. Il est très content que vous soyez venue.

Je regardai autour de moi. Il ne devait pas y avoir beaucoup de travail pour un procureur à Snow Creek. Pourquoi cherchait-il un substitut ? Le salaire ne serait sans doute pas mirobolant, mais tant que je gagnerais assez pour louer un petit appartement et quitter le ranch, c'était tout ce que je demandais.

D'un geste, la réceptionniste me désigna le canapé qui trônait à côté de quelques sièges.

— Je vous en prie, asseyez-vous. Il arrive dans une minute.

Quelques secondes plus tard, un homme blond de taille moyenne aux cheveux clairsemés portant un pantalon cargo et une chemise s'approcha de moi, la main tendue.

— Je suis Larry Wade. Vous êtes l'avocate ?

Je me levai et acquiesçai tout en lui serrant la main.

— Jade Roberts. C'est un plaisir de vous rencontrer. J'apprécie vraiment que vous me receviez.

— Tout le plaisir est pour moi. En toute honnêteté, je suis ravi de votre venue. Ma charge de travail devient lourde, mais comme Carol vous l'a probablement dit, nous n'avons pas beaucoup d'avocats qui s'installent ici.

Il me conduisit dans une petite salle de conférences où il me fit signe de m'asseoir, puis s'installa en face de moi.

— Qu'est-ce qui vous amène à Snow Creek, mademoiselle Roberts ?

— Je vous en prie, appelez-moi Jade. En fait, ce sont des amis. Marjorie Steel est ma meilleure amie.

Il arqua aussitôt les sourcils.

— Les Steel ?

— Oui.

Cela allait-il poser problème ?

— Ce sont des gens bien.

Ouf, finalement, non, pas de problème.

— C'est vrai.

— Depuis combien de temps exercez-vous le droit ?

Je sentis mes joues s'empourprer.

— Je n'ai pas encore exercé, en réalité. J'ai reçu mes résultats de l'examen du barreau ce matin même.

Sortant le certificat de mon petit attaché-case, je le fis glisser sur la table en direction de monsieur Wade.

Il sourit.

— Eh bien, toutes mes félicitations. Bienvenue au club.

Il prit connaissance de mon CV.

— Ainsi, vous avez été employée chez Davis et Stubbs. Bien, très bien. Avez-vous de l'expérience dans les affaires municipales ?

Je secouai la tête.

— J'ai bien peur que non, mais les salles d'audience n'ont plus de secret pour moi. J'ai assisté Sherry Malone sur plusieurs cas de fautes médicales, pour lesquelles j'ai réalisé une grosse partie des enquêtes.

Il gloussa.

— Comme vous pouvez l'imaginer, nous n'avons pas beaucoup d'affaires très médiatisées ici, à Snow Creek. Tous les dossiers importants sont envoyés au procureur du comté à Grand Junction. Mais nous avons beaucoup de contraventions, d'infractions aux horaires de fermeture des bars, de conduites en état d'ivresse, d'agressions, de coups et blessures, et parfois quelques cas de violences familiales. Rien de très excitant, mais on fait avec.

— Avec tout le respect que je vous dois, monsieur Wad…

— Je vous en prie, appelez-moi Larry.

Je toussotai.

— Larry. Je ne comprends pas très bien pourquoi vous avez besoin d'un substitut.

— Je n'ai pas d'enquêteur dans mon équipe. Lors de la réunion du conseil municipal du mois dernier, j'ai fait part de ce manque, mais le conseil m'a suggéré, et j'ai accepté, d'engager plutôt un adjoint, quelqu'un qui pourrait se charger des enquêtes, mais aussi me remplacer si nécessaire.

— Je comprends.

J'accomplirais donc un travail d'assistante de justice amélioré. Super.

— Ne vous méprenez pas. C'est un excellent premier poste pour vous. Vous y apprendrez les rouages du droit municipal, et vous travaillerez pour la ville. Bien sûr, vous devrez enquêter, mais la plupart des avocats le font de toute façon.

J'acquiesçai en me mordant la lèvre. Je voulais connaître le salaire, mais je ne savais pas trop comment aborder le sujet.

— Si le poste vous intéresse, Jade, j'aimerais que vous commenciez demain.

— Je suis très intéressée. Et il m'est tout à fait possible de commencer demain. Mais puis-je vous demander quelles sont les conditions ?

Merde, pourquoi ces tergiversations ? J'étais parfaitement en droit de connaître les avantages sociaux et les indemnités que je recevrais.

— Bien sûr, bien sûr, bien sûr. La ville dispose d'un contrat d'assurance maladie, dont l'adhésion est prise en charge pour ses employés. Les cotisations de votre conjoint ou des personnes à charge seront déduites de votre salaire.

— Pour ça, ce n'est pas un problème. Je ne suis pas mariée.

— Bien, bien. Nous couvrons également les soins dentaires et d'optique. En ce qui concerne la retraite, nous dépendons du régime de l'État du Colorado, donc au lieu de cotiser à la Sécurité sociale, vous versez votre quote-part aux caisses de l'État.

À nouveau je hochai la tête. *Et si on parlait de mes émoluments ?*

— Quant à votre salaire, vous commencerez à soixante-cinq mille dollars par an.

Moins que ce que j'avais espéré, mais finalement, étant donné le coût de la vie dans une petite ville, cela revenait au même.

— Vous savez sûrement que le revenu annuel médian des procureurs municipaux aux États-Unis est de l'ordre de quatre-vingt-dix mille dollars. Mais c'est une petite ville, et vous êtes une avocate débutante. C'est le montant que l'on m'a accordé pour recruter un avocat de moins de dix ans d'expérience, donc vous faites une bonne affaire.

Je ne pouvais pas vraiment contester sa logique, et je n'étais pas non plus en position de le faire.

— J'ignore si vous envisagez sérieusement de vous installer à Snow Creek, mais le seul cabinet privé de la ville n'embauche pas actuellement, à ma connaissance. Il y a aussi Newt Davis, un avocat solo qui s'est installé à l'autre bout de la ville il y a quelques mois. Mais j'ai entendu dire qu'il avait du mal à trouver assez d'affaires pour en vivre.

Décidément, il avait vraiment très envie de m'engager. Je ne savais pas très bien pourquoi, mais je m'en fichais aussi un peu, du moins à ce stade.

— Donc, vous me proposez le poste ?

Il sourit.

— Absolument.

Je me levai.

— Dans ce cas, je suis heureuse de l'accepter. Merci beaucoup… Larry.

Il se leva à son tour, puis contourna la table pour me serrer la main.

— Bienvenue à bord, Jade. Je suis ravi que vous vous joigniez à nous. Je vais vous montrer votre bureau et vous présenter au reste du personnel. Ensuite, je vous confierai votre premier cas.

— Super. Permettez-moi seulement de prévenir mon amie que je vais être occupée un moment, et je reviens tout de suite.

— Pas de problème. Revenez quand vous serez prête.

J'annonçai rapidement à Marjorie que j'étais engagée et qu'elle pouvait partir, puis je regagnai l'hôtel de ville. Larry me tendit alors un dossier.

— Voici votre première affaire, maître. Vous pouvez emporter ce dossier chez vous ce soir et vous prendrez vos fonctions demain matin à la première heure. Nous commençons à 9 heures.

— Parfait pour moi.

Je glissai le dossier dans mon attaché-case.

Larry m'accompagna ensuite jusqu'au bureau qui serait le mien. La pièce était petite, mais au moins il y avait une fenêtre. L'agencement était très sobre : un bureau en métal, une table pour l'ordinateur, un ordinateur de bureau, un meuble de rangement et des étagères.

— Ça ne paie pas de mine, dit-il, mais c'est fonctionnel.

— Oh, c'est très bien. Je serai tout à fait à l'aise, ici.

Il me présenta à Michelle, notre secrétaire, et à David, un documentaliste.

— Notre équipe est réduite. C'est une petite ville, après tout.

— Je suis sûre que tout se passera bien. Ça m'a l'air génial.

— Excellent. On se revoit demain à 9 heures.

— J'ai hâte !

Alors que j'avançais vers la sortie, je pris le dossier dans mon attaché-case pour y jeter un bref coup d'œil.

Et je crus que mon cœur allait lâcher.

Plainte contre Tallon Steel.

Chapitre 20

TALLON

Le chiffon qu'ils lui avaient enfoncé dans la bouche lui donnait des haut-le-cœur. Le vieux tissu avait le goût de champignons moisis, de crasse et de vomi. Il avait les yeux bandés, et les poignets attachés dans le dos par une corde serrée. Seules ses jambes étaient libres, mais il était trop épuisé pour se débattre encore. Il avait déjà donné des coups de pied par dizaines à ses ravisseurs… et il s'était quand même retrouvé ici.

— Entre là-dedans, petit, dit une voix.

Des mains puissantes le forcèrent à descendre une longue volée de marches contre lesquelles il faillit trébucher.

— Bienvenue chez toi, petite salope, dit une autre voix. Tu vas te plaire ici. On va s'assurer que tu seras à ton aise.

L'homme éclata d'un rire sinistre.

Maléfique. Comme un serpent noir glissant dans l'obscurité, aux yeux rouges et luisants. Voilà ce qu'évoquait cette voix. Le mal à l'état pur.

Le garçon frissonna. Quand il atteignit le bas de l'escalier, les hommes le poussèrent dans le fond.

— Tu es prêt, petit ? dit la première voix. Tu es prêt ?

Avec son bâillon sur la bouche, le garçon ne pouvait pas répondre. Prêt pour quoi ?

Il le découvrit vite.

★ ★ ★

— S'il te plaît, Steve. Je ne supporte pas les menottes.

Les mains attachées dans le dos, je transpirais à l'arrière de la voiture de police. À deux reprises, je tentai de respirer à fond. Je manquais d'air.

— Désolé, Tal. C'est le règlement, tu le sais, répondit l'officier Steve Dugan. Pourquoi tu as tabassé ce gosse, de toute façon ?

Je ne répondis pas. Je savais qu'il valait mieux éviter de parler. De plus, le type en question avait au moins vingt-cinq ans. Ce n'était pas un gosse.

Une demi-heure plus tard, nous arrivâmes devant le bâtiment qui abritait les services de police et le tribunal de Snow Creek, près de l'édifice de l'hôtel de ville. Steve descendit du véhicule et m'ouvrit la portière.

— Allons-y, Tal.

Je restai assis, paralysé. Un bruit blanc résonnait dans ma tête.

— Alloooooooons-yyyyyy, Tallllll.

La voix de Steve était grave et traînante, comme si elle provenait d'une autre dimension temporelle.

Une main charnue me saisit le bras.

Je la repoussai d'un coup sec.

— Non ! criai-je. Je n'y vais pas !

— Bon Dieu, Tallon, qu'est-ce qui te prend ?

Des bribes d'images se formèrent dans mon esprit. Le retour de Grand Junction… seul dans la maison… la sonnette… Steve… en état d'arrestation… les menottes…

Jusqu'à maintenant, je n'avais pas opposé de résistance. Pourquoi ? Tout était flou. Un brouillard noir et maléfique. D'où émergeait le tatouage d'un phénix…

Je me levai, sortis de la voiture et assenai un coup de pied circulaire dans la poitrine de Steve. Il s'écroula, je me retournai et m'enfuis à toutes jambes. Je courus comme un fou… comme j'aurais dû le faire toutes ces années plus tôt.

Jusqu'à ce que je reste tétanisé. Mon corps heurta le béton avec un bruit mat, tous mes muscles agités de spasmes. J'avais envie de pisser, de chier. Bordel, je ne pouvais plus bouger.

— À l'aide ! Pour l'amour du ciel, aidez-moi !

Personne ne vint.

Personne ne venait jamais.

Mourir. J'étais en train de crever, et tout le monde s'en foutait. Les minutes défilèrent…

Personne.

Puis un bras m'aida à me relever.

— Allez, viens Steel. Qu'est-ce qui t'a pris de frapper un officier de police ?

— C'est bon, sergent, dit la voix de Steve. Il a paniqué, c'est tout. Je ne porte pas plainte. Le Taser l'a suffisamment puni.

Un Taser. J'avais été touché par la décharge d'un Taser. Je baissai les yeux. Dieu merci, mon pantalon était sec. Je ne m'étais pas pissé dessus. Bien que mes mains soient encore liées, je pouvais bouger les doigts. Je fis un pas en avant. J'étais capable de marcher. J'avais mal à la tête, comme si un marteau me frappait la tempe.

— Ça va, Tal ? s'enquit Steve. Une décharge de dix secondes, il faut l'encaisser !

Dix secondes ? J'avais plutôt l'impression que cela avait duré une heure. Pour toute réponse, je lui rétorquai :

— Je n'ai rien à faire ici.

— Si. C'est la place d'un homme qui en passe un autre à tabac, fit une autre voix.

Je me retournai. Un flic plus âgé – sans doute le sergent – tenait son pistolet braqué sur moi, et le garda ainsi le temps que Steve m'escorte à l'intérieur du bâtiment. Je ne craignais pas les armes. Le monde contenait des instruments de torture bien pires.

À nouveau, un bruit blanc pendant qu'ils remplissaient la paperasse, prenaient mes empreintes digitales et ma photo.

Et encore une fois quand ils me regardèrent me déshabiller pour enfiler le fameux uniforme orange qu'ils m'avaient donné.

Puis quand ils me poussèrent dans une cellule.

Les mains libres, je me recroquevillai au fond, le bruit blanc finissant par disparaître. Des voix sinistres et sombres le remplacèrent, me ramenant des années en arrière.

★ ★ ★

Le garçon se recroquevilla au fond de la cave obscure, transpercé de douleur, la maigre couverture grise que ses ravisseurs lui avaient donnée, imbibée de son sang. Il avait vomi ce qui restait dans son estomac : des biscuits à l'avoine et une tranche de pastèque, sa collation de l'après-midi.

Il y avait un sandwich à côté de lui. Ils l'avaient laissé là quand ils en avaient eu fini.

Il était incapable de manger. Il ne mangerait plus jamais.

Au moins, il n'était plus attaché. Ils l'avaient enfermé. Seul.

— Lève-toi. Lève-toi et cherche un moyen de sortir d'ici, ordonna la voix dans sa tête.

Mais son corps était faible. Déchiré. Brisé. Il ne pouvait pas bouger.

Son petit frère s'était enfui. Il avait filé comme le vent quand le garçon le lui avait ordonné. Dieu merci.

— Allez. Debout !

Encore cette voix intérieure.

— Tu ne mérites pas ça. Fiche le camp d'ici. Tu t'en remettras. Tu pourras avancer. Bats-toi, bon sang, bats-toi !

Le garçon demeura immobile.

Et il n'entendit plus jamais la voix.

Chapitre 21

JADE

Je feuilletai rapidement le dossier. Colin avait porté plainte contre Tallon pour coups et blessures volontaires. Merde. Ça ne m'était jamais venu à l'esprit, mais j'aurais dû m'en douter. Une chose était certaine, je ne pouvais pas prendre cette affaire. J'avais des conflits d'intérêts majeurs des deux côtés.

J'ouvris la bouche pour en faire part à Larry, mais il me devança.

— Tallon Steel a été arrêté aujourd'hui. Pour autant que je sache, il est sous les verrous juste à côté, au poste de police. Fortunés comme ils sont, je suis sûr qu'un de ses frères paiera sa caution d'une minute à l'autre.

Je tressaillis. Au moins, il était sain et sauf. Où était-il passé la veille ? Ils avaient dû l'arrêter ce matin, après mon départ au travail. Ma peau était envahie de fourmillements. Je ne supportais pas l'idée de le savoir enfermé dans une petite cellule froide et humide.

— Monsieur Wade… Larry, s'il vous plaît.

Je hochai la tête.

— Larry… Vous savez que je suis logée au ranch des Steel. Et je suis obligée de vous dire que la victime présumée dans cette affaire, Colin Morse, est mon ex-fiancé. Vous voyez donc clairement que j'ai un conflit d'intérêts. Je ne pense pas être en mesure de traiter cette plainte.

— Balivernes ! Dans une petite ville comme Snow Creek, il y a toujours conflit d'intérêts d'une façon ou d'une autre. Nous nous connaissons tous.

— Mais je…

— Ce n'est en rien différent de ce qu'on voit tous les jours. Vous prenez cette affaire, Jade. Monsieur Morse se trouve dans un hôtel à Grand Junction. Ses coordonnées sont dans le dossier. Je ne sais pas si monsieur Steel a engagé un avocat, mais si vous désirez aller au poste de police pour lui parler, c'est sans doute le moment.

Je n'arrivais pas à le croire. Larry ne considérait peut-être pas qu'il y avait un problème de déontologie, mais moi, si. Certes, je comprenais que dans une petite ville le risque de conflit d'intérêts était élevé, mais dans le cas présent, il existait pour moi avec les deux parties.

— Larry, je vous le demande en tant que professionnelle du droit. Ne m'obligez pas à prendre cette affaire.

— Jade, je connais les Steel depuis leur enfance. J'ai autant de conflits d'intérêts que vous. Mais quelqu'un doit se charger de ce cas.

— Non, c'est différent pour moi. J'étais fiancée à la victime présumée, pour l'amour du ciel. Et j'ai été témoin de l'agression.

Le visage de Larry s'empourpra. Avais-je dépassé les limites ? Je tenais à ce boulot et j'étais très contente qu'il me l'ait proposé.

— Si vous n'êtes pas en mesure d'effectuer le travail que je vous assigne, je me verrai dans l'obligation de trouver quelqu'un d'autre pour le poste.

Oui. J'avais clairement dépassé les bornes. Je savais reconnaître une entorse à l'éthique quand j'en voyais une, mais j'avais besoin de ce travail. Je ne pouvais pas vivre au ranch pour le restant de mes jours.

Et Larry avait raison sur un point : dans une petite ville, les conflits d'intérêts étaient inévitables. De plus, je pourrais ainsi m'assurer que Tallon ne serait pas trop sévèrement sanctionné. Pour une raison obscure, l'idée de remettre le destin de Tallon entre les mains de Larry ou de qui que ce soit d'autre ne me semblait pas juste. Je m'assurerais qu'il dispose d'un avocat, et tout avocat digne de ce nom s'assurerait, *lui*, que je sois dessaisie de cette affaire.

— Non, ce n'est pas la peine de chercher quelqu'un d'autre. Je suis ravie de pouvoir travailler ici. Je vais prendre l'affaire.

— Je pense que c'est une sage décision. Mais je vous préviens Jade, si vous voulez garder votre boulot, ne vous avisez plus de remettre en question ma déontologie.

J'acquiesçai. Je n'avais aucun doute. D'après ce que j'avais appris dans mes cours de déontologie juridique, Larry enfreignait carrément les règles en me mettant sur cette affaire, et par conséquent, moi aussi. Mais c'était effectivement une petite ville. Ce qu'il avait dit était logique. Si nous appliquions aussi strictement les règles à propos des conflits d'intérêts, nous devrions, dans chaque affaire, faire appel à des avocats extérieurs pour intenter des poursuites. Et ce n'était pas possible. J'allais donc traiter cette affaire au mieux de mes capacités. Je ne voulais pas que Tallon aille en prison. Je pouvais limiter les sanctions à une indemnisation et des travaux d'intérêt général ou quelque chose du genre.

Je quittai le bâtiment, et tombai sur Marj qui avait acheté des plats à emporter.

— Je nous ai pris à manger. Avec cette belle journée, on pourrait déjeuner dans le parc. Ça nous aiderait à ne plus penser à Tallon.

Tallon. Pourquoi était-ce à moi de l'informer ?

— Tallon est revenu, lâchai-je.

Elle sourit.

— Vraiment ? Où est-il ? Que s'est-il passé ?

Puis son visage se rembrunit.

— Oh, mon Dieu.

Je déglutis, hochant la tête.

— Marj, je ne peux pas déjeuner avec toi. Je dois aller au poste de police pour travailler sur une affaire. Tallon a été arrêté. Colin a porté plainte contre lui pour coups et blessures. C'est pour ça que ce policier le cherchait hier soir.

Marj plaqua une main sur sa bouche.

— Qu'allons-nous faire ? Je viens avec toi.

Je secouai la tête.

— Je dois y aller seule. C'est sérieux.

— Mais c'est mon frère.

— Et c'est précisément pour ça que tu ne dois pas y aller. Tu es trop impliquée émotionnellement.

Quelle bêtise ! Je l'étais tout autant, si ce n'était davantage.

— En outre, c'est mon boulot.

— Mais tu bosses pour le procureur. Ça veut dire…

— Oui, ça veut dire que je représente la partie adverse. Mais ne t'inquiète pas. Je vais faire en sorte qu'il ait le moins d'ennuis possible. Je te le promets.

— Je vais aller au cabinet des avocats privés pour lui trouver quelqu'un.

— C'est une très bonne idée. Fais vite. Il est presque 17 heures. Ils ne vont sans doute pas tarder à fermer. Je l'informerai qu'un avocat de la défense est en route.

Les bras toujours chargés de notre pique-nique avorté, Marj s'éloigna pendant que je me dirigeais d'un pas lourd vers le poste de police.

Un quart d'heure plus tard, j'étais assise dans une salle d'audition en face de Tallon. Même dans son uniforme orange, il était beau comme un dieu. Il portait la tenue des prisonniers comme un costume Armani.

Visiblement à cran, il ne dit rien. La tension qu'il devait ressentir se lisait sur son visage, depuis ses lèvres pincées et sa mâchoire serrée jusqu'à son front plissé.

Je m'éclaircis doucement la voix.

— Tallon, je veux que tu saches que tu peux bénéficier de la présence d'un avocat pendant cet entretien.

— Tu veux dire que ce n'est pas toi, mon avocate ?

Je secouai la tête. Hélas non.

— Non, je suis le substitut du procureur. Larry Wade vient de m'engager et il m'a confié cette affaire.

Les yeux sombres, il me considéra avec colère.

— Oh, pour l'amour du ciel…

— Je sais exactement ce que tu penses. Mais tout ira bien. Je vais faire en sorte que tout ça finisse bien. La première chose à faire est de te trouver un avocat.

— Jade, tu dois me sortir de là. Je ne veux pas d'avocat.

— Si tu veux sortir d'ici, il t'en faut un. En ce moment même, Marj est en route pour le cabinet privé de Snow Creek.

— Ces guignols ? Hors de question que je paie un de ces clowns pour me représenter.

— Tallon…

— Je plaide coupable, nom de Dieu. Envoie-moi en prison.

J'eus l'impression que mon cerveau avait des ratés. L'avais-je bien entendu ?

— Tallon, on va faire comme si je n'avais rien entendu. Tu ne sais pas ce que tu dis.

— Tu es une représentante de la ville de Snow Creek et par

conséquent de l'État du Colorado. Je plaide coupable devant toi, un officier de justice. Enregistre ça, et mets-moi derrière les barreaux.

Qu'est-ce qui lui arrivait ? Trois minutes plus tôt, il voulait que je le sorte d'ici.

— Comme je l'ai dit, poursuivis-je en serrant les dents, je n'ai rien entendu. Cette conversation n'a pas eu lieu. Rien de ce que tu diras ici ne sera porté au procès-verbal. Je n'accepterai aucune déclaration de ta part, seulement de ton avocat.

Il se renfonça dans sa chaise et soupira.

— Comme tu voudras.

— Écoute, je peux t'aider. Colin est un homme raisonnable. Je suis sûr qu'il acceptera d'abandonner les poursuites contre un dédommagement.

— Pas question de donner un seul dollar à ce connard.

— Tallon, tu l'as passé à tabac. Il a sans doute eu des frais médicaux. Tu lui dois bien ça.

Les bras croisés, il ne répondit rien, se contentant de me regarder.

— Sois raisonnable.

— Raisonnable ? Tu veux que je sois raisonnable ? Un flic est venu me chercher chez moi ce matin, m'a embarqué menottes aux poings comme un vulgaire criminel. Ils m'ont enfermé, Jade. Ils m'ont enfermé dans une cellule. Tu n'as aucune idée…

— Je n'ai aucune idée de quoi ? À quoi tu t'attendais ? Quand on roue une personne de coups, cette personne est en droit de porter plainte. Tu *es* un criminel, Tallon. Mais ça peut s'arranger, si tu me laisses t'aider.

Il ferma les yeux. Des cernes sombres les creusaient, ses rides d'expression plus visibles que d'habitude. Il n'avait manifestement pas fermé l'œil de la nuit. Où était-il, d'ailleurs ? J'ouvris la bouche pour le lui demander, mais il me devança.

— Peut-être que je n'ai pas envie d'arranger les choses. Peut-être que je suis trop fatigué pour ça.

— Même si tu plaides coupable, tu n'iras probablement pas en prison pour une simple agression. Colin va bien. Il n'a pas d'incapacité. Tu peux écoper d'une amende ou être condamné à l'indemniser. Peut-être des travaux d'intérêt général et une mise à l'épreuve. Mais tu ne feras sans doute pas un seul jour de détention.

— Il se trouve qu'au Colorado, un délit de violences volontaires est passible de trois ans de prison.

Il haussa les sourcils à mon intention.

— Je vois que tu connais bien le Code pénal du Colorado.

— Je lis beaucoup. Je ne dors jamais, tu te rappelles ?

Je poussai un profond soupir. Qu'allais-je faire de lui ? Il semblait déterminé à s'autodétruire ! Eh bien, pas tant que je serais là.

On frappa à la porte, et je me retournai.

Un policier en uniforme fit entrer un homme.

— Monsieur Steel, votre avocat est arrivé, dit l'officier.

Je me levai et tendis la main au visiteur.

— Je suis Jade Roberts, du bureau du procureur.

L'homme me serra la main pour me saluer

— Peter O'Keefe. Vous permettez que je parle à mon client seul à seul ?

— Bien sûr.

Tallon lui aussi s'était levé.

— Je ne suis pas d'accord. Elle reste.

— Tallon, ce n'est pas une bonne idée. Maître O'Keefe est là pour t'aider.

Je me tournai vers ce dernier.

— Peut-être que vous parviendrez à lui faire entendre raison.

— Monsieur Steel, votre sœur m'a expliqué les circonstances du cas qui nous occupe, ainsi que l'implication de maître Roberts. Je vais tenter d'obtenir son dessaisissement pour cause de conflit d'intérêts.

— Pour votre information, je ne voulais pas prendre cette affaire, mais Larry Wade a insisté.

— Larry a tendance à plier la déontologie à ses besoins chaque fois qu'il le peut, fit remarquer O'Keefe.

Je n'en doutais pas une seconde.

— Vous pouvez me faire dessaisir si vous voulez, mais je suis prête à vous proposer un accord favorable.

Je posai la main sur la poignée de porte.

— Prévenez-moi quand vous serez prêts.

— Merde ! cria Tallon.

Me retournant, j'affrontai sa colère.

— N'ai-je pas été clair ? J'ai dit qu'elle restait.

O'Keefe poussa un grand soupir.

— Très bien. Mais si je vous dis de la boucler, vous avez intérêt à m'écouter. Peut-être qu'on peut régler ça aujourd'hui.

— C'est déjà réglé. Je plaide coupable. Je veux aller en prison.

Je secouai la tête.

— Tallon, s'il te plaît. Tu n'as aucune raison d'aller en prison. Je te l'ai déjà dit : Colin ne souffre d'aucune incapacité.

— J'ai peur de ne pas très bien comprendre, monsieur Steel, répliqua O'Keefe. Le procureur de la ville est clairement disposé à se montrer conciliant. Pourquoi vous y opposez-vous ?

— J'ai commis un crime. La place des criminels est en prison.

— Techniquement, c'est un délit, précisai-je.

— Maître Roberts a raison. Vous n'êtes pas accusé d'un crime. Aucune charge n'est même encore retenue contre vous. Vous avez seulement été arrêté. Votre sœur s'occupe de la caution. Dans quelques heures, vous serez sûrement sorti d'ici.

— Non, je crois que je vais rester.

Je levai les mains au ciel en signe d’agacement.

— Je vous laisse régler ça tous les deux.

Je me tournai ensuite vers O’Keefe.

— Désolée, je n’ai pas encore de carte de visite. C’est mon premier jour à ce poste.

Je griffonnai en hâte mon numéro de portable sur un Post-it.

— Vous pouvez me joindre à ce numéro.

— Je vous remercie. Je vous tiens au courant, répondit O’Keefe.

— J’ai dit : elle reste ! hurla Tallon.

Je quittai néanmoins la pièce.

Chapitre 22

TALLON

Peter O'Keefe était un crétin. Qu'est-ce qui avait pris à Marj de m'envoyer ce type ? Il était assis en face de moi et me postillonnait dessus chaque fois qu'il parlait. Il me posa un tas de questions sur cet abruti de Colin, auxquelles je répondis en toute honnêteté.

— Donc, je suis presque sûr qu'on peut plaider la mise en danger par imprudence, et réduire votre peine à des travaux d'intérêt général. Ça ne devrait pas être trop difficile.

— Jade a dit qu'elle pensait pouvoir le convaincre de retirer sa plainte.

— On ne peut pas tabler là-dessus. Mais ce serait l'idéal.

— Peu importe. Ça m'est égal de rester en prison.

Ce n'était qu'un foutu mensonge. Je ne supportais pas l'idée d'être enfermé. J'avais les nerfs en bouillie. Mais je m'en accommoderais du moment que personne d'autre ne souffrait à cause de moi. Ma place était là où je ne pouvais nuire à personne. Même si les murs se refermaient sur moi. Je pouvais encaisser. Je l'avais déjà fait.

— Monsieur Steel, vous tenez des propos qui n'ont aucun sens. Une fois que vous serez sorti d'ici, vous vous en rendrez compte.

Sortant une carte de visite de son portefeuille, O'Keefe me la glissa sur la table.

— Je vais faire abstraction de votre volonté de plaider coupable parce que vous n'êtes pas en position de prendre ce genre de décision pour le moment. Les poursuites ne sont même pas officiellement engagées.

— Je m'en fiche.

— Eh bien, commencez à vous en inquiéter. On reste en contact.

O'Keefe se leva. Il n'avait pas encore atteint la porte que celle-ci s'ouvrit. Un policier en uniforme entra.

— Steel, votre caution a été payée. Vous êtes libre.

Super. J'étais libre. Libre comme les oiseaux dans le ciel. Libre de profiter de la vie.

Putain, quelle connerie. Je ne serais jamais libre.

Je suivis l'officier jusqu'à un vestiaire, où il me tendit un sac en papier.

— Voici vos effets personnels. Allez-y, changez-vous. Je vous retrouve à l'accueil pour les formalités de sortie.

Je pris le sac sans dire un mot. Qu'y avait-il à dire ? Merci ? Cette fois, l'officier ne resta pas pour me regarder m'habiller. Je jetai le sac sur le banc et m'assis, les murs de béton blanc battant au rythme de mon cœur.

Les murs avançaient à nouveau…

Pas de ça. Je ne veux pas y penser.

Mais les murs monstrueux se rapprochaient. Le sol s'inclina, et je glissai du banc, la peau moite, le cœur battant à tout rompre. Je contemplai le plafond nu, les néons qui m'aveuglaient. Mon estomac se noua et un reflux de bile me monta à la gorge.

J'avais besoin de respirer. Je n'arrivais pas… à… respirer… putain…

Au secours ! Les mots refusaient de sortir. Je me hissai sur le banc, en lieu sûr. *Respire, Tallon. Respire. Si tu t'évanouis encore, ils ne te laisseront jamais tranquille.*

★ ★ ★

La voix du garçon était éraillée tant il avait crié. À force de griffer les murs de béton, il n'avait presque plus d'ongles et le bout de ses doigts était couvert de croûtes.

Après un certain temps, il cessa de crier, il retrouva sa voix et ses doigts cicatrisèrent. Il s'asseyait, les bras noués autour des jambes, le menton appuyé entre ses deux genoux.

Il s'était habitué à sa situation. Un seau était posé au fond de la pièce pour ses besoins. Ses ravisseurs ne le vidaient que lorsqu'ils venaient pour lui. Il perdit le compte des jours. Étaient-ils venus la veille ? Ou cela faisait-il plus longtemps ? Parfois, il avait droit à trois repas par jour. Et parfois à rien du tout. Son estomac avait depuis longtemps cessé de gargouiller. De temps en temps, ils lui apportaient à boire. Le plus souvent, ils le narguaient avec le verre d'eau glacée.

La nuit, c'était encore pire. Le sol en béton était souvent froid, même si c'était l'été. Était-ce encore l'été ? Les jours s'étaient enchaînés. Depuis combien de temps était-il ici ? Au début, il tenait le compte de chacune de leurs visites, puis il y avait renoncé. Il ne voulait pas y penser.

La porte de la petite pièce s'ouvrit, et l'un d'entre eux descendit l'escalier, le visage dissimulé derrière un masque, bien sûr. Ils portaient toujours des masques.

Il n'adressa pas la parole au garçon, se contentant de déposer un plateau de nourriture. Le garçon n'osa pas bouger jusqu'à ce que l'homme soit remonté et qu'il ait verrouillé la porte. Puis il se rua sur le plateau et avala chaque bouchée de cette nourriture insipide, sans en laisser une miette. Peut-être qu'elle était empoisonnée.

★ ★ ★

Je me levai brusquement quand l'officier entra. Les murs reprirent leur place normale.

— Prêt, monsieur Steel ?

Je hochai la tête. Tout allait bien. Je voulais rentrer chez moi. Je voulais voir Jade. Elle arrangerait tout.

Marjorie et Jade étaient assises dans la salle d'attente. Marj courut vers moi et se jeta dans mes bras.

— Tallon. J'étais si inquiète. Est-ce que ça va ?

Je ne pouvais pas lui avouer que je venais d'avoir une crise de panique.

— Je vais bien.

Jade se leva aussi sans un mot, ses yeux bleu-gris me transperçant comme deux lances.

— Rentrons à la maison, dit Marj.

La maison. Quelle maison, en fait ? Cela faisait vingt-cinq ans que je ne me sentais plus chez moi. Nous sortîmes tous les trois. La voiture de Marj était garée dans la rue. Jade n'avait toujours pas prononcé un mot.

— Tu as faim ? demanda Marj. On peut s'arrêter prendre quelque chose. Jade et moi, nous avons déjà dîné.

Je secouai la tête. Non, je n'avais pas faim. J'avais rarement faim. Je mangeais pour me nourrir. Merde. J'avais raté les aloyaux de Marj hier soir. Je devrais m'excuser. Bon Dieu… Je détestais blesser ma sœur. Je détestais blesser mes frères.

— Je suis tellement désolée pour tout, Tallon.

Les yeux de Marj s'embuèrent. Je supportais tout sauf ses larmes. Trop de larmes avaient été versées pour moi au cours de ma vie. J'en avais plus qu'assez.

Après ça, Marj ne dit plus rien, et nous restâmes tous silencieux pendant la demi-heure de trajet jusqu'au ranch. J'étais assis à l'avant à côté de Marj, et Jade sur la banquette arrière. Je ne pouvais pas la voir, mais sa présence m'entourait, m'enveloppait, m'imprégnait. Elle était en moi, et je me sentais tiraillé. Une partie de moi la désirait plus que tout, mais l'autre la repoussait. Je ne supportais pas l'idée de lui faire du mal, et si elle restait près de moi, elle en souffrirait. J'étais une épave, une épave que ni elle ni personne ne devrait avoir à gérer.

Une fois au ranch, Jade gagna sa chambre sans avoir ouvert la bouche. Je la regardai s'éloigner dans le couloir. Il n'y avait qu'elle pour rendre aussi sexy un strict tailleur bleu marine. Je ne pensais qu'à lui arracher son blazer et à la baiser sur-le-champ.

Mais ça devrait attendre. Marj était aux petits soins pour moi. La culpabilité m'envahit. J'avais manqué son dîner, mais elle n'y fit pas allusion. Elle me prépara même du thé et m'enjoignit d'aller me reposer dans ma chambre. Le repos était bien la dernière chose dont j'avais besoin. Oui, j'étais perpétuellement fatigué, mais en cet instant, mon corps était agité. Il me fallait bouger, me dépenser. Me défouler…

Et je savais exactement comment. Le problème était de me libérer de Marj.

Après avoir attendu un moment, je me faufilai hors de ma chambre et remontai le couloir vers celle de Jade. Je frappai doucement à sa porte.

— Entre.

Elle avait retiré son tailleur guindé. Vêtue d'un short en jean et d'un top rose vif, elle était assise sur son lit. Aussitôt, mon sexe durcit. Sur le lit s'étalaient une chemise en carton et plusieurs documents.

Elle leva les yeux vers moi.

— J'étais justement en train d'étudier ton dossier.

— Alors, tu vas vraiment engager des poursuites judiciaires contre moi ?

— Pas si je peux l'empêcher. Mais j'ai besoin que tu coopères.

— Tu penses pouvoir convaincre le bellâtre de retirer sa plainte ?

— Je vais essayer. Même s'il refuse, tu as de bonnes chances d'obtenir un accord satisfaisant. Mais honnêtement, nous mettons la charrue avant les bœufs. On ne connaît même pas encore les chefs d'accusation.

— Eh bien, tu représentes le ministère public. C'est toi qui rédiges l'acte d'accusation, non ?

Elle secoua la tête.

— J'ai bien peur que ce soit Larry. Mais je lui recommanderai l'indulgence dans tous les cas.

— Ne gaspille pas ta salive. Les bonnes gens de Snow Creek seront ravis de donner une leçon aux Steel.

Elle arqua les sourcils.

— Pourquoi dis-tu ça ?

À dire vrai, je ne savais pas exactement. À ma connaissance, personne n'avait rien contre nous, en ville.

— Je ne sais pas. Parce que nous sommes riches. Nous possédons la moitié de cette foutue ville.

— Je vois.

Elle demeura silencieuse un moment, puis demanda :

— Où étais-tu hier soir ? Marj s'est donné un mal de chien pour nous préparer un super dîner. Elle était très vexée que tu ne viennes pas.

Ma gorge se serra. Que pouvais-je dire ? Rien du tout, finalement, car Jade continua de parler.

— Et puis ce policier est venu te chercher, disant qu'il avait un mandat d'arrêt. As-tu la moindre idée de ce que tu nous as fait subir à tous ? J'étais morte d'inquiétude. Mais ne parlons pas de moi. Pense plutôt à Marj et à tes frères. Aucun de nous n'a pu fermer l'œil de la nuit.

— Bienvenue au club, m'esclaffai-je.

— Oh, non, ne retourne pas la situation ! Je sais que tu as des insomnies, et j'en suis désolée. Mais ça n'efface pas ton comportement d'hier soir. Et tu as des somnifères maintenant. Pourquoi tu ne les prends pas ?

Je ne savais pas quoi dire. Mais elle n'avait pas terminé.

— Tu dois des excuses à ta sœur. Et pour l'amour du ciel, où étais-tu hier soir ? Il y a des gens ici qui tiennent à toi, tu sais. Tu ne peux pas juste disparaître alors que ta sœur t'attend pour dîner, et puis faire débarquer un flic…

— Eh, je ne savais pas que Steve allait venir. Je n'y suis pour rien si ton abruti d'ex m'a fait arrêter.

— Tu n'y es pour rien ? Tu t'écoutes parler, Tallon ?

Elle secoua la tête.

Je baissai les yeux. Je ne savais pas pourquoi j'avais dit ça. Mais ce connard l'embrassait, la touchait…

— Je t'ai dit que je plaiderais coupable.

Elle soupira.

— Et voilà, c'est reparti ! Tu es vraiment décidé à foutre ta vie en l'air, n'est-ce pas ?

Ce n'était pas la peine. Ma vie était déjà foutue, bien au-delà de tout ce qu'on pouvait imaginer.

— Très bien. Que dois-je faire ? Va-t-il abandonner les poursuites ?

Elle jeta un coup d'œil aux documents éparpillés sur son lit et secoua de nouveau la tête.

— D'accord, on va parler de ton affaire, puisque chaque fois que nous abordons un sujet personnel, tu te refermes comme une huître.

Elle s'éclaircit la voix et poursuivit :

— Honnêtement, je ne pense pas que tu aies beaucoup de souci à te faire. J'ai essayé d'appeler Colin et je lui ai laissé un message. Quand il rappellera, je m'en occuperai. Après tout, il me doit bien ça.

— Pourquoi te devrait-il quelque chose ?

Cette seule idée me faisait frémir.

— Allô ? Tu as oublié ? Il m'a abandonnée au pied de l'autel et m'a totalement humiliée. En fait, il était venu pour s'excuser et tenter d'arranger les choses. Je n'aurai qu'à lui dire qu'il peut commencer par retirer sa plainte.

— Ne te donne pas cette peine pour moi.

Rassemblant les documents, elle les remit dans le dossier, qu'elle glissa ensuite dans un mince attaché-case, avant de le poser à côté de son lit. Puis elle leva vers moi ses yeux légèrement embués.

— Pourquoi refuses-tu mon aide ? Je ne demande que ça. Tu comptes pour moi.

Je frissonnai.

— Je ne veux pas compter pour toi.

Elle se leva, me faisant face.

— Je ne te comprends pas, Tallon. On a passé des moments incroyables ensemble, et ne viens pas me raconter que tu n'as pas senti que nous avions un lien particulier. Je sais que tu l'as éprouvé, toi aussi.

Je ne répondis rien. Je ne pouvais pas le nier. Je ressentais ce lien entre nous, et ça me faisait carrément flipper. Même si je le refusais de toutes mes forces, j'étais incapable de m'éloigner d'elle.

— Écoute, tu as été très clair dès le début. Tu ne seras jamais amoureux de moi. Très bien, je peux gérer ça. Mais pour l'amour du ciel, je suis en position de t'aider dans cette affaire. S'il te plaît, laisse-moi t'aider, implora-t-elle, ses lèvres rouges frémissant.

Toute pensée cohérente m'abandonna. Je la saisis, l'attirai vers moi et l'embrassai.

Comme d'habitude, elle répondit tout de suite à mon baiser, ses lèvres s'ouvrirent et elle glissa sa langue soyeuse contre la mienne. Elle avait le goût des fraises et de la douceur, et j'avais faim, faim de ce qu'elle était.

Nouant ses bras autour de mon cou, elle se plaqua contre moi, écrasant ses seins sur mon torse.

Quelques instants plus tard, je repris ma respiration, interrompant notre baiser.

— Bon Dieu, qu'est-ce que tu m'as fait ? murmurai-je dans son cou.

Elle ne répondit pas, se contentant de déposer de petits baisers dans l'échancrure de ma chemise. J'avais besoin de son contact. Quelque chose en elle… Sa présence…

Je me sentais presque entier.

Je l'écartai légèrement.

— Retire tes vêtements, lui ordonnai-je.

Je lui tournai le dos pour fermer la porte à clé. Quand je revins, Jade se tenait devant moi, entièrement nue, tellement appétissante. Elle était magnifique. D'un doigt, je lui effleurai la joue, descendis jusqu'à son menton, puis le long de son cou, sur le doux renflement de ses seins, et là, j'agaçai un téton. Elle tressaillit avec un gémissement.

— Maintenant, déshabille-moi.

Elle me fit reculer jusqu'au lit, sur lequel je m'assis, puis s'agenouilla devant moi pour me retirer mes bottes et mes chaussettes. Remontant le long de mes jambes, elle déboucla ma ceinture et ouvrit mon jean.

Mon sexe était dur et tendu. J'avais une folle envie d'elle. Envie de la sentir sous moi, soumise à mes désirs.

Elle se releva et, me prenant les mains, m'entraîna avec elle. Elle fit glisser mon jean et mon caleçon sur mes chevilles, et je m'en libérai. Elle s'attaqua ensuite à ma chemise, qu'elle déboutonna avant de la repousser sur mes épaules, et je me retrouvai aussi nu qu'elle.

— Allonge-toi sur le ventre.

Elle me fixa un instant de son regard métallique, puis obtempéra. Elle était à ma merci et je pouvais la prendre comme je voulais. Elle me laisserait faire. Elle m'avait donné ce pouvoir. Et sa confiance. Je n'en étais pas digne, mais elle avait confiance en moi.

Je ramassai mon jean sur le sol et sortis le bandana bleu que je gardais dans ma poche. Rapidement, je lui liai les mains dans le dos.

Elle se raidit, mais ne dit rien.

— Tu es d'accord ? demandai-je.

Elle remua la tête, mais je n'étais pas tout à fait sûr.

— Tu dois me répondre. Verbalement.

— D'accord, dit-elle.

Je fis courir mon doigt sur les globes de ses fesses magnifiques, puis le long de sa raie.

Elle frémit.

— Ferme les yeux.

Elle obéit.

— Je vais te faire tout ce que je veux, yeux d'azur. Si tu veux que j'arrête, il suffit que tu me le demandes. D'accord ?

À nouveau, elle tenta de répondre d'un signe de tête.

— Verbalement, répétai-je.

— D'accord, dit-elle, la voix légèrement tremblante.

Était-elle réellement prête pour ça ? Je l'ignorais, mais elle m'arrêterait si nécessaire.

Je commençai par ses orteils, remontai le long de ses jambes soyeuses jusqu'à son cul, puis lui caressai le dos et les épaules, prenant possession de chaque millimètre de sa peau. Quand ma main redescendit entre ses cuisses, elle était trempée. Bon Dieu. Aucune femme n'avait jamais été aussi sensible que Jade à mon contact.

— Tu mouilles, bébé. Tu mouilles pour moi.

Là encore, elle essaya de hocher la tête.

— Je vais m'introduire en toi, bébé. Garde les jambes serrées, et je vais me glisser dans ta petite chatte étroite. Ça va être bon !

Je lui donnai une petite tape sur les fesses. Elle tressaillit, mais resta muette. Elle ne me demanda pas d'arrêter, alors je continuai. Je la fessai à nouveau, un peu plus fort cette fois, et sa peau se teinta d'un rose sublime. Me penchant sur elle, je parsemai ses globes rougis de baisers pour calmer la douleur.

— Tu aimes ça, bébé ? Tu aimes les claques sur ton petit cul ?

— Oui… oui.

J'irais doucement cette fois. Même si j'avais envie de la fesser jusqu'au sang, je devais me retenir. Il faudrait qu'elle me connaisse mieux avant que nous en arrivions là. Et elle ne me connaîtrait jamais complètement. Je ne pouvais pas laisser une telle chose se produire.

Je la chevauchai et frottai ma queue entre ses globes. Puis je plongeai mon gland dans sa fente, avant de revenir entre ses fesses pour la lubrifier.

— Garde les jambes fermées, bébé, répétai-je. Je vais te prendre comme ça.

Je m'agenouillai, encadrant ses cuisses. Je positionnai ma queue à l'entrée de son sexe et, lentement, très lentement, je m'introduisis dans sa chaleur torride.

Elle poussa un long soupir d'aise tandis que je la pénétrais.

Ce son était plus doux à mes oreilles que la plus belle des musiques que j'avais jamais entendue, que le tambourinement de la pluie sur le toit, ou les risettes d'un bébé. Et avec ce soupir, quelque chose en moi se libéra. Une toute petite partie de mon cœur, aussi dur qu'une pierre depuis si longtemps, se fendit.

Une larme coula au coin de mon œil. Pour quelle raison ? Je l'ignorais. Je n'avais aucune idée d'où elle venait. Mais l'espace d'un instant, quelque chose en moi se brisa. Je me retirai lentement, avant de coulisser de nouveau en elle, tout doucement, laissant sa chaleur m'entourer, son sexe m'aspirer et m'apaiser.

Était-elle la femme que j'attendais ? Celle qui serait capable d'effacer tout le mal qu'on m'avait fait ? Une telle femme existait-elle ? Jade restait immobile, n'opposant aucune résistance, me laissant user d'elle comme j'en avais besoin.

Et même si elle ne savait rien de mon passé, des épreuves que j'avais traversées, quelque chose en moi, enfoui au plus profond de ma chair, savait qu'elle comprenait.

Je m'enfonçai de nouveau en elle, et laissai mon orgasme m'emporter. D'autres larmes roulèrent sur mes joues tandis que je m'abandonnais à ma jouissance dans un râle.

Je lui avais tout donné de moi. Allongée sous mon corps, elle gémissait, poussant ses fesses contre moi, les mains attachées dans le dos. Elle m'acceptait, me faisait confiance et me donnait tellement en retour.

Si seulement j'en étais digne.

Chapitre 23

JADE

Il se répandit en moi en longues giclées, et bien que je n'aie pas eu d'orgasme, l'union de nos corps dégageait davantage de sens et d'harmonie que les fois précédentes.

Lorsque son sexe cessa de palpiter, Tallon se retira. Il me libéra les mains, et je me retournai pour lui faire face. Ses yeux sombres étaient creusés et des traces humides marquaient son visage là où ses larmes avaient coulé.

Je lui caressai la joue, cueillant du pouce une larme qui s'y était accrochée. J'avais très envie de lui demander ce qui n'allait pas, pourquoi il pleurait, mais je savais qu'il ne répondrait pas. Alors je ne dis rien et gardai son visage entre mes mains encore quelques secondes avant de me lover entre ses bras.

Il s'agrippa à moi, et j'enfouis mon visage contre son torse. J'inhalai sa senteur masculine de cannelle légèrement salée. J'adorais son odeur… et la sentir sur moi pendant des heures après nos moments intimes. J'hésitais même parfois à me doucher pour la conserver sur moi plus longtemps.

Il ne prononça pas un mot, n'expliqua pas ses larmes. Je ne lui demandai rien, me contentant de le tenir dans mes bras et de me blottir dans les siens.

Ce soir-là, nous devînmes un peu plus proches.

★ ★ ★

— Si tu retires ta plainte, je peux obtenir qu'il te verse des indemnités. J'en suis quasi certaine.

— Pourquoi je ferais ça ? Cet abruti m'a passé à tabac. En tant que représentante du ministère public, n'es-tu pas censée être de mon côté ?

Mon portable à la main, je repoussai ma chaise en soupirant.

— Colin, je représente les intérêts de la municipalité. Porter cette affaire devant un tribunal reviendrait à gaspiller l'argent public. Tu m'as dit toi-même que tu allais bien. Qu'il n'y avait pas de dommages corporels.

— Il a failli me casser le nez.

— Mais il ne l'a pas fait.

J'en étais d'ailleurs surprise. Ce jour-là, le nez de Colin avait beaucoup saigné.

— Avec les coups de pied qu'il m'a assenés, il aurait pu me fracturer les côtes.

— Mais ça non plus, il ne l'a pas fait.

— Seulement parce que je sais me protéger et que j'ai adopté la bonne position.

Je poussai un autre soupir.

— Nous nous réjouissons tous que tu aies su te protéger. Tu ne dois pas rentrer à Denver ? Tu tiens vraiment à rester ici pour témoigner ?

— Je peux revenir d'un coup d'avion à tout moment. Vous avez déposé l'acte d'accusation ?

— Oui, mon patron l'a fait ce matin. Mais, Colin, il s'agit d'un simple délit de violences volontaires. Il n'a pas fait usage d'une arme, et cela n'a pas entraîné d'incapacité.

— Je ne retirerai pas ma plainte.

Sur ces mots, Colin raccrocha.

Et maintenant, quoi ? Je devais parler à l'avocat de Tallon et trouver un arrangement. Larry s'y opposerait-il ? J'esquissai un petit sourire. Il y avait peu de chances. Il m'avait confié cette affaire. S'il s'y opposait, je pourrais facilement aller voir le juge et lui dire que Larry m'avait assigné ce dossier en dépit de tous les conflits d'intérêts. C'était mon affaire. Je m'en occuperais comme je l'entendais.

Je lus avec attention les lois pénales du Colorado. La mise en danger d'autrui par imprudence était passible au maximum d'une peine de six mois d'emprisonnement et d'une amende de cinq cents dollars. Je pourrais certainement persuader Tallon de plaider l'irresponsabilité et lui obtenir une amende plutôt qu'une peine de prison. L'argent n'était pas un problème pour lui.

Je ris tout haut. J'étais du côté de l'accusation, pour l'amour du ciel. C'était à la défense de plaider la cause de l'accusé. Où était O'Keefe ? Il devait s'atteler à la tâche.

Je pris sa carte de visite dans mon attaché-case et composai son numéro sur mon portable.

— Peter O'Keefe s'il vous plaît.

— Puis-je savoir qui l'appelle ?

— Jade Roberts du bureau du procureur.

Quelques minutes plus tard :

— Peter O'Keefe à l'appareil.

— Maître O'Keefe, bonjour, Jade Roberts, du bureau du procureur. J'appelle à propos de Tallon Steel.

— Oui, en quoi puis-je vous aider ?

— J'ai examiné le dossier, et je ne pense pas qu'il y ait de raison d'aller au pénal. Nous sommes disposés à l'inculper pour mise en danger d'autrui par imprudence. Il encourrait alors une amende de cinq cents dollars assortie d'une obligation de réparation financière.

— C'est une offre généreuse, maître Roberts. Je pense que je peux la faire accepter à mon client.

— Parfait. Tenez-moi au courant.

Et s'il vous plaît, débrouillez-vous pour qu'il l'accepte, ajoutai-je en mon for intérieur.

Maintenant, il fallait convaincre Tallon. Je consultai ma montre. Il était presque 17 heures. Larry était parti une heure plus tôt pour emmener ses petits-enfants manger une glace. J'avais fait ma journée, alors je rassemblai mes affaires. Je saluai rapidement Michelle et quittai les locaux.

En sortant de l'immeuble, je tombai sur Tallon.

J'en eus le souffle coupé. Je ne me lasserais jamais de le regarder. Il portait un tee-shirt en coton noir, dont les manches courtes mettaient en valeur ses avant-bras musclés et bronzés. Son jean moulait ses hanches étroites et ses cuisses à la perfection. De son Stetson noir à ses bottes de cow-boy, tout en lui n'était que pure virilité et je crus que j'allais défaillir. Il avait tout d'un cow-boy moderne et je n'avais qu'une envie : me jeter dans ses bras et m'y blottir.

Reprenant mes esprits, je l'interrogeai :

— Qu'est-ce que tu fais ici ?

— Je suis venu plaider coupable.

Je soupirai.

— Nous en avons déjà discuté, non ?

— J'ai changé d'avis. Je veux plaider coupable, mais pour une infraction mineure. Je… ne veux pas aller en prison.

— Eh bien, tu as de la chance. Je viens de parler avec ton avocat au téléphone pour lui proposer un accord : plaider-coupable de mise en danger par imprudence et une amende de cinq cents dollars, plus l'indemnisation que Colin demandera.

— Ton patron sera d'accord ?

— Il n'a pas le choix. J'ai eu beau lui dire que je ne pouvais pas prendre cette affaire, il me l'a quand même assignée.

— Pourquoi ne pouvais-tu pas la prendre ?

— À cause d'un conflit d'intérêts majeur. La victime présumée est mon ex-fiancé, et l'accusé, c'est-à-dire toi… Eh bien, tu es le frère de ma meilleure amie, et nous sommes…

Ses lèvres tremblaient un peu. À peine, mais je le remarquai. Il baissa les yeux et marmonna quelque chose que je ne compris pas.

— Pardon ? Je n'ai pas entendu.

Il releva la tête, ses yeux noirs plongeant dans les miens.

— Merci, dit-il doucement.

Ces deux mots imprégnèrent mon âme, et mon cœur se dilata. D'instinct, je savais qu'il avait eu du mal à les prononcer.

— Tu n'as pas à me remercier, Tallon. Je fais mon travail.

— Yeux d'azur, ton travail, c'est d'engager les poursuites contre moi, pas de me tirer d'affaire.

— C'est là que tu te trompes. Ce n'est pas Colin mon client. C'est la ville. Mon travail consiste à représenter les intérêts de la ville de Snow Creek. En toute franchise, et je parle en tant que professionnelle, il est dans l'intérêt de la ville de ne pas dépenser l'argent des contribuables pour engager des poursuites judiciaires dans cette affaire.

— Et si tu avais tort ? S'il valait mieux que je sois poursuivi ? Je pourrais récidiver et passer quelqu'un d'autre à tabac.

— Tu ne le feras pas.

— Qu'est-ce que tu en sais ?

— Parce que, Tallon, je ne te laisserai pas faire.

À ma grande surprise, il acquiesça.

— Qu'est-ce que je dois faire, maintenant ?

— Ton avocat t'appellera pour te donner tous les détails. Il y aura bientôt une audience, et nous présenterons l'accord au juge.

Il enfonça ses mains dans ses poches et baissa la tête.

— Très bien. Pour ce que ça vaut, Jade, je suis… désolé.

Je souris. Des mots encore plus difficiles pour lui.

— Désolé de quoi ? D'avoir frappé Colin ?

Il laissa échapper un petit rire.

— Seulement d'y être allé trop fort. Ce crétin méritait une correction pour ce qu'il t'a fait.

— Je ne peux pas dire le contraire. Et Tallon, je suis désolée aussi. Désolée que Colin t'ait mis en position de faire ce que tu as fait. Il n'aurait jamais dû venir ici. Je ne voulais même pas le laisser entrer. C'est fini entre nous. J'espère que tu l'as bien compris.

Il ne répondit pas. Comme je m'y attendais.

— Bon, je crois que je vais rentrer au ranch, dis-je.

— Je pensais que peut-être…

— Quoi ?

— Ça te dirait d'aller dîner ou...

— Tu m'invites à sortir ?

— Eh bien… tu es là, moi aussi, et c'est presque l'heure de dîner…

Je ne pus m'empêcher de rire.

— Tallon, j'adorerais dîner avec toi. Où veux-tu aller ?

— Suis-moi.

Tout à coup, il sourit, et mon cœur faillit éclater. Il avait un si beau sourire. J'aurais aimé le voir plus souvent.

Nous longeâmes quelques rues jusqu'à la ceinture de verdure en périphérie de la ville. Un chemin pavé de briques nous mena à l'intérieur du parc jusqu'à une zone ombragée sous un grand chêne, où était disposée une nappe à carreaux rouge et blanc sur laquelle trônaient un panier de pique-nique et une bouteille de vin. Je retins mon souffle, me félicitant intérieurement d'avoir choisi un pantalon plutôt qu'une jupe pour aller travailler ce matin.

— C'est toi qui as préparé tout ça ?

— Non, pas tout à fait. Felicia s'est occupée du repas. Je me suis contenté de l'apporter ici et de l'installer, répondit-il, un peu gêné.

Les larmes me montèrent aux yeux. Tallon Steel était un homme aux multiples facettes, et je les aimais presque toutes.

Pour dissiper son embarras, je m'avançai résolument.

— Qu'est-ce qu'on mange ?

— De bons petits plats traditionnels. Le fameux poulet frit de Felicia, assorti de sa salade de pommes de terre et d'une salade de fruits frais.

— Pas de bœuf du domaine Steel ? plaisantai-je.

— Ce n'est pas vraiment pratique pour un pique-nique, sauf si on grille la viande sur place, ce qui est interdit dans le parc municipal.

Plongeant la main dans le panier, il s'empara d'un tire-bouchon. Il ouvrit habilement la bouteille de vin rouge, versa deux verres et m'en tendit un. Il me considéra un instant, et je crus presque qu'il allait porter un toast, mais il n'en fit rien. Il se contenta de boire une gorgée, alors je suivis son exemple.

Puis il sortit des assiettes du panier.

— Laisse-moi t'aider, proposai-je.

J'attrapai la boîte de poulet frit et l'ouvris.

— Miam, je préfère les cuisses. Et toi ?

— Les cuisses ? Vraiment ? Tu veux dire que tu n'es pas ce genre de fille à manger le blanc du poulet ? Le morceau le plus maigre ?

— Est-ce que j'ai l'air de vouloir être aussi mince qu'un top model ? Je suis peut-être la fille de Brooke Bailey, mais je tiens ma silhouette du côté de mon père. De plus, une fois frit, que le morceau soit maigre ou pas, il n'y a plus beaucoup de différence.

Il rit. Un rire heureux et spontané.

— Moi, je préfère justement le blanc, mais pas parce que je m'inquiète pour mon poids, lâcha-t-il.

Je détaillai du regard son corps magnifiquement sculpté. Non, il n'avait vraiment pas besoin de s'inquiéter pour ça. Je déposai un morceau de blanc de poulet dans son assiette et une cuisse sur la mienne. Il nous servit une copieuse portion de pommes de terre ainsi que de la salade de fruits. Je le remerciai d'un sourire et nous commençâmes à manger. Nous ne parlions guère, mais bizarrement, le silence entre nous n'était pas gênant. Quand il fit tomber un morceau de pomme de terre sur son tee-shirt, je lâchai un éclat de rire et me penchai vers lui pour l'essuyer avec ma serviette. Pendant quelques moments fugaces, nous étions presque comme un couple, et j'avais envie d'en profiter. De les apprécier autant que possible.

Mes sentiments pour Tallon avaient évolué. Je n'étais pas prête à dire que je l'aimais, et je savais qu'il n'était pas amoureux de moi, mais ce que je ressentais dépassait tout ce que j'avais pu éprouver pour Colin, dont j'étais censée avoir été amoureuse. Quelque chose minait Tallon et j'aurais tant voulu l'aider. Mais c'était impossible et je voulais juste profiter de ce repas tout simple avec lui. Peut-être appréciait-il lui aussi ce moment, et que nous en partagerions d'autres…

— Tu veux un autre morceau de poulet ? lui proposai-je en remarquant que son assiette était vide.

— Oui, je vais prendre l'autre cuisse, sauf si tu la veux.

— Non, je t'en prie, elle est à toi. Si j'ai encore faim, je mangerai un pilon. Je suis assez facile à satisfaire.

À l'instant où ces mots quittèrent mes lèvres, je me maudis. Je ne voulais pas qu'il le prenne mal.

Mais il continua à manger, à siroter son vin, piquant une fraise ou un morceau d'ananas du bout de sa fourchette. Il semblait… détendu, et je ne l'avais jamais vu ainsi.

Après ma cuisse de poulet, je me sentais rassasiée et ne me resservis pas.

— Felicia est une très bonne cuisinière. Je me régale depuis que je suis ici.

— C'est la meilleure.

— Tu sais que Marj aimerait s'inscrire à l'école de cuisine ?

Il secoua la tête.

— Vraiment ? Elle est douée pour ça, c'est sûr.

— Je suis surprise qu'elle ne cuisine pas plus souvent.

— Elle n'a pas l'habitude de se fatiguer. Elle est tellement plus jeune que nous tous. C'était le bébé de la famille, et elle a toujours été très gâtée. Alors elle laisse Felicia s'occuper des repas.

Je hochai la tête. J'adorais Marjorie, mais il fallait bien reconnaître qu'elle avait été trop gâtée. Je m'en étais aperçu durant nos quatre ans de colocation à l'université

— Je pourrais peut-être l'inciter à cuisiner plus souvent. Je lui dirai combien j'aime ses plats. En fait, vous devriez la complimenter aussi, Jonah, Ryan et toi. Venant de ses frères, ça aurait plus de valeur.

— Jade…

Je relevai la tête. Ses yeux s'étaient assombris. Oh, oh ! J'avais le sentiment que la cuisine de Marj n'était plus d'actualité.

— Oui ?

— Je ne veux pas…

— Quoi ?

— Je ne veux pas te faire souffrir.

Je posai une main sur sa joue.

— Ai-je l'air blessée ?

— Ça, c'est un truc que tu sais faire, pas vrai ?

— Qu'est-ce que je sais faire ?

Il laissa échapper un petit rire.

— Répondre à une question par une autre. Tu feras une bonne avocate.

— Je l'espère bien. Et Tallon, tu ne m'as pas blessée.

— Je ne comprends pas ce que tu me fais. Rien que d'être assis à côté de toi, je bande comme un fou. Il y a un truc en toi auquel je ne peux pas résister.

En cette belle soirée d'été, le feu me monta aux joues. Moi aussi je mouillais pour lui.

— Au cas où tu ne l'aurais pas remarqué, je ne te résiste pas beaucoup non plus.

— C'est un peu ce que je veux dire. Peut-être que tu devrais.

— Pourquoi ? Si ça nous plaît à tous les deux, pourquoi nous en priver ?

— Parce que, comme je te l'ai dit, je ne veux pas te faire souffrir.

— Ai-je l'air de souffrir ?

Il poussa un lourd soupir.

— Tu veux bien arrêter ça, s'il te plaît ?

— Tallon, tu ne me feras pas souffrir. Je ne te laisserai pas faire. Si j'ai l'impression que tu me fais du mal, je mettrai fin à cette…

À cette… quoi ? J'ignorais comment terminer ma phrase.

— À… tout ça, dis-je. De toute façon, c'est quoi, ce truc entre nous ?

Chapitre 24

TALLON

L'inextinguible attraction qu'elle exerçait sur moi.

Ce truc entre nous, c'était ça. Comment lui dire qu'elle m'était devenue aussi nécessaire que la nourriture et l'eau ? Que je ne pouvais pas vivre sans elle ? Que je ramperais avec joie dans les profondeurs de l'enfer rien que pour être avec elle quelques secondes chaque jour ? Que sans elle je me sentais incomplet ? Un frisson me parcourut. Cela dépassait la simple attraction. Elle devenait mon obsession.

Je ne comprenais pas moi-même. Alors, comment le lui expliquer ?

Je choisis donc la solution de facilité.

— Je ne sais pas, répondis-je.

— Je ne sais pas non plus.

Dans un soupir, elle poursuivit :

— Tu as dit que tu ne voulais pas d'une relation et que tu ne pourrais jamais m'aimer. Je ne te demande rien de tout ça, Tallon. Je sors d'une relation de sept ans, et tu comptes trop pour moi pour que je me serve de toi comme d'un lot de consolation. Pourquoi ne pas laisser faire les choses ? Profiter l'un de l'autre tant que ça dure ?

Je hochai la tête. Ce qu'elle disait avait beaucoup de sens. Mais si ça ne durait pas ? Si elle s'en allait un jour ? Elle avait déjà failli partir. Ne plus voir son sourire, son regard bleu acier, ne plus entendre sa douce voix… Je fermai les yeux. Je ne pourrais pas le supporter.

Je lui avais dit que j'étais incapable de l'aimer. Je n'avais jamais aimé une femme, autre que Marj, depuis que j'avais dix ans. J'aimais mes frères et j'avais aimé ma mère et mon père. Je les aimais assez pour refuser de les torturer, c'est pourquoi j'avais dit à Jonah et à Ryan que je partirais.

Si Jade restait, je serais seulement capable de la faire souffrir, comme je faisais souffrir mes frères et ma sœur. Un couteau invisible me vrilla le ventre. Jade était un ange, elle méritait le bonheur et non une existence torturée à cause de moi.

Je devrais la quitter un jour ou l'autre. Au fond de mon cœur, je le savais. Mais pour l'instant, pourquoi ne pas me rallier à sa suggestion ? En profiter tant que cela durait. Je bus une gorgée de mon vin, laissant sa douce acidité glisser dans ma gorge et me réchauffer. L'assemblage de côtes-du-rhône de Ryan était divin, mais ma boisson de prédilection restait un bon vieux whisky sec.

Malgré ses cheveux noués en chignon sur le haut de son crâne, Jade était délicieusement sexy. Elle mordillait sa lèvre inférieure, pleine et sensuelle. Elle portait un pantalon stretch noir et un tee-shirt blanc en V qui mettait son décolleté en valeur.

Et si j'étais *à jamais* incapable de l'aimer ? Un autre homme le ferait, et elle me quitterait.

Un nouveau frisson me parcourut et ma respiration s'accéléra. Non. Elle ne pouvait pas me quitter. Avalant le reste de mon vin, je la saisis par le bras.

— Qu'est-ce qu'il y a ? demanda-t-elle, haussant les sourcils.

— J'ai envie de toi. Tout de suite.

— Nous sommes dans un lieu public.

— Je m'en fiche.

C'était la vérité. J'étais prêt à arracher nos vêtements et à la prendre sauvagement contre le chêne, pour la marquer et la faire mienne, uniquement mienne.

Je la débarrassai de son assiette et me levai, l'entraînant avec moi. Plaquant mes lèvres sur les siennes, je l'embrassai violemment. Le sexe tendu sous mon jean, je me frottai contre elle.

Elle détourna la tête.

— Tallon, arrête !

Mais je ne pouvais pas m'arrêter. J'avais besoin d'elle, ici et maintenant.

Je lui empoignai un sein, et, trouvant son mamelon à travers le fin tissu de son soutien-gorge, je le pinçai.

Elle sursauta.

— Tallon, s'il te plaît !

Peu m'importait qu'on puisse nous voir. Je me fichais de savoir qui était témoin de mes élans. J'allais la prendre. Mon corps entier brûlait de désir pour le sien.

— Reprends-toi ! insista-t-elle.

Je lui pinçai encore le mamelon, et à nouveau elle poussa un petit cri.

Puis elle s'éloigna de moi.

— Qu'est-ce qui te prend ? dit-elle en serrant les dents. Arrête ça ! Tout de suite ! Ce que nous faisons au lit dans l'intimité est une chose, mais tu ne peux pas me faire ça en public, en plein jour. Je me fiche de ce qui s'est passé entre nous. Je ne le tolérerai pas !

Elle était rouge de colère, les narines frémissantes, ses yeux d'acier vrillés aux miens, ses lèvres écarlates gonflées de mes baisers enragés. Je ne la désirais que davantage.

Je la ramenai vers moi et pris possession de ses lèvres, insinuant ma langue dans sa bouche.

Cette fois, au lieu de pincer son mamelon, je glissai ma main entre ses cuisses et lui caressai le pubis à travers le tissu de son pantalon.

Elle me repoussa.

— Merde. Tu ne m'as pas entendue ?

Levant la main, elle me gifla.

Je ne sentis même pas la douleur. Ses mains couraient sur son tee-shirt et sur son pantalon. Je tendis la main vers elle, mais elle recula, manquant presque tomber.

— Je rentre ! Ne t'avise pas de t'approcher de moi ce soir !

Elle ramassa son attaché-case et s'éloigna à grandes enjambées.

Tout mon corps était en feu. Je voyais ses fesses onduler au rythme de ses pas. Je crevais d'envie de lui courir après, mais… merde ! J'avais une érection phénoménale. J'aurais à peine pu marcher, encore moins courir. Je pouvais aller à Grand Junction, où une douzaine de femmes seraient ravies que je vienne réchauffer leur lit. Je n'avais qu'à passer un coup de fil. Mais ça ne marcherait pas. J'avais déjà essayé. Mon corps réclamait Jade, et seulement elle.

J'avais besoin de boire un verre.

Une fois mon érection calmée, je quittai les lieux, abandonnant le panier de pique-nique et la nappe sur la pelouse. Je longeai quelques rues, jusqu'au bar Chez Murphy.

— Eh, Steel ! me salua Sean Murphy, le propriétaire. Ça fait un bail qu'on ne t'avait pas vu. Qu'est-ce que je te sers ?

Je pris place au comptoir.

— Un Peach Street, sec.

— Vous aimez les bonnes choses, dans la famille.

Il me servit et posa mon verre devant moi, puis retourna vaquer à ses occupations.

J'aimais bien Sean. Ce n'était pas le genre de barman qui essayait de vous faire la conversation. Il vous versait à boire et vous fichait la paix.

Je voulais être seul. Je bus une gorgée de l'onctueux breuvage, le gardant quelques instants sur ma langue avant de l'avaler et de laisser sa chaleur épicée tapisser ma gorge. Et puis merde ! Vidant mon verre d'une traite, je le reposai sur le comptoir.

— Un autre, Sean.

— C'est comme si c'était fait.

Il prit mon verre et me resservit.

— Comment ça va, au ranch ?

— Bah, toujours pareil.

— Jonah était ici l'autre soir. On a bavardé un peu.

Je hochai la tête. Sean posa mon verre sur le comptoir avec un sourire, puis se tourna vers un autre client.

Je descendis le second verre et en commandai un troisième. Heureusement, je n'avais pas bu beaucoup de vin au dîner. Mon esprit s'emballait. Qu'est-ce que j'allais faire avec Jade ? Ce désir insatiable que j'éprouvais pour elle me dévorait vivant, me détruisait, me consumait. Elle était comme une drogue dont je ne pouvais pas me passer. Était-ce le moment de tout arrêter ? Si elle était vraiment comme une drogue, souffrirais-je des symptômes du manque ?

Je laissai échapper un petit rire. Bien sûr que oui ! Je les ressentais chaque fois que j'étais loin d'elle. Je coucherais avec elle, et dans les secondes qui suivraient, j'aurais à nouveau envie d'elle. Que devais-je faire ? Partir ? Oui, sûrement. Je n'aurais pas dû laisser mes frères me convaincre de rester.

Je ne pouvais pas faire ma vie avec Jade. Ce n'était même pas ce que je voulais. À moins que… ? Ce désir, cette passion dévorante… Était-ce le signe d'autre chose ? Est-ce que je voulais davantage que du sexe ? Éprouvais-je quelque chose que je n'avais jamais ressenti auparavant ?

Je terminai mon troisième verre et le reposai bruyamment sur le comptoir. Non. Je n'éprouvais rien de la sorte. Je ne pouvais pas me le permettre. Cela ne lui apporterait que du malheur. Jade méritait mieux que de se retrouver avec mon passé sur les bras.

Elle méritait le meilleur.

Je me levai, un peu sonné, mais je n'étais pas soûl. Ce qui était une bonne chose, parce que je devais conduire. J'allais rentrer au ranch, j'irais voir Jade et je m'excuserais.

Et puis je lui dirais que ce truc entre nous, quoi que ce soit, c'était fini.

Pourvu que le sevrage ne soit pas trop douloureux.

Chapitre 25

Jade

J'étais sous la douche quand il surgit sans même frapper. Surprise, je sursautai en poussant un cri et me retins à la porte de la cabine pour ne pas tomber. Malgré l'odeur d'alcool émanant de son haleine, Tallon me rattrapa d'une main sûre, puis me tendit une serviette.

— Sèche-toi. Il faut qu'on parle.

Il quitta la salle de bains, refermant la porte derrière lui.

Bien sûr que nous devions parler. Il me devait des excuses. Et s'il pensait que j'allais lui tomber dans les bras…

Merde. Qui essayais-je de tromper ? Évidemment que je lui tomberais dans les bras. J'avais envie de lui depuis que nous avions entamé notre pique-nique. Je me séchai rapidement, essorai mes cheveux, enfilai un court peignoir en satin, et sortis de la salle de bains.

Il était assis sur mon lit, sexy en diable. Ses cheveux étaient en bataille comme toujours. Il me fixait d'un regard brûlant qui aurait pu mettre le feu à mon peignoir.

— Qu'est-ce que tu veux, Tallon ?

Il se leva, ses yeux noirs emplis de passion.

— Nous… devons tout arrêter.

Je haussai les sourcils. Ce n'était pas exactement ce à quoi je m'étais attendue, et la tristesse m'envahit soudain. Même si une partie de moi – une grande partie de moi – était d'accord avec lui, je ne voulais pas tout arrêter.

— Ah bon ? Pourquoi ?

— Ça n'a pas vraiment d'importance. Fais-moi confiance. Il faut qu'on arrête.

— Je veux savoir pourquoi, Tallon.

Je m'avançai vers lui, ne m'arrêtant que lorsque nos corps ne furent plus qu'à cinq centimètres l'un de l'autre. L'air était chargé de désir, tourbillonnant autour de nous comme s'il était palpable. Mon cœur battait vite, et ma peau fourmillait.

— Si tu voulais vraiment tout arrêter, tu ne serais pas venu me chercher sous la douche. Tu aurais attendu que je sois complètement vêtue.

Il s'éloigna de moi à reculons jusqu'à heurter le lit, où il s'assit.

— Tu peux me croire. Il faut que ça s'arrête.

— Pas question.

Avec lenteur, je dénouai mon peignoir, le fis glisser sur mes épaules et le laissai tomber à mes pieds. Nue devant lui, j'étais totalement offerte. Je me passai la langue sur les lèvres et pris mes seins en coupe, tendus vers lui. Je me pinçai un téton, puis l'autre. Une vague de désir descendit droit jusqu'à mon sexe.

— Toi, es-tu prêt à accepter que ça s'arrête ?

Il m'attira sur ses genoux.

— S'il te plaît. Ne rends pas les choses plus difficiles.

Enroulant mes bras autour de son cou, je présentai un sein devant ses lèvres.

— Embrasse-le, Tallon.

Il ferma les yeux mais ne détourna pas la tête.

Je commençai à onduler, me frottant sur son érection à travers le tissu de son jean.

— Je mouille pour toi, Tallon. Je suis dans cet état depuis que tu es venu me chercher au bureau. Je t'ai repoussé parce que nous étions dans un lieu public. Je devais garder la tête froide. Mais j'avais envie de toi. J'avais envie de toi tout à l'heure, et j'ai toujours envie de toi maintenant.

Il ouvrit les yeux.

— Ça n'a rien à voir avec ça.

— Alors, dis-moi de quoi il s'agit.

Il referma les yeux et je me soulevai légèrement, taquinant ses lèvres de mon sein.

— Jade…

— Ne me résiste pas, Tallon. Je sais que tu veux ça autant que moi.

Refermant les lèvres sur mon mamelon, il se mit à le sucer. Douce capitulation.

Alors, je compris. C'était comme si je l'avais su depuis notre première rencontre. Je ne pourrais jamais résister à cet homme. Nous n'avions peut-être pas d'avenir ensemble, mais tant que nous serions l'un près de l'autre, je m'abandonnerais à lui, quoi qu'il arrive. Sans que je sache comment ou pourquoi, il me faisait cet effet-là. Peut-être que je ne comprendrais jamais. Crever d'envie : c'était l'expression qu'il avait utilisée. Ce n'était peut-être que cela – un désir insatiable qui ne pourrait jamais être satisfait.

Il suça mon téton un peu plus fort, déclenchant en moi de petits frissons. Je brûlais de sentir sa queue au fond de moi.

— C'est si bon, Tallon. Personne ne m'a jamais sucé les seins comme toi !

Il me mordit et je laissai échapper un cri. Je faillis jouir sur-le-champ. Je sentis mon sexe pulser contre la toile de son jean.

J'allais l'amener là où je le voulais.

— Fais comme si on était encore dans le parc, Tallon. Imagine que des gens nous regardent, et prends-moi. Prends-moi maintenant.

Avec un grognement, il se leva et m'allongea sur le lit. Puis il se déshabilla à toute vitesse et m'attira vers lui. Il me souleva, toujours debout, et m'empala sur sa queue.

Un soupir m'échappa tandis qu'il me pénétrait. C'était parfait. Chaque fois était meilleure que la précédente. Chaque fois, j'étais sûre qu'il ne pouvait pas m'emplir davantage, et chaque fois il allait plus loin.

Il avait les yeux clos. Je nouai mes bras autour de son cou.

— Ouvre les yeux. Regarde-moi. Regarde-moi.

Il obéit et son regard de braise plongea dans le mien. Il m'empoigna les fesses pour me soulever, et me fit coulisser sur son sexe, chaque fois plus profond. Nos regards étaient rivés l'un à l'autre, et j'aurais pu jurer que ses yeux pénétraient mon âme. Je maintins le contact visuel, et quand les signes annonciateurs de l'orgasme frémirent au plus profond de moi, je caressai sa joue.

— Je vais jouir, Tallon. Jouis avec moi, bébé. Je veux qu'on jouisse ensemble.

Il gémit et me fit aller et venir de plus en plus vite, de plus en plus fort, et juste au moment où le plaisir explosait en moi, il m'empala si profondément sur sa queue que j'eus l'impression qu'il touchait mon cœur. Pure béatitude.

Mon intimité se contracta, pulsa et palpita encore, et ma jouissance se répandit dans chaque cellule de ma peau. Quand l'orgasme commença à refluer, je plongeai mes doigts dans ses cheveux épais et posai mes lèvres sur les siennes.

Avec douceur, il m'allongea sur le lit, puis se coucha à côté de moi. Il m'embrassa à nouveau – un baiser tendre. Un baiser joyeux, satisfait, nos lèvres se caressant et nos langues mêlées l'une à l'autre.

Allongés nus sur mon lit, nous nous embrassâmes durant un temps infini.

* * *

Je ne me souvenais pas avoir cessé de l'embrasser, mais nous avions dû nous endormir. Quand, au matin, l'alarme de mon portable sonna, Tallon était parti. J'étais toujours nue sur les draps. Je souris, laissant les souvenirs de notre nuit de passion m'envahir. Même si nos ébats avaient été géniaux, j'avais surtout aimé les baisers que nous avions échangés après. Nous nous étions embrassés si longtemps. Il s'était montré si tendre, si doux, si… différent du Tallon que je connaissais. Ses baisers mêlaient le goût épicé de son whisky et sa propre saveur musquée. Poussant un soupir de contentement, j'étirai les bras au-dessus de ma tête.

Mais assez de rêveries. Je devais aller travailler.

* * *

Quand je rentrai du bureau, Tallon était introuvable, mais Marj s'affairait dans la cuisine.

— Salut ! Je prépare des cannelloni.

— Vraiment ? Où est Felicia ?

— Je lui ai donné son après-midi. J'avais envie de cuisiner, ce soir.

Je humais les effluves appétissants.

— Ça sent délicieusement bon. Je peux t'aider ?

— Bien sûr. Pourquoi ne pas préparer une salade ?

Je me dirigeai vers le réfrigérateur, d'où je sortis une romaine, une tomate, quelques radis et de jeunes pousses d'épinard.

— Où est Tallon ?

— Je n'en ai aucune idée. Je ne l'ai pas vu depuis ce matin.

C'était toujours mieux que moi. Je ne l'avais pas vu du tout ce matin. Il avait quitté mon lit pendant la nuit.

— Au fait, Ryan et Joe viennent dîner.

Bien. Peut-être que Marj et moi pourrions leur parler de Tallon.

— D'accord. À quelle heure ?

— Ils devraient arriver d'une minute à l'autre.

— Mais Tallon ne vient pas ?

Marj haussa les épaules.

— Comme je te l'ai dit, j'ignore complètement où il est. Sa voiture n'est plus là, et je ne sais pas du tout où il est allé. Je ne compte pas sur lui. Après tout, il nous a posé un lapin la dernière fois, tu te rappelles ? Je pense qu'il est parti pour la journée et la soirée. Il fait ça, parfois : il va à Grand Junction pour affaires et dîne là-bas.

— Est-ce qu'il s'est excusé pour l'autre soir ?

Il ne m'avait pas dit où il était allé, mais peut-être qu'il en avait fait part à Marj.

— Oui. En quelque sorte. Tallon a toujours du mal à s'excuser. Mais j'ai bien vu qu'il était mal à l'aise.

— Où était-il allé ?

— Pareil. À Grand Junction. Il n'a pas dit pourquoi.

Je laissai tomber. Les garçons arrivèrent peu après, et Marj nous servit un verre de l'assemblage italien de Ryan. Nous nous installâmes à la table de la cuisine pour déguster notre vin et grignoter des brochettes de melon et de jambon cru arrosées d'huile d'olive, tandis que les puissants arômes de la sauce tomate des cannelloni s'échappaient du four. Nous bavardâmes de tout et de rien, jusqu'à ce qu'arrive l'ouverture idéale pour que je puisse enfin évoquer Tallon.

— Je n'ai pas eu l'occasion de te remercier, Jade, dit Jonah, pour l'arrangement que tu as obtenu pour Tallon.

— Tu n'as pas besoin de me remercier. J'étais contente de pouvoir l'aider. Vous avez tant fait pour moi, vous m'avez accueillie au ranch, et toi Ryan, tu m'as même offert un travail !

— D'ailleurs, tu nous manques au vignoble ! Tu reviens quand tu veux !

— Elle est maintenant habilitée à exercer comme avocate, frangin, fit valoir Jonah. Je doute qu'elle veuille devenir viticultrice.

— En fait, je vais peut-être garder cette proposition en tête. Honnêtement, je ne suis pas sûre que le droit ait jamais été ma vraie vocation. Ce que je voulais, c'était une profession qui m'assurerait un bon salaire. Mon père et moi, on a toujours été un peu à court d'argent, et je ne voulais pas vivre de cette façon pour le restant de mes jours. De plus, je ne suis pas vraiment ravie de la collaboration avec mon patron. C'était totalement contraire à la déontologie de me faire travailler sur le dossier de Tallon, mais je suis contente d'avoir pu l'aider. Je ne sais pas ce que Larry aurait fait.

— Larry Wade est un crétin, ricana Jonah. Les questions de déontologie ne lui effleurent même pas l'esprit. Il ne connaît rien au sujet ! Honnêtement, éthique ou pas, je suis content que ce soit toi qui t'en sois chargée. Je n'ai aucune confiance en Larry !

Je hochai la tête. Je ne connaissais Larry que depuis quelques jours, mais je ne lui faisais pas vraiment confiance non plus.

— À l'origine, Tallon voulait plaider coupable et aller en prison. Vous le saviez ?

Jonah haussa les sourcils.

— Ça ne lui ressemble pas.

Ryan secoua la tête.

— Non, pas du tout ! Tallon déteste être enfermé.

— Je suis sûre que personne n'aime être enfermé, dis-je. Il est claustrophobe ou quoi ?

— Eh bien, pas exactement…

Jonah baissa les yeux vers son verre de vin.

— Alors, qu'est-ce que tu veux dire *exactement ?* demanda Marj.

— Rien, lâcha Ryan. Il ne veut rien dire du tout. Mais comme Jade l'a fait remarquer, personne n'aime être enfermé.

— Je ne te crois pas, rétorqua Marj.

Moi non plus, mais en tant qu'invitée, je ne pouvais guère insister. Néanmoins, j'étais contente que Marj le fasse.

— Qu'est-ce que tu ne crois pas, Marjorie ? s'enquit Jonah.

Marj lâcha un petit rire.

— Ouah ! Tu utilises mon prénom complet ? J'ai touché un point sensible, là, on dirait !

Elle se tourna vers moi.

— Pourquoi ne pas nous dire exactement ce qui se passe ici ? Jade me demande depuis des semaines quelle est l'histoire de Tallon, et je lui ai répondu de la même manière que vous l'avez toujours fait pour moi. Que c'était sa façon de faire. Qu'il avait toujours été comme ça. Et puis, j'ai pensé à un truc : vous le connaissez depuis bien plus longtemps que moi. C'est mon frère, et je l'aime autant que je vous aime tous les deux. Alors je veux savoir ce qu'il a.

Ryan et Jonah échangèrent un regard fugace. Très fugace, mais je le remarquai quand même. Dès qu'il s'agissait de Tallon, tous mes sens étaient en alerte. J'aurais repéré n'importe quoi.

— Laisse tomber, Marj, dit Jonah avec douceur.

— J'en ai assez de *laisser tomber*. C'est aussi mon frère, bon sang ! Qu'est-ce que vous me cachez ?

— Nous ne te cachons rien du tout, affirma Ryan. Tallon souffre sans doute d'un syndrome de stress post-traumatique depuis qu'il a quitté l'armée. Nous lui avons proposé de se faire suivre par un psy, mais il n'est pas ouvert à cette idée. On ne peut rien faire de plus.

— Mais il est allé voir un médecin, le docteur Carmichael, celle qui était aux urgences. Alors, peut-être qu'il a changé d'avis.

— Et tu as vu comment ça s'est passé, fit remarquer Jonah.

Marj ne répondit rien. Des tas d'autres questions me venaient à l'esprit, mais je les écartai. Marj pouvait exiger des réponses, mais ce n'était pas mon cas. Quand la minuterie du four sonna, Marj se leva et sortit le plat de cannelloni. Elle le posa sur la table, puis apporta la salade que j'avais concoctée. Elle fit circuler le plat et chacun se servit.

— La sauce est délicieuse, Marj. C'est une nouvelle recette ? demanda Ryan.

Marj secoua la tête.

— C'est Jade qui a préparé la salade.

— C'est une simple vinaigrette française, dis-je, en prenant une bouchée.

Durant la suite du dîner, nous continuâmes à discuter de tout et de rien.

Et toutes mes questions sur Tallon demeurèrent sans réponse.

★ ★ ★

J'étais allongée sur mon lit en train de lire quand on toqua à ma porte. Je sursautai. Tallon était-il revenu ?

— Entre !

Marj pénétra dans ma chambre. Bien qu'un peu déçue que ce ne soit pas Tallon, j'étais contente de la voir. Jonah et Ryan s'étaient portés volontaires pour ranger la cuisine après le dîner, alors Marj et moi étions parties chacune de notre côté, mais le lien que nous avions noué pendant nos années de colocation nous unissait toujours. Nous savions l'une et l'autre que nous avions des choses à nous dire, mais nous ne pouvions pas le faire en présence de ses frères.

— Ils sont partis ? demandai-je.

— Oui. Et j'ai reçu un texto de Tallon. Il reste en ville ce soir.

Mon cœur battit un peu plus fort. Pourquoi restait-il en ville ? Pourquoi y était-il resté l'autre soir ? Avait-il une maîtresse là-bas ? Probablement plusieurs. L'idée me vrilla le cœur.

D'un autre côté, si Jonah et Ryan étaient partis et que Tallon était absent pour la nuit, nous pouvions parler librement, Marj et moi.

— Alors, qu'en penses-tu ?

— Ils mentent, lâcha Marj. Je me pose des questions sur Tallon depuis longtemps. Il pourrait très bien souffrir d'un syndrome de stress post-traumatique. J'étais adolescente quand il est parti en Irak, mais je me souviens quand même qu'il avait déjà ce comportement avant son départ. Donc je ne pense pas qu'on puisse tout mettre sur le compte de son passage dans l'armée.

— Je suppose qu'il n'y a pas grand-chose qu'on puisse faire.

Elle eut un petit sourire sournois.

— Tu veux parier ? Je crois qu'on devrait mener une enquête. On peut commencer par les vieux dossiers de mon père. J'ai toujours eu envie de me plonger dedans, mais je pensais aussi que ce n'était pas mes affaires. Mais tu sais quoi ? Je possède un quart de ce ranch. Et Tallon est mon frère. Je l'aime. Alors, si, bien sûr que ça me concerne !

Elle m'attrapa par le bras pour me tirer du lit.

— Allez, viens !

À ma grande surprise, Marj ne me conduisit pas au bureau mais dans l'escalier menant au sous-sol. Cette partie de la maison avait été aménagée en une magnifique salle de jeux et trois chambres supplémentaires. Mais Marj ne se dirigea vers aucune de ces pièces. À l'arrière, il y avait un vide sanitaire. Elle fit coulisser la porte et se faufila à l'intérieur, me faisant signe de la suivre. J'obtempérai, m'écorchant les genoux dans la terre graveleuse. L'endroit sentait le renfermé et la moisissure.

— Marj, j'ai vraiment besoin d'être ici ? Tu ne peux pas juste prendre ce qu'il nous faut et l'emporter ?

— Eh bien, je ne sais pas exactement ce qu'il nous faut. Il y a un tas de cartons marqués « privé ». Tous bien fermés avec du ruban adhésif.

— Qu'est-ce que c'est ?

— Des vieux trucs de mon père. On m'a toujours dit que c'était du bazar bon à jeter, mais je n'en suis plus aussi certaine.

Peu à peu, mes yeux s'adaptèrent à l'obscurité. Il y avait une bonne vingtaine de cartons soigneusement fermés, comme Marj venait de le dire.

— Mettons-les tous ici près de la porte, suggéra-t-elle. Ensuite, nous les sortirons un par un pour les examiner.

Je hochai la tête.

— D'accord.

À nous deux, nous rapprochâmes tous les cartons de l'entrée. Quand nous eûmes terminé, mes genoux étaient couverts de terre et me faisaient un mal de chien. Je rampai hors du vide sanitaire et Marj me suivit, tirant la première boîte. Elle referma la porte et traîna le carton dans une des chambres.

— Nous allons avoir besoin de quelque chose pour ouvrir tout ça.

Marj sourit.

— Pas de problème !

Elle sortit un couteau pliant de sa poche.

— J'ai ce qu'il faut !

Bien vite, elle entailla la bande d'adhésif et ouvrit le premier carton.

— Exactement ce que je pensais. Des tas de vieux dossiers et de documents.

Elle soupira.

— Bon, nous n’avons plus qu’à les passer en revue, dit-elle en m’en tendant une pile.

J’ouvris le premier dossier.

— Ça ressemble à de vieux actes de transfert de propriété. Ils remontent carrément à plus d’un siècle !

Je feuilletai les fragiles documents.

— Il y a même de vieilles hypothèques mobilières. On n’en voit plus, de nos jours.

— Qu’est-ce qu’une hypothèque mobilière ?

— Une hypothèque sur un bien meuble, plutôt que sur un bien immobilier, accordée entre les parties pour garantir le paiement d’une dette. Celles-ci sont anciennes et viennent d’Angleterre.

— Les Steel sont originaires d’Angleterre.

— Ça n’existe pas aux États-Unis, précisai-je. Ici, ça passe par un établissement financier.

— Tu veux dire pour garantir que le paiement sera assuré ?

J’acquiesçai.

— Ça revient fondamentalement au même avec une hypothèque mobilière. Par exemple, on dirait que celle-ci est garantie sur une moissonneuse-batteuse.

Je lui tendis le document. Elle secoua la tête et me fit signe de le remettre en place.

— Pas la peine que je regarde ça. Je n’y comprendrais rien de toute façon.

— Qu’est-ce qu’on cherche exactement ?

— Pour être honnête, je n’en ai aucune idée. Mais je parie qu’on le saura quand on l’aura trouvé.

Je gloussai. C’était amusant, comme un jeu de piste. Je terminai de parcourir ma pile de documents et j’en saisis une autre.

— Qu'est-ce que tu as dans les tiens ? demandai-je.

— De vieux documents de recensement, semble-t-il, datant de l'époque où les Steel sont arrivés d'Angleterre il y a plusieurs générations. Deux actes de naissance d'aïeux dont je n'ai jamais entendu parler.

Elle continua de fouiller et me tendit quelques papiers.

— Et ça, ce sont aussi des hypothèques sur valeurs mobilières comme celles dont tu parlais tout à l'heure ?

— Oui, répondis-je après y avoir jeté un coup d'œil. Nous allons bientôt arriver au fond de ce carton.

Elle soupira.

— Est-ce que ça vaut le coup de fouiller dans tous les autres ? En fait, tout ça, c'est de l'histoire ancienne.

— Oui, tu as sûrement raison.

Mais quelque chose en moi désirait continuer.

— Et si nous regardions quand même dans un autre carton ?

— D'accord.

Marj remit le couvercle sur celui que nous venions d'explorer.

— Je le refermerai plus tard.

Elle ouvrit la porte du vide sanitaire, en sortit la deuxième boîte d'archives et trancha le ruban adhésif.

Elle me donna une pile de dossiers et en prit une pour elle.

J'ouvris mon premier dossier, et… je sentis qu'on approchait.

— Je crois que c'est l'acte de naissance de ton père, dis-je en lui remettant le document.

— C'est bien ça. Bradford Raymond Steel. Je me demande pourquoi son acte de naissance a été rangé avec tous ces vieux trucs.

— À mon avis, tout ça, c'est l'histoire de ta famille. Il va peut-être bien falloir qu'on examine toutes ces boîtes, après tout.

— Tu as sûrement raison.

Je continuai à fouiller dans le dossier.

— J'ai le certificat de mariage de tes parents. Bradford Raymond Steel, époux de Daphne Kay Wade.

— Wade ?

Marj leva vers moi un regard dubitatif.

— Tu es sûre ?

Je le lui donnai.

— Regarde.

Elle lut le document.

— Je ne sais pas ce que ça signifie, mais on m'a toujours dit que le nom de jeune fille de ma mère était Warren. En fait, le deuxième prénom de Ryan est Warren, d'après le nom de jeune fille de ma mère.

Je ne voyais pas en quoi ça pouvait avoir un lien avec Tallon, mais c'était effectivement bizarre.

— On devrait en parler à Jonah, suggérai-je.

— Absolument. S'ils m'ont menti à ce sujet, ils pourraient facilement me tromper sur d'autres choses.

— Eh, regarde ! m'exclamai-je, en feuilletant le reste des documents. Voici l'acte de naissance de Jonah. Oh, il y a aussi ceux de Tallon et de Ryan. Et voilà le tien.

Je parcourus l'acte.

— Pourquoi tu ne m'as jamais dit que ton premier prénom était Angela ?

— Quoi ?

Elle m'arracha littéralement le document des mains.

— Fais attention ! Ce sont de vieux papiers, ils sont fragiles.

Je consultai les autres. Jonah Bradford Steel. Ryan Warren Steel. Tallon John Steel, enfants de Bradford Raymond Steel et de Daphne Kay Steel, née Wade.

Tallon John. Un nom fort pour un homme fort.

— C'est carrément bizarre, Jade. Je ne m'appelle pas Angela. On m'a toujours dit que je m'appelais Marjorie Steel, sans deuxième prénom.

— Qui t'a toujours dit ça ?

— Mon père, quand il était vivant. Et je n'ai jamais demandé à mes frères, mais je suppose qu'ils me diraient la même chose.

C'était étrange.

— Ils ont peut-être décidé de t'appeler Marjorie.

— Bien sûr, ça, je pourrais le comprendre, mais pourquoi me cacher que c'était mon deuxième prénom ? Ma signature devrait être A. Marjorie Steel. Pas seulement Marjorie Steel. Et maintenant que j'y pense, mes trois frères ont tous un deuxième prénom. Pourquoi mes parents auraient-ils décidé de ne pas m'en donner un ? Ça n'a pas de sens.

Elle se leva.

— Viens.

— Quoi ?

L'acte de naissance de Tallon me fascinait, je ne me lassais pas de le regarder.

— On va voir Joe, déclara Marj. Je veux des réponses. Et je les veux maintenant.

Je jetai un coup d'œil à ma montre.

— Il est plus de 21 heures.

— Je m'en fiche. Je viens d'apprendre que je m'appelle Angela. Ça n'a peut-être pas beaucoup d'importance, mais pourquoi personne ne me l'a jamais dit ?

— D'accord. Vas-y, moi, je vais continuer à examiner ces documents.

— Non, je veux que tu viennes avec moi. S'il te plaît ! Il jouera moins au grand frère si tu es là.

Je laissai échapper un rire.

— D'accord, tu marques un point.

Je refermai mon dossier, le remis dans la boîte et me levai en m'époussetant à nouveau les genoux.

— C'est toi qui conduis.

Chapitre 26

Tallon

Le garçon ne portait pas de pantalon. Ils le lui avaient enlevé le premier jour. Il n'avait que son tee-shirt. Même si c'était l'été, il avait froid la plupart du temps dans le sous-sol de béton humide. Il passait le plus clair de ses jours et de ses nuits enveloppé dans la couverture crasseuse qu'on lui avait donnée.

Une haleine chaude sur sa nuque – c'était ce que le garçon détestait le plus. L'odeur nauséabonde du tabac froid et de l'alcool. Ils avaient toujours bu quand ils venaient. Parfois, ils buvaient même pendant.

La douleur, l'humiliation – même s'il les haïssait, il avait appris à s'en détacher. Un jour, il serait tellement épuisé qu'il mourrait à même le sol. Personne ne s'en apercevrait ou ne s'en soucierait.

Mais le souffle brûlant… la puanteur démoniaque… ce vent de l'enfer qui soufflait sur lui.

Jamais il ne s'en était libéré.

★ ★ ★

Haleine brûlante… puanteur de l'alcool, odeur de tabac froid…

Un objet contondant me frappa dans le dos.

— Ton portefeuille, connard, dit une voix.

Je répliquai d'un coup de coude dans les côtes de l'assaillant que je mis à terre. Je repoussai son arme dans l'allée et lui assenai plusieurs coups de botte dans les flancs.

— Pour qui tu te prends, ducon ? Tu crois que tu peux prendre ce que tu veux ? La vie ne marche pas comme ça, espèce d'abruti.

Je donnai un ultime coup de pied dans la gueule de ce minable et m'éloignai.

Ce n'était pas la première fois que je me faisais agresser. La nuit, je me promenais souvent dans ce quartier mal famé en périphérie de la ville, attendant qu'un crétin vienne m'attaquer. Par deux fois déjà, on m'avait sauté dessus, et les deux fois, j'avais désarmé mon agresseur et l'avais tabassé. Personne n'avait jamais appelé les flics. Je m'en fichais pas mal de toute façon. Je veillais à ne jamais causer de dommages durables. En outre, je pouvais toujours plaider la légitime défense.

Mais ce soir, j'avais envie de revenir sur mes pas. Je fis appel à toute ma volonté pour ne pas retourner le frapper à mort.

La chaleur fétide de son haleine dans ma nuque. La puanteur âcre.

Je voulais le voir mort.

Mais je n'étais pas fou. Je savais que c'était mal de tuer, malgré mon passage dans les Marines et tout ce que j'avais enduré. J'avais toujours des principes moraux, et je savais vivre en société. Je savais distinguer le bien du mal. Je n'étais pas un sociopathe. Oui, je savais tout cela. J'avais fait ma part de recherches.

Je ne frappais pas les gens sans discernement. Mais ceux qui essayaient de m'agresser, de prendre ce qui m'appartenait, je les faisais payer. Personne ne pouvait me le reprocher.

Le visage de l'ex-fiancé de Jade surgit à mon esprit. Il était l'exception. Il n'avait pas tenté de me voler quoi que ce soit.

À moins que… ?

Quand j'avais vu ce crétin l'embrasser, une rage animale s'était emparée de moi. Toute pensée rationnelle s'était enfuie et j'avais bondi pour protéger… ce qui m'appartenait.

Je n'avais pas le droit de penser que Jade m'appartenait. Je n'avais rien à lui offrir.

Elle était la seule chose que j'aie jamais vraiment désirée.

Et je n'avais aucun droit sur elle.

Je pénétrai dans un petit bouge miteux qui servait du whisky bon marché et proposait des prostituées à deux balles. Je n'en étais pas fier, mais j'avais passé pas mal de temps ici dans les alcôves – beaucoup trop. Il fut un temps, après ma majorité, où cet endroit était ma deuxième maison. J'y avais bu et baisé jusqu'à l'oubli, essayant, sans y parvenir, de soulager la douleur qui me consumait. Je n'étais pas venu ici depuis des années, mais il était toujours là, ce refuge pour les mélancoliques, les parias – les gens comme moi.

Je m'assis au bar à côté d'un vieux schnock qui portait une chemise en flanelle à carreaux bleus et jaunes et une casquette de chasseur.

Un barman qui avait l'air d'avoir cent ans s'approcha.

— Qu'est-ce que ce sera ?

Je me raclai la gorge.

— Whisky, sec.

Il me servit un verre d'une bouteille dont je ne reconnus pas l'étiquette. Jamais vu ni entendu parler.

Je le descendis d'une traite, la gorge en feu. Du tord-boyaux, pour sûr. Mais j'étais d'humeur massacrante. Je poussai mon verre au bord du bar et fis signe au barman de remettre ça.

Le vieux assis sur le tabouret voisin du mien se tourna vers moi.

— Des ennuis, fiston ?

Secouant la tête, je lâchai un petit rire.

— Pire que ce que tu imagines !

— Tu as besoin d'une oreille ? Je n'ai rien de mieux à faire.

Il me tendit la main.

— Je m'appelle Mike.

Je serrai la main qu'il me présentait.

— Tallon.

— Plutôt inhabituel comme prénom.

Ce n'était pas la première fois qu'on me faisait la remarque.

— Ça plaisait à ma mère. Mon père voulait m'appeler John. C'est mon second prénom.

Je bus une gorgée de mon verre. Celui-là, j'allais l'avaler plus lentement.

— C'est de la vraie merde que tu bois, fit remarquer Mike.

— Et alors ?

— Alors, tu m'as plutôt l'air d'être le genre de gars qui peut se payer de bonnes bouteilles.

— Pourquoi tu dis ça ?

Mike baissa les yeux.

— Ces bottes de cow-boy en autruche, par exemple.

Je soupirai.

— Peut-être que j'aime la merde.

— Si tu le dis. Moi, j'adore goûter aux bonnes choses de temps en temps.

Je bus une autre gorgée. Mike avait l'air fatigué. Vieux et fatigué.

— Qu'est-ce que tu fais comme boulot, Mike ?

— J'ai travaillé dans le bâtiment toute ma vie. Je suis à la retraite maintenant. Ma femme est décédée il y a un an, alors il n'y a plus que moi et mon chien. Et toi ?

— Je suis propriétaire d'un ranch.

— C'est pas toujours facile.

Je ris. Oui, pour la plupart des gens, le travail dans un ranch était pénible. Pour les Steel ? Pas tant que ça. Nous avions eu de la chance. L'arrière-grand-père Steel était parti de rien, et entre lui et notre grand-père, ils avaient bâti un empire, ajoutant les pêches et les pommes à l'élevage de bovins déjà prospère. Papa avait planté les vignes, et lui et Ryan avaient fondé un autre empire.

Mais on ne se tournait pas les pouces pour autant. Jonah et Ryan, en particulier, travaillaient dur. Ils avaient la réputation d'être au boulot douze heures par jour. Mais l'argent n'avait jamais été un souci pour nous.

Non, le ranch n'était pas la source de mes problèmes.

— On s'en sort bien, dis-je.

— Alors, qu'est-ce qui te ronge, petit ?

Je le fixai d'un regard aussi acéré que la lame d'un poignard.

— Ne m'appelle pas *petit*.

— Désolé. Je ne voulais pas te manquer de respect. Mais je vois bien que quelque chose te tracasse.

Je poussai un nouveau soupir.

— Je viens de me faire agresser.

— Ah ! Ça ne me surprend pas si tu te balades dans le quartier habillé comme ça !

— Aux dernières nouvelles, nous vivions dans un pays libre, Mike. Je devrais avoir le droit de me balader où je veux sans que quelqu'un essaie de me voler ce qui m'appartient.

— Je ne te dirai pas le contraire, fiston. Mais il faut te servir de ton cerveau. Tu n'as pas l'air stupide. Si tu traînes dans le coin sapé comme ça, tu dois bien t'attendre à te faire agresser.

— Je m'en suis occupé.

— Tu n'as pas l'air trop amoché par ta rencontre.

— Moi non, mais cet abruti, si.

Mike haussa les sourcils et but une longue gorgée de sa bière. Puis il éclata de rire.

— Donc, tu ne t'es pas laissé faire, je suppose ?

— Bon Dieu, non.

— Et tu lui as donné une leçon ?

— Je crois qu'il s'en souviendra.

Je pris une autre gorgée du tord-boyaux.

Mike gloussa et termina sa bière.

— Ça, au moins, il ne l'aura pas volé, fit-il remarquer. Alors, dis-moi, qu'est-ce qui te tracasse ? Et ne me dis pas que tu es contrarié par cette agression. Si tu ne voulais pas te faire attaquer, tu ne serais pas venu dans le coin.

— Tu ne sais pas de quoi tu parles.

Mike eut un autre rire.

— Je crois au contraire que j'ai mis dans le mille, fiston.

— Alors t'es psy, maintenant ?

— Ça, sûrement pas, mais j'ai des heures de vol au compteur. Et il paraît que je suis doué pour lire entre les lignes. Et je crois que je t'ai percé à jour bien plus que tu ne l'aurais voulu.

— Tu ne sais rien de moi.

— Ce n'est pas vrai. Je sais que tu possèdes un ranch. Tu l'as dit toi-même. Je sais que tu te baladais dehors dans l'obscurité avec tes bottes de luxe, ce qui faisait de toi une cible de choix pour les voyous. Je sais aussi que tu étais très conscient du risque de te faire agresser, et c'est ce qui est arrivé. Ton agresseur ne t'a rien volé et tu en es ressorti indemne.

Je vidai mon verre et j'en commandai un autre.

— Tu sais que dalle, vieil homme.

Mike fit signe au barman de lui servir une nouvelle bière.

— Quand on a mon âge, on sait beaucoup de choses. Et ce que je sais, c'est que tu caches quelque chose. Je ne sais pas quoi, mais tu vas devoir y faire face tôt ou tard si tu veux vivre heureux.

— Je suis parfaitement heureux.

Quelle connerie.

— Fiston, les gens parfaitement heureux ne cherchent pas à se faire agresser.

Je descendis mon troisième tord-boyaux et jetai quelques billets sur le comptoir.

— Je m'en vais.

Je me levai et lui tournai le dos, prêt à partir.

— Fuir n'est jamais la solution, fiston.

J'ignore pourquoi, mais je me retournai. J'avais déjà entendu ces paroles auparavant, de la part de mes frères et d'une myriade d'autres personnes. Mais quelque chose dans la voix de Mike m'interpella.

Je me rassis et plongeai mes yeux dans son regard couleur d'océan. C'étaient des yeux qui avaient déjà vécu une vie entière, des yeux qui semblaient contenir… quelque chose. Était-ce de l'empathie ?

— Tu crois vraiment me connaître, vieil homme ?

Mike toussa et sourit.

— Je ne sais pas de quelle couleur sont les chaussettes que j'ai enfilées ce matin, mais je sais que tu dois affronter ta vie. Comme chacun dans ce monde.

Je secouai la tête.

— Tout le monde n'a pas ma vie.

— Peut-être que non. Mais les autres ont aussi leur croix à porter. N'en doute jamais.

Je n'en doutais pas, pas vraiment. Ou si ? Peut-être que ce vieil homme avait quelque chose à m'apprendre, après tout.

— D'accord. J'ai du temps devant moi. Enseigne-moi ta sagesse, Mike.

— Je ne suis pas un sage. Et même si je sais que tu caches quelque chose, je ne prétends pas savoir ce que c'est. Mais tu dois lâcher prise. Il n'y a pas de grand secret dans la vie. C'est assez simple. Tu as lu Thoreau, n'est-ce pas ?

J'acquiesçai. J'avais lu Thoreau, mais j'étais assez surpris que Mike l'ait lu aussi.

— C'est comme il dit. Sucer la moelle de la vie.

— Thoreau vivait dans les bois. Refusait de faire son devoir. De payer ses impôts. C'était un gosse gâté, si tu veux mon avis.

Mike s'esclaffa.

— Je suis plutôt d'accord avec toi. Mais ce type avait beaucoup de choses intéressantes à dire. Tu dois te concentrer sur les bonnes choses, aussi petites soient-elles. Trouver le bon en tout, et c'est ça qu'il faut prendre.

Il n'était pas très éloquent. Mais les paroles de Mike résonnaient en moi. Serais-je capable d'appliquer ce qu'il me suggérait ?

— Dis-moi quelque chose de bien sur ta vie, demanda-t-il.

Je demeurai silencieux.

— Ne me dis pas que tu es dans ce pétrin depuis si longtemps que tu n'es pas fichu de voir ce qu'il y a de bon dans ta vie. Tu n'as pas de soucis financiers, à en juger par tes bottes. C'est déjà une bonne chose.

Je bus une gorgée de whisky et acquiesçai.

— Oui, c'est une bonne chose.

— Pour l'amour du ciel, fiston, ne sois pas si blasé. J'ai manqué d'argent toute ma vie, et maintenant je survis avec ma petite retraite. Les soucis financiers occupent une grande place dans la vie de la plupart des gens. Tu devrais être reconnaissant de ne pas en avoir.

Je passai les doigts dans mes cheveux. Soudain, je me sentais tout petit.

— Tu as raison.

— Maintenant, quoi d'autre ?

— J'ai deux frères et une sœur. Ils sont tous vraiment géniaux.

— Bien, bien, bien. La famille, c'est important. Quoi encore ?

Jade. En fait, quand Mike m'avait demandé ce qu'il y avait de bon dans ma vie, c'était à elle que j'avais pensé en premier. Pour une raison qui m'échappait, j'étais incapable de prononcer son nom. J'étais en proie à mes contradictions. La voulais-je dans ma vie ou pas ? Je ne souhaitais pas la mêler à mon existence torturée. Je ne voulais pas la détruire. Elle méritait tellement mieux que ça.

— Tu as une petite amie ?

Je détournai le regard.

— Ou un mec ? Je ne juge pas.

J'avais les nerfs à cran.

— Il y a une fille. Mais ce n'est pas ma petite amie.

— Elle ne ressent pas les mêmes sentiments pour toi ?

Je l'ignorais. En tout cas, elle ne me repoussait pas.

— Je crois que je lui plais.

— Alors, qu'est-ce que tu attends ? Dis-lui ce que tu ressens.

— Je ne sais pas vraiment ce que je ressens.

C'était la vérité, pure et simple.

— Je n'y crois pas.

— Je ne suis pas quelqu'un de bien pour elle. Elle mérite mieux.

— Si tu veux être heureux dans la vie, fiston, tu dois cesser de te dénigrer.

Heureux ? Cela faisait déjà vingt-cinq ans que j'avais abandonné toute idée de bonheur.

— Je ne me dénigre pas. Ce n'est qu'un fait. Elle mérite mieux.

Putain, oui, elle méritait ce qu'il y avait de meilleur. Malheureusement, ce n'était pas moi.

— Quoi de mieux pour une femme qu'un homme qui l'aime ? Parce que tu l'aimes, n'est-ce pas ?

Est-ce que je l'aimais ? Je ne connaissais pas ce genre d'amour. Je n'avais aucune référence. J'avais l'habitude de prendre ce que les femmes m'offraient. Je ne leur avais jamais rien donné en retour.

Et soudain, l'évidence me frappa comme un mur qui se serait écroulé sur ma tête. C'était ça, le problème avec Jade. Avec elle, je ne voulais pas juste *prendre*. Je voulais aussi donner en retour, et je ne pensais pas en être capable. J'avais besoin de me nourrir d'elle, je me languissais d'elle. Est-ce que c'était ça, l'amour ?

— Je ne sais pas, répondis-je en toute honnêteté.

— Tu ne crois pas que tu te dois à toi-même de comprendre ce que tu éprouves pour cette femme ?

Je restai silencieux.

— Tu ne penses pas du tout à elle ?

Je m'enfermai dans mon mutisme.

— Regarde, fiston, regarde ta vie. Peut-être qu'elle n'a pas été heureuse, et j'en suis désolé. Mais au milieu de tout ça, il doit bien y avoir eu des moments de contentement. Passe toute la merde au crible. Cherche ces moments. Quand as-tu ressenti de la satisfaction ?

Je souris. Je souriais pour de bon à ce vieil homme qui était la personne la plus sage que j'avais rencontrée depuis longtemps.

— Mes moments les plus heureux sont ceux que j'ai partagés avec elle.

Je me levai.

— Où tu vas, maintenant ?

— Je rentre chez moi. Mais avant que je parte, donne-moi ton adresse, Mike.

— Pour quoi faire ?

— Tu m'as beaucoup aidé. J'aimerais t'envoyer quelque chose pour te remercier.

Il gribouilla ses coordonnées sur une serviette en papier avec un rire.

— Eh bien. Je ne cracherai pas dessus ! C'était sympa de te parler, Tallon. Je te souhaite sincèrement d'être heureux pour le reste de ta vie.

La route serait rude et glacée, mais je parviendrais peut-être à trouver le bonheur.

J'étais au moins sûr d'une chose : d'ici demain soir, Mike trouverait une caisse de bon whisky devant sa porte.

Chapitre 27

Jade

— Où diable avez-vous trouvé ça ?

Jonah tenait l'acte de naissance de sa sœur et nous fixait d'un regard étincelant.

— Jade et moi avons fait quelques recherches, expliqua Marj.

— C'est quoi, ce bordel ?

J'étais mal à l'aise. Il s'agissait d'un moment familial. Je ne me sentais pas à ma place. J'aurais été ravie qu'un gouffre s'ouvre sous mes pieds pour m'engloutir.

— Oui, justement, c'est quoi ce bordel ?

— Merde, Marj, ce n'est pas drôle. Dis-moi où tu as trouvé ça.

— Dans le vide sanitaire du sous-sol. Dans ces vieux cartons de papa dont tu m'as toujours dit qu'ils n'avaient aucune importance.

— C'est le cas !

— Apparemment, c'est tout le contraire. Je ne sais même pas quel est mon nom légal.

Il lui rendit l'acte de naissance.

— Je ne sais rien de tout ça.

Les mots de Jonah flottèrent un instant dans l'air.

Marj se carra face à lui, poings sur les hanches.

— Je ne te crois pas, Joe ! Tu es forcément au courant de quelque chose. Visiblement, mon véritable nom est Angela Marjorie Steel. Je veux savoir pourquoi personne ne me l'a jamais dit.

— Je ne sais pas. Peut-être que maman et papa ont changé ton nom.

— Pourquoi auraient-ils fait ça ?

Jonah haussa les épaules.

— Je n'en ai aucune idée.

— Tu mens ! s'écria Marj, les yeux assombris de colère. Pourquoi papa ne m'a jamais dit comment je m'appelais vraiment ? Pourquoi *toi*, tu ne me l'as pas dit ?

— Ça ne sert à rien de parler de ça, Marjorie. Laisse tomber.

— C'est quoi le problème, exactement ? Il s'agit de mon nom ! Pas d'un acte criminel ou d'un autre truc horrible ! Je veux juste savoir pourquoi personne ne m'a jamais dit comment je m'appelais. C'est si compliqué ?

— Marj…

— Et pendant que tu y es, tu peux aussi m'expliquer pourquoi vous m'avez toujours dit que le nom de jeune fille de maman était Warren, alors que sur le certificat de mariage de nos parents, c'est *Wade* qui est inscrit.

Jonah écarquilla les yeux. Très légèrement, mais je le remarquai quand même. Marj s'en était-elle rendu compte, elle aussi ?

— Laisse tomber tout ça, répéta Jonah gravement. Et ne fouine plus là-dedans.

— Je fouinerai autant que je veux. Un quart de ce ranch est à moi, au cas où tu l'aurais oublié.

— Personne ne l'a oublié. Mais je te préviens. Cesse de fouiner. Ce ne sont pas tes affaires de toute façon, et tu risques de ne pas aimer ce que tu trouveras.

★ ★ ★

J'étais allongée sur mon lit, incapable de dormir. Les heures défilaient. Minuit. Une heure du matin. Une heure et demie. J'aurais pu aller me préparer une tasse de thé dans la cuisine, mais Tallon n'était pas là. Il ne serait pas assis à table devant son verre d'eau.

Finalement, alors que j'étais en train de m'assoupir, ma porte s'ouvrit dans un grincement. Je me redressai aussitôt dans mon lit.

— N'aie pas peur. C'est juste moi, yeux d'azur.

Mes yeux s'ajustèrent à l'obscurité. Tallon se tenait à moins d'un mètre de mon lit, les cheveux en bataille et l'air fatigué.

— Où étais-tu passé ?

— J'étais à Grand Junction.

— Pourquoi es-tu revenu ? Marjorie dit que d'habitude, tu passes la nuit sur place quand tu vas en ville.

— Je voulais te voir.

Je sentis les battements de mon cœur s'accélérer.

— On est au milieu de la nuit, Tallon.

Il passa les doigts dans sa magnifique chevelure.

— Je sais, je sais. Je ne pouvais pas attendre.

— Je travaille demain matin.

— Je sais. Je voulais juste…

Il avait l'air si triste et désespéré que je me sentis flancher. D'une main, je tapotai mon lit.

— D'accord. Viens t'asseoir.

Il s'assit et me prit la main. C'était la première fois qu'il faisait ça. Pendant quelques instants, il demeura silencieux.

— Alors, qu'est-ce qu'il y a ? insistai-je.

Comme il ne disait toujours rien, je lui étreignis la main.

— Je ne peux pas faire ça, dit-il enfin.

Même si j'avais besoin de savoir ce qu'il avait en tête, je ne voulais pas le presser. Nous ne nous connaissions pas depuis longtemps, mais je savais qu'il se refermerait comme une huître.

— Très bien. Pourquoi tu ne te couches pas ? Tu peux rester ici avec moi ou aller dans ta chambre. Quoi qu'il en soit, tu as l'air d'avoir besoin de sommeil.

Je me rallongeai, me poussant un peu pour lui faire de la place au cas où il voudrait rester. Je l'espérais. Rien n'était plus doux que dormir entre ses bras.

— On peut dîner ensemble demain soir ? demanda-t-il.

— Bien sûr. Tu veux venir me chercher après le travail ?

Il secoua la tête.

— Marj m'a dit ce matin qu'elle sortait demain soir.

J'acquiesçai.

— Oui, elle s'est inscrite à un cours de cuisine à Grand Junction. Je suis contente qu'elle se décide enfin à suivre sa passion !

— Tu veux bien dîner ici avec moi ?

Je ne pus m'empêcher de rire.

— Tu as prévu de cuisiner ?

Il sourit.

— Je ne t'infligerai pas ça. Je vais demander à Felicia de nous préparer quelque chose de bon.

— Ça me semble très bien. Bon, si tu ne veux pas t'allonger ici avec moi, va te coucher. Tu as besoin de repos.

Il se leva et s'en alla sans ajouter un mot.

★ ★ ★

Le lendemain, je passai la journée à faire des recherches sur l'ordinateur du bureau. Ça n'avait rien à voir avec le droit, mais je commençais à apprécier le travail d'enquête lié à mon poste. J'apprenais des tas de choses, et grâce à Internet et aux réseaux sociaux, je pouvais mettre la main sur presque toutes les infos que je cherchais.

Larry quitta les lieux à 17 heures, me suggérant de partir aussi, ce que je fis. Je voulais rentrer prendre une douche et me changer avant de dîner avec Tallon.

Une heure plus tard, alors que j'enfilais une petite robe bain de soleil après avoir démêlé mes cheveux encore humides, on frappa à ma porte.

À part moi, il n'y avait que Tallon au ranch.

— Oui ?

Il entra.

— Le dîner est prêt.

Roger haletait joyeusement à ses pieds.

— D'accord. Tu peux attendre quelques minutes ? Le temps que je me sèche les cheveux.

— Tes cheveux sont très bien comme ça.

J'éclatai de rire.

— Ils sont mouillés, Tallon. Je sors de la douche.

— Tu plaisantes ? Je les trouve hyper sexy.

Les hommes avaient parfois des goûts curieux.

— Bon. Si tu le dis. Allons à la cuisine.

— On ne mange pas à la cuisine.

— Dans la salle à manger officielle ? Juste nous deux ?

Il secoua la tête.

— Nous dînons dans ma chambre.

Un frisson me parcourut. À l'évidence, il avait davantage en tête qu'un simple dîner en tête à tête, et cela me convenait tout à fait. Il ne me prit pas la main comme la veille, et je me contentai de lui emboîter le pas jusqu'à sa suite.

— Oh !

Une petite table avait été dressée, avec des assiettes en porcelaine fine et des chandeliers.

— C'est adorable. C'est Felicia qui a fait ça ?

— Non. C'est moi.

J'étais abasourdie.

— Ouah. C'est vraiment beau, Tallon.

Il tira une chaise.

— Assieds-toi.

Je m'installai et il me servit un verre de vin rouge.

— C'est le cabernet sauvignon haut de gamme de Ryan. Cette bouteille a vieilli pendant dix ans. J'espère qu'il te plaira.

— Et toi, tu n'en bois pas ?

— Pendant le dîner. À l'apéritif, je préfère un bon whisky bien fort. Celui-ci, c'est du Peach Street, un bourbon traditionnel du Colorado. Il leva son verre ancien en un toast muet.

Je bus une gorgée de vin.

— Délicieux. Une attaque de fruits rouges, et des notes subtiles de poivre et de cannelle.

— Ryan t'a bien formée.

— J'ai adoré travailler avec lui. En fait, ça me manque. Même si mon nouveau travail d'avocate me plaît beaucoup.

— Je suis content que tu t'y sentes bien.

Des bavardages. Je mourais d'envie de savoir ce qu'il avait voulu me dire hier soir.

— De quoi voulais-tu me parler ? demandai-je à brûle-pourpoint.

— Dînons d'abord.

Très bien. J'attendrais.

— Qu'y a-t-il au menu ?

Il souleva le dôme d'argent recouvrant mon assiette.

— Filet de bœuf à la sauce au poivre vert, brocolis vapeur, polenta au romarin et baguette aux graines de tournesol.

— Miam, ça sent bon.

Je bus une autre gorgée de vin et ajoutai :

— Felicia a dû se surpasser.

— Je lui ai demandé de nous préparer quelque chose de spécial, et voilà le résultat.

— Spécial, en effet. Bien que n'importe lequel de ses délicieux plats aurait suffi. C'est une merveilleuse cuisinière.

Maintenant, c'était moi qui bavardais. Mais il fallait bien qu'on parle de quelque chose pendant notre dîner.

Tallon prit un couteau à steak et découpa un morceau de viande.

— Comment s'est passée ta journée ?

— Bien. J'ai beaucoup enquêté en ligne. La semaine prochaine, j'aurai probablement à faire des pieds et des mains pour une nouvelle affaire. Je suis contente qu'on soit vendredi. J'ai bien besoin d'un jour de repos.

Et voilà. On continuait à bavarder, à parler de tout et de rien. Comment pouvions-nous avoir si peu de choses à nous dire ? Notre relation n'était-elle que purement sexuelle ?

Non. Il y avait autre chose. Beaucoup plus que cela. C'était une relation amoureuse.

Je venais de l'admettre pour la première fois. J'étais tombée amoureuse de Tallon. Ça me fichait une trouille bleue, mais c'était la vérité. Parfois, nous étions si proches que j'avais l'impression que nous ne formions qu'un. Et d'autres fois, comme maintenant, il avait beau être assis à table en face de moi, il me semblait à des kilomètres. Toujours enfermé dans sa forteresse, et les seules fois où il me laissait y pénétrer, c'était au cours de nos moments intimes.

Je baissai les yeux vers mon assiette. Mon filet de bœuf était cuit à la perfection, saignant comme je l'aimais. Le jus rouge serpentait dans ma polenta, que j'écrasai avec ma fourchette.

L'acte de naissance de Marj me vint à l'esprit. Jonah nous avait dit de laisser tomber, mais peut-être que Tallon savait quelque chose.

— Tallon ?

— Oui ?

Il prit une bouchée de steak, mâcha et l'avala.

— Marj et moi, nous avons trouvé son acte de naissance, l'autre jour.

— Et alors ?

— Eh bien, c'est un peu confus. D'après ce document, elle s'appellerait en fait Angela Marjorie Steel. Mais elle affirme que vous lui avez toujours dit que Marjorie était son premier prénom et qu'elle n'en avait pas d'autre.

Il resta silencieux un moment, puis :

— Pourquoi ça t'intéresse ?

— Ça me paraît évident. Ça l'intéresse parce qu'il s'agit de son nom. Et moi, parce qu'elle est mon amie. Nous en avons parlé à Jonah, mais il n'a rien voulu nous dire. Il nous a recommandé de ne pas fouiner, au risque de découvrir des choses que nous préférerions ignorer.

Il baissa de nouveau les yeux.

— Si j'étais vous, je suivrais le conseil de Joe.

— Tu sais quelque chose ?

— Je vais te dire comme Joe : laissez tomber.

— Ce n'est pas juste. Marj veut savoir qui elle est.

— Elle sait qui elle est. Elle est Marjorie Steel. C'est ma sœur. Elle possède un quart du ranch le plus prospère du Colorado. Qu'est-ce qu'elle a besoin de savoir de plus ?

— Eh bien, son nom pour commencer.

Il releva les yeux vers moi et me regarda fixement.

— N'insiste pas, Jade.

— Alors, tu te comportes comme ton frère. Super ! Il se passe quelque chose ici, Tallon, et si tu ne veux pas que je le sache, c'est une chose. Mais Marj est ta sœur.

— Marj est bien mieux comme ça. Elle a une vie sensationnelle. Elle n'a pas envie de tout foutre en l'air.

— Mais, Tallon…

Soudain, son poing s'abattit sur la table, faisant tressauter mon assiette. Puis Tallon se leva.

— Bon Dieu, Jade. N'insiste pas, marmonna-t-il entre ses dents serrées.

Il s'approcha de moi, m'attrapa par le bras et m'obligea à me lever.

— Mais…

Sans me laisser le temps de continuer, il plaqua violemment sa bouche sur la mienne.

Je lui répondis comme je le faisais toujours. Nos corps étaient comme aimantés, nos bouches faites l'une pour l'autre. Je m'ouvris à lui, et il plongea sa langue entre mes lèvres. Nous nous embrassâmes à pleine bouche, passionnément.

Quand il interrompit finalement notre baiser, et que nous reprîmes notre souffle, il approcha ses lèvres de mon oreille et me chuchota :

— Tu es la seule chose que j'aie jamais désirée dans ma vie.

— Quoi ?

Mon cœur battait à cent à l'heure, tambourinant dans ma poitrine. Ma respiration était saccadée. Je manquais d'air. Qu'avait-il dit ?

— Toi, yeux d'azur. Tu es la seule chose que j'aie jamais désirée.

À nouveau, ses lèvres sur les miennes. Nous nous embrassâmes à perdre haleine, et il me poussa vers le lit.

En quelques secondes, nous nous retrouvâmes allongés ensemble, encore tout habillés, à nous dévorer de baisers comme deux adolescents affamés de sexe, nos bouches soudées l'une à l'autre. De la lave en fusion courait dans mes veines.

Il m'empoigna un sein, trouvant mon téton sous le fin tissu de ma robe, sans cesser de fouiller ma bouche.

Je frissonnai de désir des pieds à la tête. J'étais prête pour lui. Mon sexe palpitait, et je savais que j'étais trempée.

— Toi, haleta-t-il. Toi. Toutes les autres femmes… Elles ne comptaient pas. Je ne faisais que prendre ce qu'elles m'offraient. Mais toi… toi.

— Tallon…

— Toi, Jade. C'est toi que je veux.

— Alors, prends-moi. Prends-moi ce soir. Fais-moi tienne.

— Je ne peux pas, grimaça-t-il. Je ne peux pas. Je ne peux pas te faire mienne. Tu ne veux pas être à moi.

— Si, je veux être à toi.

— Non, tu ne veux pas. Tu ne peux pas. Tu ne seras jamais mienne.

— Tallon, je suis là. Je suis à toi.

Il me contempla un moment, le regard embrasé, mais quelque chose le terrorisait.

— Je ne sais pas ce qu'il y a, Tallon, mais on peut l'affronter ensemble. Laisse-moi t'aider.

— J'ai besoin de toi. J'ai besoin d'être en toi. J'ai besoin que tu éloignes les démons.

Il tremblait de tout son corps.

Cette fois, il avait besoin que je prenne les rênes. Je le sentais, je le savais au fond de mon âme. Je m'écartai un bref instant de lui, m'assis sur le lit et fis passer ma robe par-dessus ma tête avant de la jeter sur le sol. Je ne portais pas de soutien-gorge, et mes mamelons étaient déjà raidis. Je me débarrassai de mes sandales et de mon string. Puis je commençai lentement à déboutonner sa chemise bordeaux. À chaque bouton qui s'ouvrait, dévoilant un peu plus de sa délicieuse peau cuivrée, mon sexe palpitait de plus belle.

Je fis glisser le tissu sur ses épaules, l'aidai à sortir ses bras, et sa chemise rejoignit ma robe par terre. Je m'attaquais ensuite à sa ceinture, et même si j'étais impatiente de le déshabiller complètement et de le chevaucher à lui en faire perdre la tête, je pris mon temps. Il fallait qu'il se calme. Je libérai chaque cran de la fermeture Éclair de son jean avec une lenteur étudiée, puis je me déplaçai au pied du lit pour lui retirer ses bottes et ses chaussettes. Je fis glisser son jean sur ses jambes et, enfin, son caleçon. Il avait une érection gigantesque, plus glorieuse encore que les précédentes, et une perle de liquide préséminal brillait sur son gland. Attirée par le nid sombre de ses poils pubiens, je me penchai pour respirer sa senteur musquée.

— Tu es si beau, Tallon. Des pieds à la tête. Je n'ai jamais vu un homme plus beau que toi. Jamais

J'embrassai l'extrémité de son sexe, puis son abdomen musclé et bronzé, remontant vers ses mamelons, que j'agaçai de la pointe de ma langue. Il tressaillit.

Je semai de baisers ses épaules et son cou, jusqu'au lobe de son oreille que je mordillai doucement.

— Laisse-moi m'occuper de toi, chuchotai-je. S'il te plaît. J'ai envie de ça.

Il ferma très fort les paupières, et le début d'une larme perla au coin de l'un de ses yeux.

— Laisse-moi faire, bébé. Je suis là, murmurai-je. Je vais m'occuper de toi.

J'embrassai le pavillon de son oreille, glissant ma langue à l'intérieur à plusieurs reprises.

Il frissonna et soupira. Abandonnant son oreille, j'enfouis mes mains dans la masse de ses cheveux et lui massai le crâne, enfonçant mes doigts dans son cuir chevelu.

Il poussa un nouveau soupir.

— C'est agréable.

— Détends-toi, bébé. C'est moi qui dirige les opérations ce soir.

Je poursuivis mes assauts. Je fis descendre mes doigts sur ses joues et lui massai les pommettes, les tempes, puis la mâchoire.

— Tu es tellement tendu. Relaxe-toi. Laisse-toi aller.

Je lui massai les deltoïdes, puis les pectoraux.

— Retourne-toi, bébé. Je vais te gratter le dos.

— Jade, j'adorerais ça, mais là, je suis dur comme un roc. J'ai besoin de toi sur ma queue.

— Je croyais que j'étais aux commandes, gloussai-je.

— Viens t'asseoir sur moi, bébé. Baise-moi. Ensuite, tu pourras m'aider à me détendre. Et je banderai bientôt de nouveau pour toi.

Comment lui résister ? Mon sexe était trempé. J'avais tellement envie de sentir sa queue magnifique au fond de moi que j'avais l'impression de devenir folle

— S'il te plaît, yeux d'azur. Chevauche-moi.

Je me positionnai au-dessus de son érection et, lentement, délicieux centimètre par délicieux centimètre, je m'empalai sur lui.

L'union parfaite. Il m'emplissait totalement. Je n'avais jamais connu ça avec personne d'autre que lui.

— Oui, bébé, gémit-il. C'est parfait. Tu es faite pour moi.

Je laissai échapper un doux soupir en accueillant en moi le dernier glorieux centimètre de sa queue.

— Bon Dieu, j'adore ça. Ce bruit que tu fais quand je te pénètre. C'est tellement excitant. Baise-moi, Jade. Baise-moi à fond. J'ai besoin de toi.

Je me soulevai et me laissai retomber.

— Oui, bébé. Plus vite. Je veux que ce soit toi qui me baises. Envoie-moi dans les étoiles !

J'accélérai l'allure, coulissant sur sa queue, toujours plus vite, toujours plus fort, et je me retrouvai bientôt au bord de l'orgasme.

— Touche-toi, bébé. Caresse ton clitoris. Fais-toi jouir. Laisse-moi te regarder te donner du plaisir. C'est tellement excitant !

Je remontai une main sur mes seins, descendis l'autre sur mon ventre, sur mon sexe rasé et sur mon clitoris, inondé de mes propres sucs. J'y imprimai un mouvement circulaire, qui suffit à me faire basculer.

Un tourbillon d'étoiles m'enveloppa et mes cellules semblèrent se dissocier tandis qu'une explosion d'arcs-en-ciel défragmentés pulsait derrière mes yeux tel un stroboscope. Je continuai à chevaucher Tallon de toutes mes forces.

— Oui, bébé, oui. Tu es si belle. Jouis pour moi. Jouis pour moi, bébé.

Et il s'enfouit en moi d'un puissant coup de reins.

— Ooooh, c'est si bon, bébé. Aucune autre femme. Je ne veux que toi. Tu es la seule que j'aie jamais désirée.

Quand nos corps s'apaisèrent, que nos respirations revinrent à la normale, il se retira et je me blottis dans ses bras.

— Repose-toi quelques minutes, dis-je. Mais après ça, je te masserai le dos.

Chapitre 28

TALLON

J'obtempérai à contrecœur et m'allongeai sur le ventre, comme elle me l'avait demandé. C'était une position de soumission, qui me mettait mal à l'aise. J'avais les nerfs à vif, mais ce n'était pas nouveau. Cela faisait partie de ce que j'étais.

— Laisse-moi m'occuper de toi, bébé, dit-elle, d'une voix sexy, réconfortante.

J'essayai de me détendre, de trouver la paix. Mais je ne savais pas trop comment faire.

— Bébé, détends-toi. Ce n'est pas si difficile.

Elle commença par me masser la nuque, en se servant de son pouce.

C'était agréable. Tout allait bien.

— Tu es si tendu. Comment peux-tu vivre comme ça ?

Je n'avais pas de réponse à lui fournir. C'était ma vie. Toujours en alerte. Toujours tendu. Jamais je ne pourrais lui expliquer pourquoi.

— Laisse-toi faire. Je vais t'enlever cette tension, Tallon. Toute cette tension. Même si je dois y passer la nuit.

Je fermai les yeux, à la recherche de la sérénité. Ses lèvres douces murmuraient des mots apaisants contre ma peau. Elle m'embrassa entre les omoplates.

Et puis ses doigts talentueux se mirent au travail. Elle me pétrit les épaules et le haut des bras, pressa ses poings entre mes omoplates. L'acide lactique circulait dans mes muscles.

— Tu es si tendu, répéta-t-elle.

— C'est l'histoire de ma vie.

— Ce n'est pas une fatalité, bébé. Laisse-moi t'aider à changer la fin de l'histoire.

Si seulement c'était aussi simple. Il n'y avait pas d'autre fin pour moi. C'était impossible. Pourtant, au fur et à mesure que ses doigts fins œuvraient sur mes muscles, je commençais à me sentir mieux. Choyé.

Elle dénoua plusieurs nœuds dans mes épaules, puis elle descendit dans mon dos, jusqu'à mes lombaires, où elle s'attarda un long moment. Ses mains chaudes m'apportaient soulagement et réconfort. Elle descendit encore, et me pétrit les fessiers.

— Tu es tellement tendu, dit-elle une nouvelle fois en travaillant mes cuisses, l'arrière de mes genoux, puis mes mollets et mes chevilles. Tu t'es déjà fait masser les pieds, Tallon ?

Je secouai la tête sur l'oreiller.

— Non, jamais.

— Alors, tu vas adorer.

Elle commença par mon pied gauche, le talon puis le cou-de-pied, ensuite la plante et chaque orteil. C'était parfait. Juste assez ferme pour être bon, mais pas assez pour que ce soit douloureux.

Elle me massa le pied pendant une dizaine de minutes avant de passer à l'autre.

Je voulais vraiment lâcher prise. Me libérer de ce qui me minait et me perdre en elle.

Pourrait-elle être mon salut ?

Ce serait trop beau pour être vrai. Et pourtant, quand j'étais avec elle, enfoui dans son petit corps serré, quand elle me regardait avec ses yeux bleu acier…

Les murs que j'avais érigés autour de moi commençaient à tomber.

Et cela m'effrayait au plus haut point.

Elle me pétrit à nouveau le mollet.

— Tu te crispes à nouveau, bébé. Relax.

Je m'y efforçai. Je tentais de me laisser aller, de m'enfoncer dans les couvertures, dans cet océan de perfection, de joie et d'extase.

Elle remonta sur l'arrière de mes cuisses, puis encore une fois sur mes fessiers.

— Tu as un cul de compétition, Tallon. Je n'ai jamais vu un homme porter le jean aussi bien que toi.

La tête sur l'oreiller, je souris.

Ses mains, si douces, si agréables, si parf…

★ ★ ★

Le garçon cria.

Un doigt épais s'engouffrait dans son postérieur. Il était déchiré en deux. Écartelé. Des milliers d'aiguilles s'enfonçaient en lui. Rien ne pourrait jamais lui faire plus mal. Il hurla de douleur.

— Arrêtez ça ! Vous me faites mal ! Maman ! Papa ! Au secours ! Je vous en supplie !

Ce n'était pas normal. Ce genre de choses ne se faisait pas. Pas aux enfants… Pas à…

Son sang se figea comme un cri aigu lui écorchait la gorge. La douleur augmenta. Des éclats de verre acérés l'entaillaient, le distendaient, le brisaient.

— C'est ça, petit. Prends tout.

Le garçon ne s'en remettrait jamais. Il allait mourir sur-le-champ. C'était la fin de sa courte vie. La fin…

★ ★ ★

— Tallon !

J'étais à genoux, les mains plaquées sur les oreilles. Le bruit. Assourdissant. *Arrêtez ça, arrêtez ça, arrêtez ça !* Un cri à vous glacer le sang. Désespéré. Misérable.

— Tallon !

À travers le bruit, une voix douce prononçait mon nom. *Tallon.* Au loin, quelqu'un m'appelait…

Mon Dieu, par pitié… ce bruit. *Arrêtez ça, arrêtez ça, arrêtez ça !*

— Tallon !

Le bruit cessa. Je regardai Jade. Elle était magnifique. Si belle. Mais la peur, la terreur se lisaient dans ses yeux métalliques.

— Dieu du ciel, Tallon, qu'est-ce qui t'arrive ?

Alors, je compris. Ce bruit assourdissant venait de moi, c'était ma voix. Que s'était-il passé ? Je la contemplai. Tellement belle, innocente. Elle s'était si bien occupée de moi, elle m'avait massé les cuisses, le bas du dos, les fesses, et puis elle s'était introduite…

Elle m'avait touché là – sur l'anus.

Je fermai très fort les yeux. *Je ne veux pas y penser. Je n'y penserai pas.*

— Tallon, laisse-moi t'aider. Dis-moi ce qui ne va pas.

Je me levai. Mon sexe flasque pendait entre mes jambes. Je m'étais fait une joie de refaire l'amour avec elle. Oui, de lui faire l'amour. Pas seulement de la baiser.

Mais ça ne marcherait jamais. Je renfilai mon caleçon et mon jean. Puis je ramassai sa robe et la lui tendis.

— Va-t'en.

Elle arqua les sourcils, et sa belle bouche s'arrondit de surprise.

— Quoi ? Je ne comprends pas.

— Tu sais ce que ça veut dire, va-t'en, non ?

Je détournai le regard.

Toujours nue, elle s'approcha de moi, sa robe à la main. Elle prit mes joues en coupe, m'obligeant à la regarder dans les yeux.

— Je ne partirai pas. Je n'irai nulle part. Je suis là, pour toi. S'il te plaît, laisse-moi t'aider.

Comme je désirais la croire ! J'avais envie de la prendre dans mes bras et de la serrer contre moi jusqu'à ce que le dernier monstre disparaisse dans le brouillard de la nuit. Pouvais-je essayer ? Pourrais-je tout risquer et la garder à mes côtés ?

Je secouai la tête.

— Il faut que tu t'en ailles. Tout de suite.

— Je ne comprends pas. S'il te plaît. Je ne veux pas m'en aller. Je veux rester avec toi et t'aider.

Je serrai les dents.

— Non. Va-t'en !

Elle se mordit la lèvre et deux larmes coulèrent sur ses joues de chacun de ses yeux.

Jamais je ne m'étais autant haï.

Elle fit passer sa robe bain de soleil par-dessus sa tête et couvrit son corps délicieux.

— Comme tu voudras, Tallon, renifla-t-elle Je vais partir. Mais demain, on parlera de tout ça. Tu ne peux pas m'écarter de ta vie. Je ne te laisserai pas faire.

Ce n'était pas ce que je voulais. Tout ce que je voulais, c'était elle. Elle était tout ce que j'avais jamais désiré. Rien ne me faisait envie avant de la rencontrer. Mais je devais la repousser. Je devais la protéger de l'horreur qu'était ma vie.

Je l'empoignai par le bras.

— Tu ne me comprends pas.

— Tallon, je ne t'ai jamais compris. Mais pour l'instant, tu as très clairement besoin que je m'en aille, alors je vais partir. Mais nous en parlerons demain.

Non, ça n'arriverait jamais. Ni demain, ni un autre jour.

— Quand je te demande de partir, je ne veux pas dire, juste *pour l'instant*. Je veux que tu quittes cette maison.

Le chagrin faisait briller ses beaux yeux.

— Ce n'est pas ce que tu veux dire. Tu n'es pas sérieux.

— Je n'ai jamais été plus sérieux de ma vie.

— Quand j'ai voulu quitter le ranch, tu m'as demandé de rester.

Et maintenant aussi je voulais qu'elle reste, nom de Dieu. Mais ce qui venait de se passer… C'était comme un train qui venait de me renverser, de m'aplatir dans la poussière pour m'obliger à regarder la réalité en face. Je n'avais rien à lui offrir. Il fallait qu'elle s'en aille, loin de moi pour vivre sa vie. Elle était merveilleuse, la femme la plus extraordinaire que j'aie jamais rencontrée, et elle méritait de trouver un homme capable de lui offrir ce qui lui était dû.

Une vague de jalousie déferla sur moi, menaçant de m'anéantir. Bon Dieu, un autre homme qui la toucherait… la baiserait…

L'aimerait.

À nouveau, je fermai les yeux, m'efforçant d'effacer ces images de mon esprit. *Je dois la laisser partir. Je dois l'oublier.*

— Les choses changent, Jade.

— On vient de faire l'amour. Je suis tellement désolée. Je ne sais pas ce que j'ai fait. J'étais en train de te masser, et tout à coup…

— Ça suffit !

Je me passai une main dans les cheveux.

— Sors de ma chambre ! Débarrasse le plancher.

— Je… je ne peux pas partir ce soir.

— Alors, tu dégages à la première heure demain matin. Je ne veux plus te voir ici.

— Mais… qu'est-ce que je vais dire à Marj ?

Dieu merci, ce soir ma sœur était en ville.

— Je m'occuperai de Marj. Toi, tu quittes cette maison dès demain matin.

Ses belles lèvres se mirent à trembloter, ses cheveux cascadant sur ses épaules en vagues indisciplinées.

Elle me tourna le dos et sortit de ma chambre.

De ma vie.

Emportant avec elle ma seule chance d'être heureux.

★ ★ ★

Une haleine brûlante sur la nuque du garçon. Il avait appris à séparer son esprit de son corps. C'était la seule façon de survivre. Mais cette haleine, il ne pouvait pas s'en détacher.

Il avait renoncé à se débattre. Il avait cessé de les supplier de le laisser tranquille. C'était inutile. Ils avaient l'air d'aimer qu'il leur résiste.

Il s'était fait à la douleur. Mais ce soir, c'était quand même difficile. Celui qui avait un tatouage était venu le premier, et c'était le plus gros.

Le garçon grimaça et un cri lui échappa quand Le Tatoué le pénétra. Il se détestait pour ça. Chaque fois, il se promettait de ne pas crier, mais il criait quand même. La prochaine fois, se jura-t-il. La prochaine fois, je ne crierai pas.

Le Tatoué grognait pendant qu'il forçait le passage dans le corps du garçon. Et même s'il détestait la pénétration, c'était toujours mieux que d'être obligé de le prendre dans sa bouche. Il vomissait dans les deux cas, mais au moins, par-derrière, il était capable de se retenir jusqu'à leur départ. Ensuite, il était pris de haut-le-cœur et vidait le contenu de son estomac.

— Vas-y, mets-la-lui bien profond, dit Voix Grave.

Les trois hommes portaient toujours des masques de ski noirs, et le garçon ignorait à quoi ils ressemblaient. C'était aussi bien. Il ne voulait pas voir leurs visages. De cette façon, il pouvait les considérer comme des entités inhumaines. Le mal à l'état pur.

— Tu aimes ça, pas vrai, petit ? dit Le Tatoué, qui allait et venait en lui. Tu aimes te faire enculer.

Le garçon ne répondit pas. Les deux premières fois, il s'était défendu : « Non, pas du tout ! Arrêtez ! Je déteste ça ! » Et il l'avait payé d'une bonne raclée en plus de cette horreur.

— Allez, petit. Dis-moi que tu aimes ça.

Hormis quelques gémissements et reniflements, il resta silencieux.

Jusqu'à ce qu'une lame de métal froid effleure son cou.

— Dis que tu aimes ça, grogna Voix Grave. Dis que tu aimes sentir sa grosse bite bien dure, ou je vais te trancher cette mignonne petite gorge.

★ ★ ★

J'aime ça.

J'avais dit ce qu'ils voulaient entendre. Comme une sale petite fiotte, je l'avais dit pour rester en vie. Vivant dans cet enfer qu'était devenue ma vie.

Pourquoi ? Pourquoi m'étais-je donné la peine de rester en vie ?

Un désespoir glacé me paralysait.

Le garçon. C'était moi.

C'*est* toujours moi.

Que Dieu me vienne en aide.

Chapitre 29

Jade

Je sanglotai dans mon oreiller jusqu'à ce qu'enfin, le nez bouché et le visage tuméfié, je finisse par m'endormir.

Le lendemain matin au réveil, je me levai et gagnai la salle de bains. Un seul regard dans le miroir suffit à me rappeler la scène de la veille. J'avais les yeux bouffis et le nez rouge d'avoir tellement pleuré. Mes cheveux étaient emmêlés. Saisissant ma brosse, je tentai de me coiffer. Je grimaçai en tombant sur un nœud et tirai, me délectant de la douleur de m'arracher les cheveux.

Malgré la souffrance, j'avais les yeux secs. Je n'avais plus de larmes. J'ouvris le robinet de la douche. Le bruit de l'eau m'apaisa un peu. Une fois la salle de bains emplie de vapeur, j'entrai dans la cabine, laissant l'eau chaude m'ébouillanter la peau. Je restai là quelques minutes, sans me laver les cheveux ni le visage, savourant simplement la chaleur sur mon corps.

Au bout de quelques instants, je secouai la tête, reniflai et versai une noisette de shampooing dans ma paume.

Il était temps d'aller de l'avant.

Quand j'eus fini de me laver, je sortis de la douche et m'essuyai, puis dessinai un cercle sur le miroir embué à l'aide d'un linge sec.

J'avais toujours une mine effroyable, mais il n'y paraîtrait bientôt plus. Mon visage et mon corps ne porteraient plus aucun stigmate de mon aventure avec Tallon Steel.

Il en irait autrement pour mon cœur.

Je me séchai les cheveux et regagnai ma chambre, où j'attrapai des sous-vêtements dans le premier tiroir de ma commode.

Ma commode.

Ce n'était plus ma commode. Je n'étais plus la bienvenue ici.

Je songeai à Marj. Quoi qu'en dise Tallon, elle me demanderait de rester.

Ce qui était une bonne raison pour ne pas la réveiller. Elle était rentrée tard la veille au soir de son cours de cuisine. Il était déjà plus de minuit quand je l'avais entendue aller se coucher. On était samedi et elle ferait la grasse matinée. J'avais le temps de remplir rapidement mes bagages et d'appeler un taxi pour Grand Junction. La note serait salée, mais je m'en fichais.

Il faudrait que j'appelle Larry pour lui dire que je démissionnais. Le poste me plaisait, mais son absence de déontologie était un vrai problème. Je trouverais un meilleur emploi à Grand Junction, avec des avocats que je respecterais. J'aurais préféré lui donner un préavis de deux semaines, mais ce n'était pas possible, et j'aurais de toute façon du mal à faire la navette depuis Grand Junction sans voiture. Rien que cette course en taxi allait me coûter tout le liquide que j'avais sur moi.

Je ravalai d'autres larmes en vidant le tiroir de la commode, et retournai déposer mes sous-vêtements sur mon lit.

Je poussai alors un petit cri.

Sur l'oreiller se trouvait une unique rose rouge sans défaut.

* * *

J'étais à peine installée dans ma chambre d'hôtel que mon téléphone sonna. L'appel provenait d'un numéro inconnu.

— Allô ?

Un silence, puis :

— Jade ?

La voix m'était familière, si semblable à la mienne. Même si je ne l'avais pas entendue depuis de longues années, je savais exactement qui était à l'autre bout du fil.

— Bonjour, maman.

— Jade, ma chérie, comment vas-tu ?

Sérieusement ? À son avis ? Et si elle s'en était vraiment souciée, elle aurait pu prendre de mes nouvelles depuis bien longtemps. Mais je n'avais pas le cœur à me disputer avec elle. Après ce que j'avais vécu avec Tallon au ranch, je ne voulais plus de scène.

— Je vais bien, maman. Et toi ?

— C'est gentil de me le demander. Tout se passe bien pour moi. Je sors avec un nouvel homme merveilleux et je vais écrire mes mémoires. Tu peux croire ça ? Moi, écrivain.

Eh oui ! Tout tournait toujours autour d'elle. Brooke Bailey dans toute sa splendeur. Je n'avais pu caser qu'un mot avant qu'elle me raconte toute sa vie.

— Ça a l'air cool tout ça.

— Chérie, je suis en ville. Nico – mon nouvel amoureux – et moi adorerions t'inviter à dîner.

— Tu es à Grand Junction ?

— Oui, c'est marrant, non ?

Carrément hilarant.

— Qu'est-ce que tu fais ici ?

— Nico est originaire du Colorado, et il a de la famille ici. Nous sommes donc en visite. Mais tu devras me dire comment aller à ton ranch, et nous viendrons te chercher.

— Ce n'est pas nécessaire, en fait. Je suis à Grand Junction maintenant. J'ai quitté le ranch.

— Vraiment ? Juste ciel ! Dis-moi où tu es et on passe te prendre.

Et voilà. Aucune question sur la raison qui m'avait amenée à quitter le ranch. Ni de ma présence à Grand Junction. Aucune question sur moi. Savait-elle que j'avais réussi l'examen du barreau ? Bon Dieu, était-elle même au courant que j'avais fait des études de droit ?

— Ce n'est pas la peine que tu viennes me chercher. J'ai une voiture, je peux venir vous retrouver.

Un mensonge, bien sûr, mais je ne voulais pas qu'elle me voie dans l'hôtel miteux où j'avais loué une chambre à la semaine en attendant de trouver un appartement. Ça ne lui aurait fait ni chaud ni froid, mais j'avais tout de même ma fierté.

— Ce serait fabuleux, ma chérie. Nous sommes au Carlton dans le centre de Grand Junction. Ils ont un restaurant fabuleux ici. J'ai pensé qu'on pourrait dîner, et puis profiter de la piscine de l'hôtel. La soirée s'annonce magnifique. N'oublie pas ton maillot de bain.

Je n'avais même pas encore accepté. Mais bon, j'avais besoin de me nourrir. À défaut des repas gratuits au ranch Steel, je préférais de loin dîner dans un restaurant cinq étoiles que dans un fast-food, comme j'en avais eu l'intention.

— D'accord, je te retrouve à ton hôtel. À quelle heure ?

— Que dirais-tu de 18 heures ? Ça nous donnera le temps de prendre quelques cocktails avant le dîner. Je meurs d'envie d'entendre tout ce que tu as à me raconter.

Elle ne me dupa pas un seul instant. Si elle s'intéressait vraiment à ma vie, elle m'aurait déjà questionnée. J'ignorais ce qu'elle avait en tête, mais elle ne se languissait certainement pas de sa fille perdue de vue depuis si longtemps.

— Bien sûr, maman. Ça a l'air génial. On se voit au Carlton tout à l'heure.

— Parfait, ma chérie.

Elle m'envoya un baiser dans le combiné.

Et je crus que j'allais vomir.

— Je suis si contente que tu rencontres Nico !

Je mis fin à la conversation et me laissai choir sur mon lit. Il ne manquait plus que ça. Qui que soit ce Nico, ce serait lui qui paierait l'addition ce soir. Le deuxième mari de ma mère avait vidé son compte en banque avec des investissements véreux. En fait, je n'aurais pas été surprise qu'elle tente de me soutirer de l'argent. De toute façon, même si j'en avais eu, je ne lui aurais pas donné un sou.

Mais dîner avec la reine Brooke m'éviterait au moins de penser à Tallon. C'était inévitable. Brooke parlerait d'elle toute la soirée, je n'arriverais pas à placer un mot et je n'aurais pas le temps de penser à autre chose.

★ ★ ★

Il s'avéra que j'avais tort. Alors que Brooke me débitait tous ses projets, je ne l'écoutais que d'une oreille et Tallon s'insinua dans mon esprit. J'essayais en vain de l'effacer. Mais je ne pouvais plus me cacher de la vérité.

Je l'aimais.

J'étais amoureuse de Tallon Steel. Raide dingue de cet homme bousillé par je ne savais quoi. Je ne me faisais guère d'illusions : lui ne m'aimerait jamais. Il était lesté d'un trop lourd passé. J'aurais voulu savoir ce qui le perturbait pour pouvoir l'aider. Mais voulait-il seulement de mon aide ? Il s'était montré assez clair : la réponse était non.

Les propos de Jonah me hantaient. *Cesse de fouiner. Ce ne sont pas tes affaires de toute façon, et tu risques de ne pas aimer ce que tu trouveras.*

Ces mots contenaient une énigme, mais aussi un avertissement. Je pourrais mener ma propre enquête, mais par où commencer ? Quelle ironie ! Si j'avais continué à travailler avec Larry au bureau du procureur de la ville, j'aurais eu les moyens d'investiguer. J'aurais disposé de tous ses outils. Respect ou pas pour mon patron, j'aurais pu apprendre beaucoup de choses grâce à ce travail.

Mais il fallait que je m'en aille. J'avais eu plus que ma dose de Tallon et ses problèmes. Ça m'avait presque détruite.

Comment avais-je pu tomber amoureuse de lui ?

— Tu ne crois pas, Jade ?

Je secouai la tête, tirée de mes pensées. Ma mère venait de s'adresser à moi, mais je n'avais aucune idée de ce dont elle me parlait.

— Je suis désolée. Tu disais ?

— Je disais juste que si Nico jouait bien ses cartes, d'ici quelques années, il pourrait être candidat à la présidence.

J'observai le nouveau prétendant de ma mère. Nico Kostas était un bel homme. De type méditerranéen, il avait les cheveux noirs, la peau mate, les yeux brun foncé, un visage viril et une silhouette musclée et trapue. Ses tempes grisonnaient et quelques rides d'expression plissaient le contour de ses yeux. Il devait avoir une cinquantaine d'années.

Il s'était montré très affable avec moi toute la soirée, et il traitait ma mère comme une princesse. Mais quelque chose chez lui me dérangeait. Je n'arrivais pas à mettre le doigt dessus, mais ce qui émanait de lui me mettait mal à l'aise.

— Je ne connais pas grand-chose à la politique, répondis-je, mais je vous souhaite bonne chance si telles sont vos aspirations.

Nico sourit.

— Oh, je crois bien que tous les hommes politiques rêvent un jour ou l'autre de la Maison-Blanche. Mais pour l'instant, je me contenterai d'être l'un des deux sénateurs de l'Iowa.

Je hochai la tête. C'était peut-être ça que je trouvais bizarre chez lui. Qu'il soit simplement un homme politique. Tant d'entre eux étaient malhonnêtes. Non… il y avait autre chose qui me gênait, et même si mes relations avec ma mère n'étaient pas au beau fixe, je n'aimais pas la savoir avec lui.

Je poussai un soupir. Rien de tout ça n'avait de sens. Je bus une gorgée du merlot choisi par Nico. Le vin était plat et un peu trop acide. J'avais tellement appris avec Ryan ! J'aurais pu choisir une meilleure bouteille.

Ma mère picorait son bar grillé, dont elle laissa la plus grande partie dans son assiette, repoussant la sauce crémeuse sur le côté. Toujours ce comportement de top model, effrayée par la nourriture.

Pour ma part, j'avais dévoré jusqu'à la dernière bouchée de mon escalope de poulet au citron.

Ma mère était sans nul doute une femme splendide. Elle mesurait au moins huit centimètres de plus que moi et devait peser dix kilos de moins. Bien sûr, elle n'avait pas de seins. Ma poitrine généreuse me venait de ma famille paternelle.

Elle buvait chaque parole de Nico, ne ratant pas une occasion de le toucher.

Le serveur vint débarrasser la table et nous demanda si nous désirions des desserts.

— Oh, grand Dieu, non ! s'exclama Brooke. Je ne pourrais pas avaler une bouchée supplémentaire.

Elle n'avait pourtant pas mangé grand-chose.

— Juste un café pour moi, demandai-je.

— Très bonne idée, Jade, dit Nico. Trois cafés, s'il vous plaît. Et je prendrai aussi un Courvoisier.

— Excellent choix, Nico, minauda Brooke. Moi aussi, je vais prendre un cognac. Jade ?

Je déclinai et le serveur s'éloigna.

— Ça nous aidera à digérer avant d'aller nous baigner, fit remarquer Nico.

Ah, oui, la baignade du soir. Je crois que j'allais faire l'impasse.

Mais le moment venu, Brooke ne voulut rien entendre.

— Bien sûr que si, ma chérie, tu vas venir te baigner avec nous ! Nico est à tomber dans son Speedo !

Juste ciel ! Exactement ce qu'il me fallait. Voir le petit ami de ma mère dans son moule-bite.

Mais après tout, pourquoi ne pas me laisser tenter par une baignade ? Le trou à rats où j'étais logée ne possédait pas de piscine, et même s'il y en avait eu une, je n'y aurais pas mis les pieds pour tout l'or du monde de peur d'attraper une maladie.

J'accompagnai donc Brooke et Nico jusqu'à leur suite au dernier étage. Ma mère me conduisit à une luxueuse salle de bains.

— Tu peux te changer ici, ma chérie.

J'enfilai rapidement mon maillot de bain et jetai un coup d'œil à mon reflet dans le miroir. Pas trop mal, après ce repas pantagruélique. Je n'étais certes pas maigrichonne, mais personne ne pouvait me traiter de grosse. Je me souris à moi-même. J'étais en tout cas au goût de Tallon.

Je quittai la salle de bains, m'efforçant de faire abstraction du regard lascif de Nico. Décidément, cet homme me répugnait.

Mais un éclair de couleur attira mon regard. Un tatouage sur son avant-bras.

— Oh, vous avez un tatouage !

Les tatouages me fascinaient. Si je n'en avais pas encore, c'était parce que je n'avais pas trouvé l'image parfaite.

— Oui, il est beau, hein ? dit ma mère.

Je m'approchai pour mieux voir. Le dessin était vraiment

superbe – un oiseau entouré d'un halo de couleurs vives : du rose, du violet, de l'orange et du bleu turquoise. Ses ailes étaient faites de flammes, et il s'élevait au milieu des cendres.

Un phénix.

Remerciements

Commencer à écrire une nouvelle série est toujours une aventure excitante. Ces personnages me sont très chers, et j'espère que vous les aimerez aussi. J'avais déjà créé des héros torturés, mais Tallon est vraiment à part. Lisez la suite de son histoire : je vous promets qu'il connaîtra la fin heureuse qu'il mérite.

Comme toujours, je remercie ma talentueuse éditrice, Michele Hamner Moore, et ma correctrice au regard de lynx, Jenny Rarden. Merci à tous les gens géniaux de Waterhouse Press – Meredith, David, Kurt, Shayla, Jon et Yvonne. Les visuels des couvertures de la série sont plus que parfaits grâce à Meredith et Yvonne.

Merci à mon équipe d'ambassadrices, Hardt and Soul. Les honorables membres de ce groupe ont été les premières à découvrir *Attraction*, et soyez sûres que j'apprécie votre soutien, vos commentaires et vos bonnes ondes, les filles. Vous êtes les meilleures de tout l'univers !

Enfin, je remercie ma famille et mes amis, ainsi que tous les fans qui attendaient cette nouvelle série avec impatience. J'espère que vous allez l'adorer !

À propos de l'auteur

Helen Hardt est autrice de *best-sellers*, numéro 1 des ventes dans le classement du *New York Times*, de *USA Today* et du *Wall Street Journal*. Sa passion pour les mots est née avec les livres que sa mère lui lisait le soir pour l'endormir. Elle a rédigé son premier roman à l'âge de six ans et ne s'est plus jamais arrêtée d'écrire.

En plus d'être une autrice récompensée pour ses romances contemporaines, historiques et érotiques, Helen est également mère de famille, avocate, ceinture noire de taekwondo, fine connaisseuse de la grammaire et du bon vin et totalement accro aux crèmes glacées Ben & Jerry. Elle travaille chez elle, dans le Colorado, où elle vit avec sa famille. Helen adore échanger avec ses lectrices.

Retrouvez-la sur son site Internet (www.helenhardt.com) et sur les réseaux sociaux :

Retrouvez Helen Hardt sur HelenHardt.com

Du même auteur

Éditions Meredith

Steel Brothers 2 : *Obsession*

Steel Brothers 3 : *Possession*

Steel Brothers 4 : *Turbulence*

Steel Brothers 5 : *Effervescence*

Steel Brothers 6 : *Résilience*

En anglais (États-Unis)

Steel Brothers 1 : *Craving*

Steel Brothers 2 : *Obsession*

Steel Brothers 3 : *Possession*

Steel Brothers 4 : *Melt*

Steel Brothers 5 : *Burn*

Steel Brothers 6 : *Surrender*

Steel Brothers 7 : *Shattered*

Steel Brothers 8 : *Twisted*

Steel Brothers 9 : *Unraveled*

Steel Brothers 10 : *Breathless*

Steel Brothers 11 : *Ravenous*

Steel Brothers 12 : *Insatiable*

Steel Brothers 13 : *Fate*

Steel Brothers 14 : *Legacy*

Steel Brothers 15 : *Descent*

Blood Bond 1 : *Unchained*

Blood Bond 2 : *Unhinged*

Blood Bond 3 : *Undaunted*

Blood Bond 4 : *Unmasked*

Blood Bond 5 : *Undefeated*

Misadventures of a Good Wife (avec Meredith Wild)

Misadventures with a Rock Star

Printed by Amazon Italia Logistica S.r.l.
Torrazza Piemonte (TO), Italy

34314401R00176

L'histoire de Tallon et Jade continue dans *Steel Brothers, Livre 2 : Obsession* bientôt disponible.

Jade Roberts est amoureuse de Tallon Steel, mais elle n'est plus la bienvenue chez lui. Même si elle se résout à déménager, elle se languit toujours de la passion torride qu'ils partageaient… et lorsque son patron lui demande d'enquêter sur les Steel, elle est bien trop heureuse de sauter sur l'occasion. Tallon et ses frères cachent un secret, que Jade est bien décidée à découvrir.

Dès la seconde où Tallon a posé les yeux sur Jade, il a eu envie d'elle, l'a désirée à en crever… et cette attraction magnétique est devenue son obsession. Il sait que cette femme merveilleuse mérite mieux que son âme torturée, mais il est incapable de s'éloigner d'elle et finit par lui avouer son amour. Pourtant, s'il veut un avenir avec Jade, il doit combattre ses démons et faire la paix avec les abominations de son passé.

Mais tandis que Tallon débute son voyage vers la guérison, Jade déterre de troublants secrets…

The Cougar Chronicle 1 : *The Cowboy and the Cougar*

The Cougar Chronicle 2 : *Calender Boy*

Anthology Collection : *Her Two Lovers*

Anthology Collection : *Destination Desire*

Temptation 1 : *Tempting Dusty*

Temptation 2 : *Teasing Annie*

Temptation 3 : *Taking Catie*

Temptation 4 : *Taming Angelina*

Temptation 5 : *Treasuring Amber*

Temptation 6 : *Trusting Sydney*

Temptation 7 : *Tantalizing Maria*

Sex and the Season 1 : *Lily and the Duke*

Sex and the Season 2 : *Rose in Bloom*

Sex and the Season 3 : *Lady Alexandra's Lover*

Sex and the Season 4 : *Sophie's Voice*

Daughters of the Prairie 1 : *The Outlaw's Angel*

Daughters of the Prairie 2 : *Lessons of the Heart*

Daughters of the Prairie 3 : *Song of the Raven*